行者无疆

余秋雨 著

北京联合出版公司
Beijing United Publishing Co.,Ltd.

余秋雨简介

中国当代文学家、美学家、史学家、探险家。

一九四六年八月生，浙江人。早在“文革”灾难时期，针对以“样板戏”为旗号的文化极端主义，勇敢地潜入外文书库建立了《世界戏剧学》的宏大构架。灾难方过，及时出版，至今三十余年仍是这一领域的权威教材。

二十世纪八十年代中期，因三度全院民意测验皆位列第一，被推举为上海戏剧学院院长。后出任上海市中文专业教授评审组组长，兼艺术专业教授评审组组长。曾任复旦大学美学博士答辩委员会主席、南京大学戏剧博士答辩委员会主席。获“国家级突出贡献专家”、“上海十大高教精英”、“中国最值得尊敬的文化人物”等荣誉称号。

在担任高校领导职务六年之后，连续二十三次的辞职终于成功，开始孤身一人寻访中华文明被埋没的重要遗址，探索中国人的文化基因。所写作品，一发表就受到世界上不同政治立场的华人的共同欢迎。曾经写过《丑陋的中国人》一书的柏杨先生称赞他“重新定义了中国人”。李光耀先生说：“二十世纪后期，海外华人重新对中华文化产生感动，主要是由于余秋雨先生的书。”

二十世纪末，冒着生命危险贴地穿越数万公里考察了巴比伦文明、克里特文明、希伯来文明、阿拉伯文明、印度文明、波斯文明等一系列重要的文化遗址。他是迄今全球唯一完成此举的人文学者，一路上以《千年一叹》、《行者无疆》的逐日连播，对人类各大文明做出了对比思考和当代提醒，在海内外引起广泛关注，被国际媒体选为“跨世纪十大国际人物”之一。

他所创建的“文化大散文”、“记忆文学”以及“象征诗学”的剧作、小说示范作品，长期位居全球华文书排行榜前列。在台湾，他囊括了白金作家奖、桂冠文学家奖、读书人最佳书奖等多个文学大奖。在大陆，获鲁迅文学奖、全国优秀教材一等奖、上海文学艺术大奖。多年来有不少报刊频频向全国不同年龄的读者调查“谁是你最喜爱的当代写作人”，他每一次都名列前茅。二〇一八年他在网上开播中国文化史博士课程，尽管内容浩大深厚，收听人次却超过了一亿。

几十年来，他自外于一切社会团体和各种会议，不理会境内外贬华势力的种种谣言讹诈，集中全部精力，以独立知识分子的身份完成了对中华文化一系列基础工程的完整研究，相关著作多达五十余部，其中包括《中国文脉》、《老子通释》、《周易简释》、《君子之道》、《佛典今释》等艰深的基础工程。联合国教科文组织、北京大学等机构一再为他颁奖，表彰他“把深入研究、亲临考察、有效传播三方面合于一体”，是“文采、学问、哲思、演讲皆臻高位的当代巨匠”。

自二十一世纪初开始，赴美国国会图书馆、联合国总部、哈佛大学、耶鲁大学、哥伦比亚大学等处演讲中国文化的长寿原因和非侵略本性，反响巨大。二〇〇八年，上海市教育委员会颁授成立“余秋雨大师工作室”；二〇一二年，中国艺术研究院设立“秋雨书院”。

二〇一八年五月，具有国际影响的“天下文化事业群”赴上海颁授奖匾，铭文为“余秋雨——华文世界最具影响力的一支笔”。

现任上海图书馆理事长。（陈羽）

作者近影。二〇一九年十一月二十一日，马兰摄。

目 录

第二辑　中 欧

第三辑　西 欧

第四辑　北 欧

自　序

这本书，是《千年一叹》的续篇。

初一看，"续"得有点勉强。因为这分明是截然相反的两组人间风景。你看，一边是，又一场沙漠风暴蒙住了壕堑后面的零乱枪口，枪口边上是惶恐而又无望的眼神；另一边是，湿漉漉的精雅街道上飘浮着慵懒的咖啡香味，几辈子的社会理想似乎都已经在这里完满了结。

除了这样的强烈对比外，还有更刺激的对比。天眼有记：今日沙漠壕堑处，正是人类文明的奠基之地；而今日湿漉漉的街道，当时还是茫茫荒原。

怎么会这样？最不符合逻辑的地方，一定埋藏着最深刻的逻辑。

其实我原先并不打算把它们对比在一起的，而是只想以数千年对比数千年，在沙漠壕堑中思考中华文化的生命力。这种对比是一场旷日持久的殊死历险，却使我对中华文化产生了前所未有的好感。我一路逃奔一路推进，一路讲述一路写作，通过凤凰卫视的转播产生了巨大影响。但是我在路上并不知道这种影响，直到二十世纪最后几天，日本的一个媒体官员带着翻译赶到半路上堵截我，说我已被他们国家的一家著名大报选为"世界十大跨世纪人物"之一，我才大吃一惊。我在弄清十人名单后就问，其他九人都是世界级的政要大亨，为什么放进了我？他回答道："是你一步一步地告诉了世界，人类最辉煌的文明故地大多已被恐怖主义控制，而你自己又恰恰代表着另一种古文明。"

我带着这种文化自豪感穿过喜马拉雅山回到国内，没想到，每个城市的报刊亭上都悬挂着诽谤我的文章。一开始我以为是一股陡起的逆风，后来发现，那些谣言只要有人制造出来，就立即能在中国变成铜铸铁浇。回想我父亲一代，甚至更早的世世代代，都出现过无数这样的谣言，却总是十几年、几十年都破除不了。这就给我企图重新评价中华文化的热忱，当头浇了一盆冷水。是啊，在浩瀚的中华文化中，怎么会永远也找不到一种保护机制?

从历史看，这是一种根深蒂固的传统，本身已经成为文化的一部分。

至少从屈原、司马迁、嵇康开始，两千年间所有比较重要的文人几乎没有一个例外，全都挣扎在诽谤中无法脱身。他们只要走了一条别人没有走过的路，获得了别人没有获得过的成就和名声，立即就成为群起围啄的目标，而且无人救援。于是，整部中华文化史，也就成了“整人”和“被整”的历史。

——这，还只是中华文化的弊病之一，其他弊病还有很多。

如此严酷的历史和现实，纠正了我对中华文化过于光明的读解。于是，我决定寻找另一种对比坐标。

可以找美国，但它太年轻，缺少年代上的可比性，更何况它太霸道，缺少平等对话的可能；也可以找日本，但它太小，缺少体量上的可比性，更何况它与中国的历史恩怨太深，缺少平等对话所需要的安静。那么，只能是欧洲了。

我的这个想法，又一次与凤凰卫视一拍即合。于是，重新出发。我考察了欧洲九十六座城市，这是连欧洲学者也很难做到的事。与《千年一叹》所记述的那次行程不同，这次考察，除了在西班牙北部受到民族武装势力的小小惊吓，在德国受到“新纳粹”的某种骚扰外，基本上平安无虞。也没再遇到什么食宿困难，可以比较从容地读读写写，这就是这本《行者无疆》的由来。

在欧洲漫游期间，惊讶不多，思考很多。惊讶不多的原因，是我曾经花费多年的时间钻研过欧洲从古希腊开始的历史文化，几乎已经到了沉溺的地步。我在心里早就熟知了那些精神老宅，那些神圣长髯，那些黄铜般的哲言，那些被黑色披风所裹卷的诗情。但是，这一切在以前都是风干了的记忆碎片，现在眼见它们衍生成一种综合生态弥漫在街市间的时候，我不能不深深思考。它们为什么是这样？中国为什么是那样？

从美第奇家族的府邸到巴黎现代的咖啡馆，从一所所几百年历史的大学到北欧海盗的转型地，我一直在比较着中华文明的缺失。它的公民意识、心灵秩序、法制教育、创造思维，一次次使我陷入一种整体羞惭。但是，走得远了，看得多了，我也发现了欧洲的忧虑。早年过于精致的社会设计成了一种面对现代挑战的体制性负担，以往远航万里的雄心壮志成了一种自以为是的心理狭隘，高福利的公平理想成了制约经济发展的沉重滞力……总之，许多一直令我们仰慕不止的高塔，已经敲起了越来越多的警钟，有时钟声还有点凄厉。

当然，我也要把这种感受表述出来。于是，以中华文化为中介，《千年一叹》和《行者无疆》也就连贯了起来。

《行者无疆》第一版的正版，已经销售了一百多万册。曾经有人告诉我，很多到欧洲旅行的中国人，身边都会带这一本书。有一次在欧洲的一辆载满各地中国人的大型游览车上，一位导游说，没有带《行者无疆》的请举手，结果举手的只有两位。这件事让我产生了亦喜亦忧的责任。

这次修订，删去了三分之一篇幅，文字也有较大的改动，使之更加干净。

二〇〇一年九月成书，

二〇一一年五月改定新版，并重写此序

第一辑　南欧

南方的毁灭

一

考察欧洲第一站，居然是面对一场大灾难。我知道，这个行程一定是深刻的，因为人类的历史也是一个从灾难开始的宗教寓言。

所谓“终极思考”，其实有一半也就是“灾难思考”。因此，灾难的废墟，是帮助我们摆脱日常平庸的课堂。

世上发生过一些集体死亡、霎时毁灭的情景，例如地震、海啸和原子弹袭击。这类情景，毁灭得过于彻底，使人难以对毁灭前后进行具体的对比。庞贝的毁灭是由于火山灰的堆积，连火山熔浆都未曾光临，于是千余年后发掘出来，竟然街道、店铺、庭院、雕塑一应俱全。不仅如此，街石间的车辙水沟、面包房里的种种器皿、妓院里的淫荡字画、私宅中的诡异密室，全都表明人们刚刚离开，立即就要回来。

谁知回来的却是我们，简直是仙窟千载、黄粱一梦。

二

使我久久驻足的是那两个剧场，一大一小。大剧场是露天座位，可容四五千观众；小剧场有顶盖，可容千余观众。这两个剧场外面，有广场和柱廊。广场上的树现在又长得很大，绿森森地让人忘记毁灭曾经发生，只以为剧场里正在演戏，观众都进去了。

在欧洲戏剧史上，我对罗马的戏剧评价不高，平时在课堂上总以罗马戏剧来反衬希腊戏剧。但是站在庞贝的剧场，我就不忍心这样想了。他们当时在这里演的，有塞内加的悲剧，有米南德的喜剧，有很世俗的闹剧、哑剧、歌舞剧，也有一些高雅诗人戴着面具朗诵自己的新作。今天我在两个剧场的环形座位上方分别走了一遍，知道出事那天，这里没有演出。

我们说那天出事的时候没有演出，是因为十九世纪的考古学家们在清理火山灰的凝结物时没有在这里见到可认定为观众的大批"人形模壳"。

什么叫"人形模壳"呢？当时被火山灰掩埋的人群，留下了他们死亡前的挣扎形体，火山灰冷却凝固时也就成了这些形体的铸模硬壳。人体很快腐烂了，但铸模硬壳还在，十九世纪的考古学家一旦发现这种人形模壳，就用一根管子把石膏浆缓缓注入，结果剥去模壳，人们就看到了一个个活生生的人，连最细微的皮肤皱纹、血管脉络都显现得清清楚楚。这个办法是当时庞贝古城挖掘工作的主持者费奥莱里（G. Fiorelli）发明的，使我们能够看到一批生命与死神搏斗的最后状态。

在一个瓦罐制造工场，有一个工人的人体抱肩蹲地，显然是在承受窒息的晕眩。他没有倒地，只想蹲一蹲，憩一会儿就起来。谁知这一蹲就蹲了一千多年。更让他惊讶的是，重见天日之时，发现自己的身体竟然变成了自己的作品，都成了硬邦邦的石头。

记得马克·吐温在一篇文章中说，他在这里见过一具挺立着的庞贝人遗体，非常感动。那是一个士兵，在城门口身披甲胄屹立在岗位上，至死都不挪步。我没有见到这位士兵的人体模型，算起来，马克·吐温来的时候庞贝古城只开挖了一小半，费奥莱里为模壳注石膏浆的方法还没有发明，因此他见到的应该是一具骨骼。

马克·吐温除了感动之外也有生气的时候。庞贝城的石材路上有深深的车辙，他走路时把脚陷进去了，绊了一下。他由此发火，断言这路在出事之前已经很久没有整修了，责任在城市的道路管理部门。这个推断使他见到死亡者的遗骨也不悲伤了，因为任何一个死亡者都有可能是道路管理人员。

我觉得马克·吐温的这种推断过于鲁莽。石材路一般都不会因为有了车辙就立即更换，有经验的驾车人也不会害怕这些车辙。从庞贝古城的道路整体状况看，有关管理人员还算尽职。马克·吐温把自己偶然陷脚的原因推给他们，连他们惨死了也不原谅，过分了。

比马克·吐温更为过分的指责，出自一大批虚伪的道德学家。他们凭着道听途说，想象这座城市的生活非常奢侈糜烂，因此受到了上帝的惩罚。奢侈糜烂的证据是公共浴室、私家宅院、妓院和不少春宫画。其实在我看来，这里呈现的是古罗马城市的寻常生态，在整体上还比较收敛。歌德一七八七年三月十一日到达这里，他在当天的笔记里写道：

> 庞贝又小又窄，出乎参观者的意料。街道虽然很直，边上也有人行道，不过都很狭窄。房屋矮小而且没有窗户，房间仅靠开向庭院或室外走廊的门采光。一些公共建筑物、城门口的长凳、神庙，以及附近的一座别墅，小得根本不像是建筑物，反而像是模型或娃娃屋。但这些房间、通道和走廊，全都装饰着图画，望之赏心悦目。墙上都是壁画，画得很细腻，可惜多已毁损。
>
> （《意大利之行》）

我也有歌德的这种感觉，但这里包含着某种错觉。我们平时去看正在建筑中的楼房地基，也会惊讶每个房间为什么如此之小。其实这是因为室内空间尚未形成，只拿着一个个房间的地基面积与无垠的天地去比，当然显得狭窄。庞贝废墟的多数民房遗迹也成了这种开放式的地基，因此就有了歌德的这番惊讶。后来他进入了那些比较完整又有器物装饰的房间后感觉就不同了，说："庞贝的屋子和房间看似狭窄，却仿佛又很宽广。"

法国史学家泰纳（Taine）比歌德早来二十多年，得出的结论是："他们的生活享受远不如我们现在这样舒适多样，这样多彩多姿。"从时间上说，几乎所有断言庞贝城因奢侈糜烂而受到上帝惩罚的道德评论家们，都是在泰纳之后，甚至在歌德之后才出现的。当然，他们也没有心思去阅读泰纳和歌德的文章。

我鄙视一切嘲笑受难者的人。我怀疑，当某种灾难哪一天也降落到他们头上，他们会做什么。

三

庞贝城灾难降临之时，处处闪烁着人性之光。除了马克·吐温提到的那位城门卫士，除了那些"人形模壳"表现出的保护儿童和老人的姿态之外，我心中最高大的人性形象是一个有名有姓的人。他就是《自然史》的作者老普林尼（Gaius Plinius Secundus）。

称他老普林尼，是因为还有一位小普林尼（Gaius Plinius Caecilius Secundus），是他的外甥，后来又收为养子。这位小普林尼是罗马帝国历史上著名的散文作家。罗马的散文有很大一部分其实是书信，这种传统是由西塞罗（Marcus Tullius Cicero）发端的，小普林尼承袭这一传统，成了写漂亮书信的高手。几年前我在《罗马文化与古典传统》一书中读到小普林尼写的一封信，其中提到了老普林尼牺牲的过程。

老普林尼是一位杰出的科学家，又是当时意大利的一位重要官员，庞贝灾难发生时他担任意大利西海岸司令（又称地中海舰队司令）。真不知道他长达三十七卷的巨著《自然史》和其他百余卷的著作是怎么抽空完成的。

据小普林尼信中记述，出事那天中午，老普林尼听说天空出现了一片奇怪的云，便穿上靴子登高观察，看了一会儿便以科学家的敏感断定事情重要，立即吩咐手下备船朝怪云的方向驶去，以便就近观察。

但刚要出门，就收到了维苏威火山附近居民要求救援的信。他当机立断放弃科学观察，命令所有的船只都赶到灾区去救人，他自己的船一马当先。烫人的火山灰、燃烧过的碎石越来越多地掉落在船上，领航员建议回去，老普林尼却说："勇敢的人会有好运。"他命令再去救人。作为舰队司令，他主要营救逃在海上或躲在岸边的人。

他抱着瑟瑟发抖的朋友们，不断安慰，为了让他们镇静下来，自己满面笑容，洗澡、吃饭，把维苏威火山的爆发解释为由炉火引起的火灾。最后，他号召大家去海滩，因为那里随时可以坐船逃离，但到了海滩一看，火山的爆发引起了大海发狂，根本无法行船。

大家坐在海滩上，头上缚着枕头，以免被碎石伤害。但是，火焰越来越大，硫黄味越来越浓，人们开始慌乱奔逃，却不知逃到哪里去。就在这时，老普林尼突然倒地，他被火山灰和浓烟窒息而死，终年五十六岁。

小普林尼那年十八岁，竟然侥幸逃出来了。这封信是二十五年之后写的，那时他已经是一位四十多岁的中年人。幸好他写这封信，使后人看到了那场灾难唯一亲历者的叙述。

四

我对这位因窒息而闭眼的老普林尼深深关注，原因之一是他在欧洲较早地看到了中国。

我没有读过他的《自然史》，据《罗马文化与古典传统》一书介绍，老普林尼已经写到中国人“举止温厚，然少与人接触。贸易皆待他人之来，而绝不求售也”。他当时把中国人叫成“赛里斯人”。

他说这句话的时间是那么早，比马可·波罗来华早了一千二百年，比利玛窦来华早了一千五百年。他是通过什么途径知道中国人的这些特点的呢？我想，大概是几度转说，被他打听到了。作为一个科学家，他会筛选和分析，最后竟然筛选出了“举止温厚”这个概念，把儒家学说的基本特征和农耕文明的不事远征，都包括在里边了。

他写《自然史》的时代，在中国，王充在写《论衡》，班固在写《汉书》。庞贝灾难发生的那一年，班固参加了在白虎观讨论五经的会议，后来就有了著名的《白虎通义》。

“举止温厚”的王充、班固他们不知道，在非常遥远的西方，有人投来关注的目光。但那副目光不久在轰隆轰隆的大灾难中被埋葬，埋葬的地方叫庞贝。

罗马假日

一

世上有很多美好的词语，可以分配给欧洲各个城市，例如精致、浑朴、繁丽、古典、新锐、宁谧、舒适、神秘、壮观、肃穆……

只有一个词，各个城市都不会争，只让它静静安踞在并不明亮的高位上，留给那座唯一的城市。

这个词叫伟大，这座城市叫罗马。

伟大是一种隐隐然的气象，从每一扇旧窗溢出，从每一块古砖溢出，从每一道雕纹溢出，从每一束老藤溢出。但是，其他城市也有旧窗，也有古砖，也有雕纹，也有老藤，为什么却乖乖地自认与伟大无缘？

罗马的伟大，在于每一个朝代都有格局完整的遗留，每一项遗留都有意气昂扬的姿态，每一个姿态都经过艺术巨匠的设计，每一个设计都构成了前后左右的和谐，每一种和谐都使时间和空间安详对视，每一回对视都让其他城市自愧弗如，知趣避过。

因此，罗马的伟大是一种永恒的典范。欧洲其他城市的历代设计者，连梦中都有一个影影绰绰的罗马。

二

我第一次去罗马，约了一帮友人，请蒋宪阳先生带队。他原本是上海的男高音歌唱家，因热爱意大利美声唱法而定居罗马多年。他先开车到德国接我们，然后经卢森堡、法国、摩纳哥去意大利，一路上见到雕塑、宫殿无数，但只要我们较长时间地驻足仰望，他就竖起一根手指轻轻摇动，说："不！不！要看罗马的，那才是源头。"我们笑他过分，他便以更自信的微笑回答，不再说话。但是一进罗马就反过来了，沉默的是我们，大家确实被一种无以言喻的气势所统摄，而他则越来越活跃。

今天我再次叩访罗马，伙伴们听了我的介绍都精神抖擞，只想好好地领受一座真正伟大的城市。但是，谁能想到，最让人惊讶的事情发生了。

伙伴们不相信自己的眼睛，呆看半晌，便回过头来看我，像是在询问怎么回事，但他们立即发现，我比他们更慌神。

原来，眼前的罗马几乎是一座空城！

这怎么可能？

家家商店大门紧闭，条条街道没有行人。

千年城门敞然洞开，门内门外阒寂无声。城门口也有持剑的卫兵，但那是雕塑，铜肩上站着一对活鸽子。

即便全城市民倾巢出征，也不会如此安静。即便罗马帝国惨遭血洗，也不会如此死寂。

当然偶尔也从街角冒出几个行人，但一看即知也是像我们这样的外国来访者，而不是城市的主人。好不容易见到两位老者从一间屋门里走出来，连忙停车询问，才知，昨天开始了长假期，大家全都休假去了。据说，五千八百万意大利人，这两天已有三千万到了国外。

如此的人数比例我很难相信，但是后来住进旅馆后看到，电视台和报纸都这么说。

历来罗马只做大事。我站在空荡荡的大街上想，这宽阔的路，这高大的门，这斑驳的楼，曾经见过多少整齐的人群大进大出啊，今天，这些人群的后代浩荡离去，大大方方地把一座空城留给我们，留给全然不知来路的陌生人，真是大手笔。

在中国新疆，我见过被古人突然遗弃的交河古城和高昌古城，走在那些颓屋残墙间已经惊恐莫名。我知道那种荒废日久的空城很美，却总是不敢留在黄昏之后，不是怕盗贼，而是怕气氛。试想，如果整整一座西域空城没有一点动静，月光朦胧，朔风凄厉，脑畔又浮出喜多郎的乐句，断断续续，巫幻森森，而你又只有一个人，这该如何消受？

今天在眼前的，是一座更加古老却未曾荒废的庞大空城。没有人就没有了年代，它突然变得很不具体。那些本来为了召集人群、俯视人群、笑傲人群、号令人群的建筑物怎么也没有想到哪一天会失去人群，于是便傲然于空虚，雄伟于枉然。

营造如此空静之境的，是罗马市民自己。这才猛然记起，一路上确有那么多奇怪的车辆逆着我们离城而去。有的拖着有卧室和厨炊设备的房车，有的在车顶上绑着游艇，有的甚至还拖着小型滑翔机。总之，他们是彻彻底底地休假去了。

三

何谓彻彻底底地休假？

在观念上，这里体现了把个体休闲权利看得至高无上的欧洲人生哲学。中国人刻苦耐劳，偶尔也休假，但那只是为了更好地工作；欧洲人反过来，认为平日辛苦工作，大半倒是为了休假。因为只有在休假中，才能使杂务中断，使焦灼凝冻，使肢体回归，使亲伦重现。也就是说，使人暂别异化状态，恢复人性。这种观念融化了西方的个人权利、回归自然等主干性原则，很容易广泛普及、深入人心，甚至走向极端。

中国驻意大利大使馆的一位朋友告诉我，有次中国领导人访问罗马，计划做了几个月，但在领导人到达前一星期，意大利方面的计划负责人突然不见了，把大家急成了热锅上的蚂蚁，只得重新开始计划。奇怪的是，他们那方的人员只着急不生气，因为那个负责人的突然不见有一个神圣的理由：休假去了。

我们很多企业家和官员其实也有假期，而且也能选择一个不受干扰的风景胜地。然而可惜的是，他们放不下身份。于是，一到休假地立即用电话疏通全部公私网络，甚至还要与当地的相关机构一一接上关系。结果可想而知，电话之频、访客之多、宴请之盛，往往超过未曾休假之时，没过几天已在心里盘算，什么时候回去好好休息一下。

四

那么多罗马人到国外休假，我想主要是去了法国、西班牙和德国南部。意大利人的经济状况在整体上比法国、德国差得多，比西班牙好一点，他们在外应该是比较节俭的一群。欧洲人出国旅游一般不喜欢摆阔，多数人还愿意选择艰苦方式来测试自己的心力和体力，这与我们一路上常见的那些腰包鼓鼓、成群结队、不断购物的亚洲旅行者很不一样。

那天我们去东海岸的圣乔治港，经过一个小镇，见到有一位白发老者阻拦我们，硬要请我们到附近一家海味小馆吃饭。理由是他曾多次到过中国，现在正在这个小镇的别墅里度假。

跟着他，我们也就顺便逛了一下小镇。小镇确实很小，没有一栋豪华建筑，全是一排排由白石、水泥、木板建造的普通住房，也没有特别的风景和古迹，整个儿是一派灰白色的朴素。

大概走了十分钟路，我们就见到了那家海味小馆。老人不说别的，先让我们坐下，一人上一碗海鲜面条。

那碗面条有什么奥妙？我们带着悬念开始下口。面条居然是中国式的，不是意大利面食，大汤，很清，上面覆盖着厚厚一层小贝壳的肉，近似于中国沿海常吃的“海瓜子”。这种小贝壳的肉吃到嘴里，酥软而有韧性，鲜美无比，和着面条、汤汁一起咽下，真是一大享受。老人看着我们的表情放心地一笑，开始讲话。

他的第一句话是：“现在我已向你们说清我在这个小镇买别墅的原因，这面条，全意大利数这里做得最好。”说完，他才举起酒杯，正式表示对我们的欢迎。

我们感谢过后，问起他曾多次去过中国的事。

他的回答使我们大吃一惊，他去中国的身份是意大利的外贸部长、邮电部长和参议员！这就是说，坐在我们对面的白发老人是真正的大人物。

今天他非常不愿意在自己担任过的职务上说太多的话，因为他在休假。

他努力要把拦住我们的原因，缩小为个人原因和临时原因。他说，妻子是一个诗人，现在正在别墅里写诗，但别墅太小，他怕干扰妻子，便出来溜达，遇到了我们的车队。

告别老人后，我们又行走在小镇灰白的街道上了。我想，这样的小镇，对所有被公务所累的人都有吸引力和消解力。它有能力藏龙卧虎，更有能力使他们忘记自己是龙是虎。这种忘记，让许多渐渐走向非我的人物走向自我，让这个世界多一些赤诚的真人。因此，小镇的伟力就像休假的伟力，不可低估。

那么罗马，你的每一次空城，必然都会带来一次人格、人性上的重大增补。

兴亡象牙白

一

一见到元老院的废墟，我就想起恺撒——他在这里遇刺。那天他好像在演讲吧？被刺了二十三刀，最后伤痕累累地倒在庞培塑像面前。

我低头细看脚下，猜测他流血倒下的地方。这地方一定很小，一个倒下的男人的躯体，再也不可能伟岸，黯然蜷曲于房舍一角。但是当他未倒之时，实在是气吞万里，不仅统治现在的意大利、西班牙、法国、比利时，而且波及德国莱茵河流域和英国南部。他还为追杀政敌庞培赶到埃及，与埃及女王生有一子，然后又横扫地中海沿岸。

但是，放纵的结果只能是收敛，挥洒的结果只能是服从。就连恺撒，也不能例外。当他以死亡完成最彻底的收敛和服从之后，他的继承者、养子屋大维又来了一次大放纵、大挥洒，罗马帝国横跨欧、亚、非三洲，把地中海当作了内湖。

我有幸几乎走遍了恺撒和屋大维的庞大罗马帝国属地，不管是在欧洲、亚洲还是非洲。在那里，经常可以看到早已残损的古罗马遗迹，一看就气势非凡。我相信，当茫茫大地还处于蒙昧和野蛮阶段的时候，罗马的征服，虽然也总是以残酷为先导，但在很大程度上却是文明的征服。

伟大见胜于空间，是气势；伟大见胜于时间，是韵味。古罗马除气势外还有足够的韵味，你看那个纵横万里的恺撒，居然留下了八卷《高卢战记》，其中七卷是他亲自所写，最后一卷由部将补撰。这部著作为统帅等级的文学写作开了个好头，直到二十世纪人们读到丘吉尔第二次世界大战回忆录时，还能远远记起。

恺撒让我们看到，那些连最大胆文人的想象力也无法抵达的艰险传奇，由于亲自经历而叙述得平静流畅；那些在残酷搏斗中无奈缺失、在长途军旅中苦苦盼望，因由营帐炬火下的笔画来弥补，变得加倍优雅。

罗马的韵味倾倒过无数远远近近的后代。例如莎士比亚就写了《尤利乌斯·恺撒》《安东尼与克莉奥佩特拉》等历史剧，把古罗马黄金时代的一些重要人物一一刻画，令人难忘。尤其是后一部，几乎写出了天地间最有空间跨度、最具历史重量的爱情悲剧。

既然提到了安东尼，那么我要说，这位痴情将军有一件事令人不快，那就是他对西塞罗太残忍了。西塞罗是他的政敌，但毕竟是古罗马最优秀的散文家，安东尼怎忍心割了他的头颅带回家欣赏，然后又长久悬挂在他平日演讲的场所，让众人参观。正因为这个举动，我对安东尼后来失去爱情、失去朋友、失去战争而不得不自刎的结局，没有太多的惋惜。

二

任何一个国家历史上的皇帝总是有好有坏，不必刻意美化和遮掩，但也有极少数皇帝，坏到人们不愿再提起。

尼禄（Nero Claudius Caesar）这个名字，我早有关注，但一到罗马就被一种好心情所裹卷，生怕被这个名字破坏掉，因此一直避讳着。今天去斗兽场，听说前面就是尼禄“金宫”遗址，心想终于没有避开。

我以前关注他，与讲课有关。我讲授的《观众审美心理学》里有一个艰深的课题：尼禄在日常生活中杀人不眨眼，一到剧场里看悲剧却感动得流泪不止，这是为什么？人们很容易猜测是以虚情假意欺骗民众，但他的至高地位否定了他有欺骗的必要。这个课题关及人类深层心理结构的探索，我的历届学生都不会忘记。

说尼禄杀人不眨眼，实在是说轻了，因为这会把他混同于一般的暴君。他杀的是自己的亲生母亲、妻子、弟弟和老师，听起来简直毛骨悚然。

当然这种杀戮与宫闱阴谋有关，例如他的母亲确实也不是什么好人，我们且不去细论；让我愤怒的是，公元六十四年一场连续多日的大火把罗马城大半烧掉，这个皇帝居然欣喜地观赏，还对着大火放声高唱。火灾过后为了抑制民愤，胡乱捕了一些“嫌疑犯”处死，而处死的手段又残忍得让人不知如何转述。例如把那些“嫌疑犯”当作“活火炬”慢慢点燃，或蒙上兽皮让群犬一点点撕裂。

这样一个人，居然迷醉希腊文化，迷醉到忍不住要亲自登台表演。甚至，当他发现罗马人对他的表演不够推崇，居然花了一年时间在希腊从事专业演出！一个人的艺术和人品很可能完全是两回事，尼禄就是一个极端化的例子。

如果说，一个国家最大的灾难莫过于人格灾难，那么，尼禄十余年的统治也像那年在他眼前燃烧的大火，对罗马的损害非常严重。人们由此产生的对于罗马的幻灭感、碎裂感、虚假感，无异于局部的国破家亡。惊人的光辉和惊人的无耻同根而生，浓烈的芬芳和浓烈的恶臭相邻而居，尼禄使罗马有了自己的阴影。所幸的是，不是尼禄消化了罗马，而是罗马消化了尼禄。

三

罗马帝国最终灭亡于公元四七六年，最后一位皇帝叫罗慕路斯·奥古斯都。当代瑞士出生的剧作家迪伦马特写过一部《罗慕路斯大帝》，颇为精彩。几年前曾有一些记者要我评点二十世纪最优秀的剧作，我点了它。

在迪伦马特笔下，罗慕路斯面对日耳曼人的兵临城下，毫不惊慌，悠然养鸡。他容忍大臣们裹卷国库财物逃奔，容忍无耻之徒诱骗自己家人，简直没有半点人格力量，令人生厌。但越看到后来越明白，他其实是一位洞悉历史的智者。如果大车必然要倒，却试图去扶持，反而会成为历史的障碍；如果历史已无意于罗马，励精图治就会成为一种反动。于是，他以促成罗马帝国的败亡来顺应历史。他太了解罗马，知道一切均已无救。

但是，作为战胜者的日耳曼国王更有苦衷。他来攻打罗马，是为了摆脱自己的困境。他没有儿子，按传统规矩只能让侄子接班，但这个侄子是一个年轻的野心家和伪君子。国王既已看穿又别无良策，只能通过攻打来投靠罗慕路斯，看看有没有另一种传位的办法。

于是，败亡者因知道必败而成了世界的审判者，胜利者因别有原因而浑身无奈。

由此联想到，人类历史上的多少胜败，掩盖了大量的反面文章。

我认为这是最高层次的喜剧，也是最高层次的历史剧。

跳开虚构的艺术，回到真实，我又低头俯视脚下。

罗马帝国灭亡之后，这里立即荒凉。不久，甚至连人影也看不到了，成了一个彻底的废墟。野草、冷月、断柱、残石，除了遗忘还是遗忘。

文艺复兴时大家对希腊、罗马又产生兴趣，但对希腊、罗马的实址又不以为然。文艺复兴需要兴建各种建筑，缺少建筑材料，这里堆积着大量古代的象牙白石材，于是一次次搬运和挖掘，没有倒塌的建筑则为了取材而拆毁。

考古发掘，是十八世纪以后的事。

难得这片废墟，经历如此磨难，至今威势犹在。

在一千多年野草冷月的夜夜秘语中，它们没有把自己的身份降低，没有把自己的故事说歪。

四

今天的罗马，仍然是大片的象牙白。只不过象牙白不再纯净，斑斑驳驳地透露着自己吓人的辈分。后代的建筑当然不少，却都恭恭敬敬地退到一边，努力在体态上与前辈保持一致。结果，构成了一种让人不敢小觑的传代强势，这便是今日罗马的气氛。

就在写这篇笔记的三小时前，我坐在一个长满罗马松的缓坡上俯瞰全城。应该是掌灯时分了，但罗马城灯光不多，有些暗淡。正想寻找原因，左边走来一位散步的长者。

正像巴黎的女性在气度上胜过男性，罗马男人在风范上胜过女性，尤其是头发灰白却尚未衰老的男人，简直如雕塑一般。更喜欢他们无遮无拦的热情，连与陌生人打招呼都像老友重逢，爽爽朗朗。此刻我就与这位长者聊上了，我立即问他，罗马夜间，为什么不能稍稍明亮一点？

“先生平常住在哪个城市？”他问。

“上海。”我说。

他一听就笑了，似乎找到了我问题的由来。他说：“哈，我刚去过。上海这些年的变化之大，举世少有，但是……”他略略迟疑了一下，还是说了出来，“不要太美国。”

细问之下，才知他主要是指新建筑的风格和夜间灯光，那么，也算回答了我的问题。

他把头转向灯光暗淡的罗马，说：“一座城市既然有了历史的光辉，就不必再用灯光来制造明亮。”

我从心里承认，这种说法非常大气。不幸的是，正是这种说法，消解了他刚刚对美国和上海的批评，变成了自相矛盾。因为与罗马一比，美国和上海的历史都太短了。它们没有资格怀抱着几千年的安详，在黑暗中入梦。它们必须点亮灯光，夜以继日地书写今天的历史。

老人不知道，当时真正与罗马城并肩立世的，是长安。但现在西安晚上的灯光，也比罗马明亮。西安不端元老的架势，因此充满活力，却也确实少了一份罗马的派头。

点燃亚平宁

从罗马向东，路边有许多灰褐色的高墙，围住了一座座巨大的宅院。

高墙没有坍塌，却已颓弛，剥落严重。砖石间虬出的枯藤，木门上贴满的干苔，使整个院子成了一个庞大的远年文物。

里边还会有人住吗?

欧洲多怪事。一位外交家告诉我，有时偶尔遇到一个衣着随便的先生，谈得投机，成了朋友，几度交往后被邀请到他家坐坐，谁知一到他家大吃一惊，不由得睁大眼睛重新打量起他来，原来他拥有整整一座十八世纪的古典庄园!

我还没有遇到过这样的先生，因此一路观察着每个门庭，看到稍稍整齐一点的，便猜测会是一位什么样的先生住在里边。

但我知道，所谓“稍稍整齐一点”的感觉往往出错。在欧洲，对于古代的遗迹大多不做外部修缮，而只是暗中加固。因此，那种看似危险的颓弛，可能早已无虞。

果然，一路上那么多老门，倒是最破败的那一扇，开了。

我们正想看看门内的废苑景象，谁知一辆最时髦的焦黄色加长敞篷跑车，从里边开了出来。

这样的反差让我们目瞪口呆，更何况车上坐着两位典型的意大利美女。

跑车轻轻地拐到街道上，在我们的前方悠然驰去，我们的车队跟在它的后面。跑车很快驶上了山路，两位美女长长的金发忽忽飘起，很像两簇舞动的火焰。

焦黄的跑车托着金发的火焰变成了一具通体透亮的火炬，像是执意要点燃亚平宁山脉。但是一路行去青山漠然，岩石漠然，树丛漠然，跑车生气似的蹿上了盘山公路。

金发终于飘到了云底，正巧这时黄昏降临，白云底缘一溜金光，它真的被点着了。

于是，整个亚平宁山脉一片灿烂。

我想，果然不能小看了欧洲破旧的院落，似病似死间，也可能豁然洞开，惊鸿一瞥，执掌起满天晚霞。

霞光下，再也分不清何是古代，何是现代，何是破败，何是美艳，何是人间，何是自然。

寻常威尼斯

一

我一直在想，为什么世界各地的旅客，都愿意到威尼斯来呢？

论风景，它说不上雄伟也说不上秀丽；说古迹，它虽然保存不少却大多上不了等级；说美食，说特产，虽可列举几样却也不能见胜于欧洲各地。那么，究竟凭什么？

我觉得，主要是凭它特别的生态景观。

首先，它身在现代居然没有车马之喧。一切交通只靠船楫和步行，因此它的城市经络便是河道和小巷。这种水城别处也有，却没有它纯粹。

其次，这座纯粹的水城紧贴大海，曾经是世界的门户、欧洲的重心、地中海的霸主。甚至一度，还是自由的营地、人才的仓库、教廷的异数。它的昔日光辉，都留下了遗迹，这使历史成为河岸景观。旅客行船阅读历史，就像不太用功的中学生，读得粗疏、质感、轻松。

再次，它拥挤着密密层层的商市，却没有低层次摊贩的喧闹。一个个门面那么狭小又那么典雅，轻手轻脚进入，只见店主人以嘴角的微笑做欢迎后就不再看你，任你选择或离开，这种气氛十分迷人。

……

不幸的是，正是这些优点，给它带来了祸害。

小巷只能让它这么小着；老楼只能让它在水边浸着；那么多人来来往往，也只能让一艘艘小船解缆系缆地麻烦着；白天临海气势不凡，黑夜只能让狂恶的海潮一次次威胁着；区区的旅游收入当然抵不过拦海大坝的筑造费用，也抵不过治理污染、维修危房的支出，也只能让议员、学者、市民们一次次呼吁着。

大家都注意到，墙上的警戒线表明，近三十年来，海潮淹城已经一百余次。运河边被污水浸泡的很多老屋，早已是风烛残年、岌岌可危。弯曲的小河道已经发出阵阵恶臭，偏僻的小巷道也秽气扑鼻。

威尼斯因过于出色而不得不任劳任怨。

好心人一直在呼吁同情弱者，却又总是把出色者归入强者之列，似乎天生不属于同情范围。其实，世间多数出色者都因众人的分享、争抢、排泄而成了最弱的弱者，威尼斯就是最好的例证。

我习惯于在威尼斯小巷中长时间漫步，看着各家各户紧闭的小门，心里充满同情。抬头一望，这些楼房连窗户也不开，但又有多种迹象透露，里面住着人。关窗，只是怕街上的喧嚣。这些本地住家，在世界旅客的狂潮中，平日是如何出门、如何购物的呢？家里的年轻人可能去上班了，那么老年人呢？我们闻到小河小港的恶臭可以拔脚逃离，他们呢？

二

我对威尼斯的小巷小门特别关注，还有一个特殊原因。

一个与我们中国关系密切的人物从这儿走出。

当然，我是说马可·波罗。

马可·波罗是否真的到过中国，他的游记是真是伪，国际学术界一直有争议，而且必将继续争论下去。没有引起争议的是：一定有过这个人，一个熟悉东方的旅行家，而且肯定是威尼斯人。

关于他是否真的到过中国，反对派和肯定派都拿出过很有力度的证据。例如，反对派认为，他游记中写到的参与攻打襄阳，时间不符；任过扬州总管，情理不符，又史料无据。肯定派则认为，他对元大都和卢沟桥的细致描绘，对刺杀阿合马事件的准确叙述，不可能只凭道听途说。我在读过各种资料后认为，他确实来过中国，只是在传记中夸张了他游历的范围、身份和深度。

他原本只是一个放达的旅行家，而不是一个严谨的学者。写游记，并不是他出游的目的，事先也没有想过，因此后来的回忆往往是随兴而说。其实这样的旅行家，我们现在还能看到，一路的艰辛使他们不得不用夸张的口气来为自己和伙伴鼓气，随处的栖宿使他们不得不以激情的大话来广交朋友，日子一长便成习惯，有时甚至把自己也给搞糊涂了，听他们说旅行故事总要打几分折扣。因此，我们不能把马可·波罗的游记当作历史学者或地理学者的考察笔记来审读。

当然这中间还应考虑到民族的差别。意大利人至今要比英国人、德国人随意。随意就有漏洞，但漏洞不能反证事情的不存在。不管怎么说，这位随意顺兴、夸大其词的旅行家其实非常可爱。正是这份可爱，使他兴致勃勃地完成了极其艰难的历史之旅。

尽管游记有很多缺点，但一旦问世就已远远超越一人一事，成了欧洲人对东方的梦想底本，也成了他们一次次冒险出发的生命诱惑。后来哥伦布、达·伽马等人的伟大航海，都是以这部传记为起点的，船长们在狂风恶浪之间还在一遍遍阅读。

三

成天吵闹的威尼斯也有安静的时候。

我想起一件往事。

两年前我在一个夜晚到达，坐班车式渡船，经过十几个停靠站，终点是一个小岛，我订的旅馆在岛上。这时西天还有一脉最后的余光，运河边的房子点起了灯，灯光映在河水里，安静而不冷落。

灯光分两种，一种是沿河咖啡座的照明，一种是照射那些古建筑的泛光。船行过几站，咖啡座已渐渐关闭，只剩下了泛光。这些泛光不亮，使那些古建筑有点像勉强登台的老人，知道自己已经不适合这样亮相。浸泡在水里的房子在白天融入了熙熙攘攘的大景观，不容易形成凝视的焦点，此刻夜幕删除了它们的背景，灯光凸现了它们的颓唐。本来白天与我们相对而视，此刻我们躲进了黑暗，只剩下它们的孤伤。

班车式渡船一站站停泊，乘客很多。细细一看几乎都不是游客，而是本地居民，现在才是他们的时间，出来活动了。踩踏着游人们抛下的垃圾污秽，他们从水道深处的小巷里出来，走过几座小桥来到码头，准备坐船去看望两站之外的父母亲，或者到广场某个没有关门的小店铺去购买一些生活用品。

开始下雨了，船上乘客越来越少，最后只剩下五六个，都与我一样住在小岛。进入大河道了，雨越下越大，已呈滂沱之势，我在担忧，到了小岛怎么办？怎样才能冒雨摸黑，找到那家旅馆？

雨中吹来的海风，又湿又凉，我眯着眼睛向着黑森森的海水张望，这是亚得里亚海，对岸，是麻烦重重的克罗地亚。

登岸后凉雨如注，我又没有伞，只得躲在屋檐下。后来看到屋檐与屋檐之间可走出一条路来，便挨着墙壁慢慢向前，遇到没屋檐的地方抱头跑几步。此刻我不想立即找旅馆，而是想找一家餐馆，肚子实在很饿，而在这样的深更半夜，旅馆肯定不再供应饮食。但环视雨幕，不见灯光人影，只听海潮轰鸣。

不知挨到哪家屋檐，抬头一看，远处分明有一盏红灯。立即飞奔而去，一脚进门，果然是一家中国餐厅！

何方华夏儿女，把餐厅开到这小小的海岛上，半夜也不关门？我喘了一口气，开口便问。

回答是，浙江温州乐清。

四

莎士比亚写过一部戏叫《威尼斯商人》，这使很多没来过威尼斯的观众也对这里的商人产生了某种定见。

我在这里见到了很多的威尼斯商人，总的感觉是本分、老实、文雅，毫无奸诈之气。

最难忘的，是一个卖面具的威尼斯商人。

意大利的假面喜剧本是我研究的对象，也知道中心在威尼斯，因此那天在海边看到一个面具摊贩，便兴奋莫名，狠狠地欣赏一阵后便挑挑拣拣选出几副，问明了价钱准备付款。

摊贩主人已经年老，脸部轮廓分明，别有一份庄重。刚才我欣赏假面的时候他没有任何反应，甚至也没有向我点头，只是自顾自地把一具具假面拿下来，看来看去再挂上。当我从他刚刚挂上的假面中取下两具，他突然惊异地看了我一眼，没有说话。等我把全部选中的几具拿到他眼前，他终于笑着朝我点了点头，意思是："内行！"

正在这时，一个会说意大利语的朋友过来了，他问清我准备购买这几个假面，便转身与老人攀谈起来。老人一听他流利的意大利语很高兴，但听了几句，眼睛从我朋友的脸上移开，搁下原先准备包装的假面，去摆弄其他货品了。

我连忙问朋友怎么回事，朋友说，正在讨价还价，他不让步。我说，那就按照原来的价钱吧，并不贵。朋友在犹豫，我就自己用英语与老人说。

但是，我一再说“照原价吧”，老人只轻轻说了一声“不”，便不再回头。

朋友说，这真是犟脾气。

但我知道真实的原因。老人是假面制作艺术家，刚才看我的挑选，以为遇到了知音，一讨价还价，他因突然失望而伤心。

这便是依然流淌着罗马血液的意大利人。自己知道在做小买卖，做大做小无所谓，是贫是富也不经心，只想守住那一点自尊。

去一家店，推门进去坐着一个老人，你看了几件货品后小心问了一句：“能不能便宜一点？”他的回答是抬手一指，说：“门在那里。”

冷冷清清、门可罗雀，这正是他们支付的代价，有人说，也是他们人格的悲剧。

身在威尼斯这样的城市，全世界旅客来来往往，要设法赚点大钱并不困难，但是他们不想。店是祖辈传下的，半关着门，不希望有太多的顾客进来，因为这是早就定下的规模，不会穷，也不会富，正合适，穷了富了都是负担。

欧洲生活的平和、厚重、恬淡，部分地与此有关。

如果说是悲剧，我对这种悲剧有点尊敬。

稀释但丁

佛罗伦萨像个老人，睡得早。几年前我和几位朋友驱车几百公里深夜抵达，大街上一切商店都已关门，只能在小巷间穿来穿去寻找那种熬夜的小餐馆。脚下永远是磨得发滑的硬石，幽幽地反射着远处高墙上的铁皮街灯。两边的高墙靠得很近，露出窄窄的夜空，月光惨淡，酷似远年的铜版画。路越来越窄，灯越来越暗，脚步越来越响又悄悄放轻，既怕骚扰哪位失眠者，又怕惊醒一个中世纪。

终于，在前边小巷转弯处，见到一个站着的矮小人影，纹丝不动，如泥塑木雕。走近一看，是一位日本男人，顺着他的目光往前打量，原来他在凝视着一栋老楼，楼房右墙上方垂着一幅布幔，上书“但丁故居”字样。

但丁就是从这里走出。他空旷的脚步踩踏在昨夜和今晨的交界线上，使后来一切早醒的人们都能朦胧记起。

这次来佛罗伦萨，七转八转又转到了故居前，当然不再是黑夜，可以从边门进入，一层层、一间间地细细参观。

但丁在青年时代常常由此离家，到各处求学，早早地成了一位百科全书式的学者，又眷恋着佛罗伦萨，不愿离开太久。这里有他心中所爱而又早逝的比阿特丽（Beatrice），更有新兴的共和政权。三十岁参加佛罗伦萨的共和政权，三十五岁时甚至成为六名执政长官之一，但由于站在新兴商人利益一方反对教皇干涉，很快就被夺权的当局驱逐，后来又被缺席判处死刑。

被驱逐那天，但丁也应该是在深夜或清晨离开的吧？小巷中的马蹄声响得突然，百叶窗里有几位老妇人在疑惑地张望。放逐他的是一座他不愿离开的城市，他当然不能选择在白天。

被判处死刑后的但丁在流亡地进入了创作的黄金时代，不仅写出了学术著作《飨宴》《论俗语》和《帝制论》，而且开始了伟大史诗《神曲》的创作，他背着死刑的十字架而成了历史巨人。

佛罗伦萨当局传信给他，说如果能够忏悔，就能给予赦免。忏悔？但丁一声冷笑，佛罗伦萨当局于一三一五年又一次判处他死刑。

但丁回不了心中深爱的城市了，只能在黑夜的睡梦和白天的痴想中怀念。最后，五十六岁客死异乡。佛罗伦萨就这样失去了但丁，但是最终还是没有失去，后世崇拜者总是顺口把这座城市与这位诗人紧紧地连在一起，例如马克思在引用但丁诗句时就不提他的名字，只说“佛罗伦萨大诗人”，全然合成一体，拉也拉不开。

佛罗伦萨终究是佛罗伦萨，它排斥但丁的时间并不长。我在科西莫·美第奇的住所见到过但丁临终时的脸模拓坯，被供奉得如同神灵。科西莫可称之为佛罗伦萨历史上伟大的统治者，那么，他的供奉也代表着整座城市的心意。

最让我感动的是一件小事。但丁最后是在佛罗伦萨东北部的城市拉文纳去世的，于是也就安葬在那里了。佛罗伦萨多么希望把他的墓葬隆重请回，但拉文纳怎么会放？于是两城商定，但丁墓前设一盏长明灯，灯油由佛罗伦萨提供。一盏灯的灯油能有多少呢？但佛罗伦萨执意把这一粒光亮、一丝温暖，永久地供奉在受委屈的游子身旁。

不仅如此，佛罗伦萨圣十字教堂（Santa Croce）安置着很多本地重要人物的灵柩和灵位，大门口却只有一座塑像压阵，那便是但丁。

但丁塑像为纯白色，一派清瘦忧郁，却又不具体，并非世间所常见。我无法解读凝冻在他表情里的一切，只见每次都有很多鸽子停落在塑像上，两种白色相依相融。很快鸽子振翅飞动，飞向四周各条小巷，像是在把艰难的但丁，稀释化解开去。

城市的符咒

一

第一次来佛罗伦萨时就对一件事深感奇怪，那就是走来走去总也摆脱不了这几个字母：MEDICI。像符咒，像标号，镌在门首，写在墙面，刻在地下，真可谓抬头不见低头见，躲来躲去躲不开。昨天写但丁，就没有躲开。

这是一个家族的名称，中文译法多种多样，我就选用“美第奇”吧。看得出来，现在佛罗伦萨当局并不想张扬这个家族，不愿意把各国旅人纷至沓来的理由归诸一个门户。但是，旅人们只要用心稍细，便能发现要想避讳某种事实十分困难。

全城向旅人开放的几座大教堂中，居然有四座是美第奇家族的家庭礼拜堂；明明说是去参观当年佛罗伦萨共和国的国政厅，看来看去竟看到了什么“族祖”的画像、“夫人”的房间，原来国政厅就是他们的家。

更惊人的是那家闻名世界的乌菲齐美术馆，据一种显然夸张的说法，西方美术史上最重要的画几乎有一半藏在这里。但是，我们一到五楼的陈列室门口却看到了一圈美第奇家族历代祖先的雕像，一问，整个美术馆原本就是他们家族的事务所，那些画也是他们几世纪来尽力收集的，直到美第奇家族的末代传人安娜·玛丽亚，才捐赠给佛罗伦萨市。

好像也有别的富豪之家想与这个家族一比高下。例如十五世纪佛罗伦萨的银行家皮提（Luca Pitti）曾建造了一所规模浩大的宅院，请来设计的恰恰是与美第奇家族关系密切的设计大师布鲁纳莱斯基，明显要与美第奇家族共分威势。但遗憾的是，皮提家族正由于这座宅院的巨额开支而渐渐败落，这座宅院也就由美第奇家族买下，并成为主要住所。美第奇家族长期住在这里又不更改“皮提宅院”之名，看似照顾了对手的名声，实际上却加倍证明了自己的胜利。

一个家族长久地笼罩一座城市，这不太奇怪，值得注意的是这座城市当时正恰是欧洲文艺复兴的摇篮。难道，像文艺复兴这样一个改变了人类命运的伟大运动，也与这个家族息息相关？答案是肯定的。

因此，我决定，这次在佛罗伦萨要留驻较长时间，仔细研究一下美第奇家族。有关这个家族的文字资料，以前我也读过一些，但在这里，条条街道都是读本，随时都可以遇到老师。我深信这种留驻是值得的，因为这个家族收藏着太多“欧洲的秘密”。

美第奇家族非常富有。祖先原是托斯卡纳的农民，做药商发财，进而开办银行而渐渐成为欧洲最大的银行家。他们在银行中运用从阿拉伯人那里学来的复式簿记法，效率大大提高，金融业务快速发展，还为罗马教会管理财政。十五世纪中后期，这个家族又在政治上统治佛罗伦萨六十年。这六十年，既是佛罗伦萨的黄金时代，又是文艺复兴的黄金时代。

在我看来，美第奇家族对文艺复兴的支持有三方面的条件，一是巨额资金，二是行政权力，三是鉴识能力，三者缺一不可。

为什么呢？

第一，文艺复兴雷霆惊人、万人翘首，是由许多作品来撑持的，这些作品不管是壮丽的建筑还是巨幅的壁画，都耗费不菲，远不是艺术家本身所能应付。因此，美第奇家族的资金注入，至关重要。

第二，文艺复兴毕竟又是一场挑战，一系列全新的观念和行为，势必引来广泛反弹，构成对一个个创新者的包围。这就需要权力的保护了，而美第奇家族又正巧具备了这种权力，给很多艺术家一种安全感。

第三，美第奇家族是靠什么来确定资助和保护对象的？靠他们的鉴识能力。这种鉴识能力既包括对古希腊文化的熟知，又包括对新时代文化的敏感。他们通过设立柏拉图学院、雕塑学校和图书馆，从欧洲各地揽集人才，使佛罗伦萨市民的文化水准有了大幅度的提高。这实在难能可贵，因为世界各国历来也会出现一些热衷于艺术的财富集团和权力集团，却每每因鉴识能力低下而贻笑大方。

美第奇家族从这三方面一使劲，在佛罗伦萨造成了一种民众性的文化崇拜。这对一场思想文化运动声势的形成，都极其重要。

在佛罗伦萨大街上我反复自省：为什么自己与美第奇家族无冤无仇，却从一开始就在心理上怀疑他们对文艺复兴的巨大影响呢？这也许与中国的某种传统观念有关。中国的民间艺术家和文人艺术家历来以蔑视权贵为荣，以出入权门为耻；而与他们同时存在的宫廷艺术家，则比较彻底地成了应命的工具，描富吟贵、歌功颂德。这两个极端之间，几乎没有中间地带。我们似乎很难想象当年佛罗伦萨的那些艺术大师，居然没有陷入两个极端中的任何一端，大大方方地出入权门却又未曾成为工具。

美第奇家族总的说来比较尊重创作自由。他们当然也有自己的艺术选择，例如那位著名的罗棱佐·美第奇非常欣赏米开朗琪罗而对达·芬奇却比较漠然，而他的儿子对米开朗琪罗也有点冷漠。但这一些都无改于这个家族对艺术群体的整体护惜。米开朗琪罗十四岁就被这个家族赏识培养，长大后怀着报恩之心为他们做了不少事，也曾支持过市民反抗美第奇家族的斗争，对此美第奇家族也没有怎么为难他。

由美第奇家族联想到，中国古代的显贵、官僚、豪绅，一涉足艺术文化，常常奢侈在高墙内，毁弃在隔代间，难于积累成实实在在的社会精神财富，让全民共享。

二

光天化日之下的巨大身躯，必然会带出同样巨大的阴影。我在考察过程中渐渐发现，美第奇家族后来遇到的麻烦，更具有哲学意义。因此，不妨多讲几句。

美第奇家族一开始还比较靠近平民，但一旦掌权就难免与平民对立，这个悖论首先被那位科西莫·美第奇（Cosimo Medici）敏感地察觉到了。科西莫当时采取的办法是淡化掌权的名义，强化市民的身份，只在幕后控制政局。

在美第奇家族中可以与科西莫相提并论的是他的孙子罗棱佐（Lorenzo Medici）。罗棱佐当政时年纪还轻，不再采取祖父那种谨慎低调的掌权方式，而是果断勇猛、雄才大略。一四八〇年罗马教皇联合那不勒斯威胁佛罗伦萨，罗棱佐面对如此强大的对手居然只身南行，到那不勒斯谈判，顷刻间化敌为友，成为欧洲外交史上的美谈。

这样一位统治者必然是自信而强势的，市民们一直以他为骄傲，但时间一长，彼此都觉得有点异常。政治便是这样，低调维持平静，强势带来危机，最辉煌的收获季节必然也是多事之秋，聪明的罗棱佐很快就领悟到了这一点。他进退有度，愿意分出更多的时间讨论古希腊哲学，也写了不少伤感的诗，例如，我们可以用中国古诗的风格翻译一首：

灼灼岁序，
恰似晨露。

今朝欢愉，
明日何处？

罗棱佐遇到过很多对手，而最大的对手却是他统治下的佛罗伦萨市民。市民是善于厌倦的，何况佛罗伦萨已风气初开、思想活跃，很难长时间地皈伏于一个家庭的统治。如果说美第奇家族亲手倡导了这种风气，那么，正是这种风气要反过来质疑这个家族。

我在市中心著名的老桥上方，看到一种奇怪的旧建筑，似房似廊，贯穿闹市，却密封紧闭，只开一些小窗。询问一位导游，他说，这是美第奇家族穿行于不同住处间的走道。他们不会像旧式贵族官僚那样戒备森严地在官道上通过，但又不敢毫无遮拦地与市民并肩而行。

罗棱佐奇怪地发现，越来越多的市民都向一家修道院拥去，而柏拉图学院早已门可罗雀。

市民是去听修道院院长萨伏那洛拉（Savonarola）讲道的，讲道的内容是批判佛罗伦萨城里的奢侈之风、腐败之气，认为这完全背离了基督精神。这样的讲道契合市民的切身感受，很有鼓动力，而更让人震撼的是，萨伏那洛拉指名道姓地批判了美第奇家族和罗棱佐本人，而且自诩有预言能力，警告佛罗伦萨如果不改邪归正，必定有灾难降临。于是，佛罗伦萨市民以敬佩和惊慌的心情聚集在他周围，他以宗教净化和社会批判这两条路，成了世俗市民的精神领袖。后来法国入侵，局势混乱，他也就被市民选为执政，取代了美第奇家族。

这从政治角度来看，市民通过选举推翻了一个家族专制，是一个民主行为，但从整体文明上看却正恰相反。政治模式和文明模式，在这件事情上南辕北辙。萨伏那洛拉实行的，是宗教极端主义和禁欲主义。例如市民们原来听他演讲中批判美第奇家族的奢侈时，觉得大快人心，现在美第奇家族已倒，那么对不起，请所有市民把家里可能保存的奢侈品全部交出来，当众焚毁。不仅一切娱乐被禁止，连正常的结婚也不受鼓励，全面禁欲，其严厉程度，不但在佛罗伦萨历史上，而且在意大利历史上也是从七世纪之后从未有过。文艺复兴中涌现的许多艺术作品，也被看成是不道德的东西，大批投入火海。于是，一座生气勃勃的城市，转眼成了文化上的死城。

佛罗伦萨市民对于自己用“民主”方式“造”出来的这种结果，当然更加不能容忍，他们以比厌倦美第奇家族更快的速度厌倦了萨伏那洛拉。萨伏那洛拉以往针对别人的演讲又为自己设置了陷阱。例如，既然他说能被烈火焚毁的一切都是魔鬼，那么市民就想看看他自己承受烈火焚烧而不毁的奇迹。正好他所宣扬的宗教极端主义对罗马教皇也持谴责态度，教皇也就反过来判他一个“异端”，在美第奇家族宅院门口的塞诺里亚广场上执行火刑把他烧死。现在这个广场的喷泉附近地上还有一块青铜圆基，石碑说明，这是萨伏那洛拉被烧的地点。我蹲下身来仔细观看。

这块小小的铜基是一个值得玩味的伤疤，两种历史力量，一种立足民主，一种立足文明，在这里撕拉出血淋淋的裂痕。这个裂痕，也是欧洲公民社会的一个“两难”。而任何“两难”，一旦暴露，都是拐点。今天的游人几乎都不会注意到它，只顾兴高采烈地踩踏着它，抬头看米开朗琪罗的《大卫》雕塑。

萨伏那洛拉在中国史学界的评价差距很大，大陆有人把他说成是被反动势力杀害的民主斗士，台湾有人把他说成是“妖僧”，这两种说法我都不敢苟同。看到过他的画像，黑布包头，眼有异光，瘦颊丰唇，可以想象他在修道院当众抨击文艺复兴中的佛罗伦萨时，一定很有感染力。

萨伏那洛拉事件使佛罗伦萨市民的水平有点提高，他们开始以比较冷静的态度来对待美第奇家族。但自从罗棱佐去世之后，佛罗伦萨再也没有出现过强有力的统治者，长期陷于内乱和衰落之中。美第奇家族在十六世纪二十年代又下过一次台，后来还是一直把握着这座城市的统治权，直到十八世纪四十年代因家族无嗣而自然退出。

一座城市，一个家族，一场运动，一堆伤疤，就这样缠缠绕绕、时断时续地缩接了一段重要的历史。

大师与小人

一

在圣十字教堂米开朗琪罗的灵柩前我想，文艺复兴运动退潮的标志，应该是米开朗琪罗之死吧？

如果我的判断没错，那我就不能仅仅把他看作是一个雕塑家和画家了。因此，我决定在佛罗伦萨再留驻几天，一次次去他的故居，读各种资料。我渐渐明白，一个辉煌时代的代表者也会遇到人格困境，而他的人格困境，很可能正是这个时代失去辉煌的标志。

米开朗琪罗死在罗马，享年八十九岁。比之于达·芬奇死于六十多岁，拉斐尔死于三十多岁，实在是高寿。他与他们两人的关系曾出现过一些尴尬，但他们都已在四十多年前去世，他一人承受了四十多年缺少高层次朋友和对手的无限孤独。

记得那时，已经画出了《最后的晚餐》的达·芬奇回到佛罗伦萨时是何等荣耀，年轻气盛的米开朗琪罗曾经公开冲撞过他。后来米开朗琪罗发现达·芬奇为佛罗伦萨国政厅画壁画的报酬是一万金币，而自己雕刻《大卫》的报酬是四百金币，心中不平，表示也要画一幅壁画来与达·芬奇较量。这种众目睽睽下的比赛，时时引发不愉快的事情。例如这期间有人用石块投掷陈放于广场上的《大卫》，立即被想象成受达·芬奇指使，使达·芬奇的冤屈不知如何洗刷。

但是大师毕竟是大师，米开朗琪罗刚想把比赛的那幅壁画从纸稿上画到墙上，却被教皇召到了罗马。等他后来回到佛罗伦萨，发觉达·芬奇早已因别的原因中止壁画而远走他乡。他在达·芬奇留下的壁画遗迹前大为震动，因为他能理解全部笔触间的稀世伟大。照理，此时的他，已经没有竞争地获得了单独完成壁画的机会，但达·芬奇已走，自己再画还有什么意思？他也停止了。于是，两位大师重新用温和的目光远远地互相打量，霎时和解。

拉斐尔比米开朗琪罗年轻八岁，对米开朗琪罗和达·芬奇的艺术都非常崇拜。但他是当时主持圣彼得大教堂工程的著名建筑师布拉曼特的同乡和远亲，布拉曼特对米开朗琪罗不无嫉妒，结果使拉斐尔一度也成了米开朗琪罗心理上的对立面。米开朗琪罗怀疑，教皇硬要他这个雕刻家在西斯廷教堂的顶棚作大型壁画，很可能是布拉曼特和拉斐尔出的坏主意，目的是让他出丑。他作这幅壁画时拒绝别人参观，但很快发现有人在夜间进来过，一查，又是布拉曼特和拉斐尔，这使他非常气恼。其实拉斐尔是来虔诚学习的，当米开朗琪罗这幅名为《创世纪》的壁画完成后，拉斐尔站在壁画前由衷地说："米开朗琪罗用上帝一样的天才，创造出了这个世纪！"

布拉曼特只主持圣彼得大教堂工程八年便去世了，拉斐尔继位。可惜他那么年轻工作了六年也去世了，奇怪的是，另一位建筑师刚刚接手又去世。教廷百般无奈，最后只好去请七十二岁高龄的米开朗琪罗主持其事。

米开朗琪罗觉得自己只是雕刻家，由于布拉曼特别有用心的推荐不得已成了画家，却又怎能在这么苍老的晚年再来变成一个建筑师，更何况要接手的是布拉曼特的工作！因此几度拒绝。后来实在推不过，就提出要改变布拉曼特的方案才能考虑，教廷也居然同意。但是，当他用挑剔的目光一遍遍审视布拉曼特的设计方案后，不得不惊呼：谁想否定这么精彩的方案，一定是疯子！

这声惊呼，是从艺术良知发出的。真心的艺术家之间可以互不服气，可以心存芥蒂，但一到作品之前，大多能尽释前嫌。一种被提炼成审美形式的高贵人格，迟早会互相确认。

二

米开朗琪罗晚年的苦恼，在于再也遇不到这种等级的互相对峙和确认，迎面而来的尽是一些被他称作“卑鄙造谣者”的小人群体。

请不要小看小人，他们是种种伟大的消解者。消解的速度，远远超过当初的建设。

从米开朗琪罗给侄儿的那些书信看，直到临死之前他还在受小人们的折磨。他们的名字，现在还能从史料中查到。我们有时傻想，年近九十而又名震全欧的艺术大师，为什么还会在乎这些卑鄙的造谣者呢？看了资料才知道，这些人在当时都具有一定的话语权，还有一定的运作能力，而谣言的内容无论是教皇还是民众都一时很难分辨。其中最恼火的是有关工程的谣言，不断预言米开朗琪罗正在建造的那个教堂大穹顶已留下很严重的技术后果而必定坍塌。这在当时无法验证，却能破坏建造者的心绪，可能一气而中止工程，而中止又正恰是造谣者的目的，好让自己来接手穹顶。

那天我正好读了这些资料，便要去圣彼得大教堂前参加一个盛大典礼，看到连教皇都出来了。但我的心思却一直驻定于蓝天下的那个穹顶，想着几百年前米开朗琪罗有口难辩的愤怒。

其实米开朗琪罗的这种麻烦，在他完成杰作《最后的审判》时就遇到了。那时大师年近古稀，突然发现这种看似卑琐的对手比他经历过的各种危难还要凶险。

当时有个威尼斯的讽刺作家叫阿雷提诺，兼做两项职业谋生，一项是受人雇用写诽谤文章，领取佣金；另一项是向艺术家无偿索取作品，如遭拒绝则立即发表攻击性杂文。

这两项职业，其实都是由文化小人变成了文化杀手。第一项是雇用性文化杀手，第二项是报复性文化杀手。他在当时十分强大，因为一幅壁画一画几年，他的杂文一天几篇，攻守严重失衡；更因为他的诽谤和攻击持续不断，而且发表得很有规律，结果几乎所有的名人、艺术家都非常怕他，他也就顺顺当当地获得了大量的金钱和其他利益。

这次他向米开朗琪罗索要画稿，未能如愿，便发表了一封公开信，说米开朗琪罗拿了教皇的大堆黄金而没有画成像样的东西，是骗子和强盗，品行不端。米开朗琪罗虽然非常生气却没有理会，阿雷提诺便进一步以传单的方式指责《最后的审判》伤风败俗，“有路德教派的思想”——这个指控在当时有可能引来杀身之祸，幸好教皇没怎么在意。

像一切以评论家身份出现的小人一样，阿雷提诺竭力想把一个艺术家拉到政治审判和道德审判的被告席上。即使最后没有成功，他也搅乱了社会注意力。连当时为米开朗琪罗辩护的人们也没有发现：《最后的审判》在人物刻画和构图上已与文艺复兴时期的古典主义告别。这是大师花了整整六年时间，白天黑夜艰难探索的结果，谁知一问世就被恶浊的喧哗所掩盖。

大师想探索的命题，还有很多，他时时想从新的起跑线上起步，但小人们的诽谤使他不得不一次次痛苦地为自己本想放弃的东西辩护。他多么想重新成为一个赤子继续探求艺术的本义，但四周的一切使他只能穿上重重的盔甲，戴上厚厚的面罩。社会气氛已经无法帮助他成为一个轻松的创造者，这正表明文艺复兴的大潮已开始消退。

一五六四年二月十八日，大师临终前对站在自己面前的红衣主教说：“我对艺术刚刚有点入门，却要死了。我正打算创作自己真正的作品呢！”

大师的亲属只有一个不成器的侄子。这个侄子草草地把大师的遗体捆成一个货物模样，从罗马运回佛罗伦萨，完成了遗嘱。

我想，如果没有那些小人，让米开朗琪罗的后半辈子不是长期地陷于苦闷、挣扎之中，而是“创作自己真正的作品”，那么，欧洲的文艺复兴必将会更精彩，全人类的美好图像也必将会更完整。因此，我不能不再一次强烈地领悟：历来糟践人类文明最严重的人，不是暴君，不是强盗，而是围绕在创造者身边的小人。

围啄的鸡群

一

伽利略赶在米开朗琪罗去世前三天出生，仿佛故意来连接一个时代：文艺复兴基本完成，近代科学开始奠基。

佛罗伦萨圣十字教堂内的名人灵柩，进门右首第一位是米开朗琪罗，左首第二位是伽利略，也像是一种近距离的呼应和交接。

但是，这种呼应和交接，两边都充满悲剧气氛。伽利略的遭遇比米开朗琪罗更惨，证明人类的前进步伐，跨得越大就越艰辛。

我给自己立下一个限制，不能把这次考察变成对一个个历史人物的回顾。除了美第奇家族和米开朗琪罗，我只允许再加一个意大利人，不再多加了。这个人就是伽利略。

严格说起来伽利略应该算是比萨人。在比萨出生，在比萨求学，又在比萨大学任教。据说他曾在比萨斜塔上做过一个自由落体的实验，现在有人经过考证认为这个实验没有做过，但世界各国旅人仍然愿意把那座斜塔当作他的纪念碑。

但是，他的灵柩却安置在佛罗伦萨。

这是因为，佛罗伦萨对伽利略有恩，而且是大恩。

那年罗马教廷通知七十高龄的伽利略到罗马受审，伽利略因患严重关节炎无法长途坐马车，请求就近在佛罗伦萨受审，但教廷不许。年轻的佛罗伦萨大公斐迪南二世派出一乘轿子送伽利略前往，而在罗马第一个迎接这位“罪人”的，是佛罗伦萨驻罗马大使尼科利尼，尼科利尼还邀请伽利略住在自己寓所里。

在如此险恶的形势下，佛罗伦萨能在自己的地盘里保护伽利略已经不易，没想到它居然伸出长长的手臂，把这种保护追随到教廷所在的罗马。

年迈的科学家对世事天真未凿。他困惑地问尼科利尼：“为什么我的很多朋友以前很支持我，现在一看风头不对都起劲地攻击我？我对他们做错了什么吗？”

尼科利尼笑着回答：“您对人性的了解，远不如对天体的了解。您的名声太大，这就是原因。”

伽利略不解。尼科利尼又说：“小时候见到一群小鸡狠命地围啄一只流血的鸡，我惊恐地问奶奶怎么回事，奶奶说，鸡和人一样，只要发现一只比较出色又遭到了麻烦，便联合起来把它啄死。”

伽利略睁大眼睛听着，茫然不解又若有所悟。

这场围啄的中心活动，是要伽利略读一份“忏悔书”。连他的女儿出于对他生命安全的考虑也来劝他忏悔，他拒绝。但到最后，经过宗教裁判所的“严厉考验”，他还是“忏悔”了。

“忏悔”在罗马，而在佛罗伦萨，斐迪南二世却说：“我只有一个伽利略。”

二

伽利略的忏悔，是跪在地上做的。忏悔的中心内容，是他曾在著作中认为地球不是宇宙的中心，并且运动着。这位患有严重关节炎的古稀老人下跪时一定十分困难，当终于跪到地上之后，他又一次感知了地球。据他的学生文钦卓·比维亚尼回忆，他读完忏悔书后还叹息般地嘀咕了一句：“然而此刻地球还是在转动！”

他在当时当地是否真的说了这句话，我们还没有看到除比维亚尼一人回忆之外的其他证据。我们能看到的那份忏悔书是老人逐字逐句大声宣读的，当时曾散发到整个基督教世界。

忏悔书中最让人伤心的一段话，是他不仅承认自己有“异端嫌疑”，而且向教廷保证：

> ……当我听到有谁受异端迷惑有异端嫌疑时，我保证一定向神圣法庭、宗教裁判员或地点最近的主教报告。

这样的话无疑是一种最残酷的人格自戕，因为此间的伽利略已经不是一个忏悔者，而是“自愿”要成为一个告密的鹰犬。

伽利略为什么做这个选择？历来各国思想界有过多次痛苦的讨论。

法国思想家伏尔泰有一个令人费解的说法：伽利略“因为自己有理，而不得不请求宽恕”。

德国戏剧家布莱希特在《伽利略传》里把这位科学家的忏悔写成一个人格悖论，即他在科学上是巨人，在人格上却并不伟大；但布莱希特认为也有别的多种可能，例如他的一位学生凭借着他所写的一部著作证明，老师很可能是故意避开人生的直线在走一条曲线，因为没有先前的忏悔就没有后来的著作。

不管伽利略是自恃有理，还是故意走曲线，忏悔的后果总的说来是可怕的。就个人而言，多年囚禁，终身监控，女儿先他九年而死，他后来又双目失明，在彻底的黑暗中熬过了最后五年；就整体而言，诚如英国哲学家罗素所说，这个案件“结束了意大利的科学，科学在意大利历经几个世纪未能复苏”。

事情很大，但我总觉得伽利略的心理崩溃与尼科利尼向他讲了“鸡群围啄”的原理有关。

既然友情如此虚假，他宁肯面对敌人，用一纸自辱的忏悔来惩罚背叛的“鸡群”和失察的自己。这相当于用污泥涂脸，求得寂寞与安静。

文艺复兴虽然以理想方式提出了“人”的问题，却还远没有建立一个基本的人格环境。因此科学文化的近代化无从起步，这就给以后一批批人文主义大师留出了有待回答的大课题。

流浪的本义

一

每一座城市都会有一个主题，往往用一条中心大街来表现。是尊古？是创新？是倚山？是凭海？……

巴塞罗那的主题很明确，是流浪。

全城最主要位置上的那条大街，就叫流浪者大街，叫得干脆利落。它的正式名字应该是兰布拉大街，很少有人知道。

这条大街是逛不厌的，我先是和伙伴们一起逛，不过瘾，再独个儿慢慢逛，逛完，再急急地拉伙伴们去看我发现的好去处。伙伴们也各自发现了一些，一一带领过去，结果来回走了无数遍，腰酸腿疼而游兴未减。于是相约，晚饭后再来，看它夜间是什么模样，大不了狠狠逛它个通宵。

来自世界各地的流浪者在这里卖艺卖物，抖出百般花样，使尽各种心智，实在是好玩极了。

我也想过，世上的商街也都在卖艺卖物，司空见惯，为什么这里特别吸引人？

首先，这里浑然融和，主客不分。不分当地人和外来人，不分西班牙人和外国人，不分东方人和西方人，大家都是流浪者，也不分严格意义上的卖者和买者，只是像“卖者”和“买者”一样开心晃荡。

其次，这里洋溢着艺术气氛。所有的卖家多半不是真正的商人，是昨天和明天的行者。只因今天缺钱，便在这里稍稍闹腾。主要不是闹腾资金和商品，而是手艺和演技，因此又和艺术衔接在一起，光鲜夺目，绝招纷呈，就像过节一般。

再次，这里笼罩着文明秩序。不知什么时候形成的规范，在这里出现的一切，必须干净、文雅、礼貌、美观，不涉恶浊，不重招徕，大家都自尊自爱，心照不宣。这就使它与我们常见的喧闹划出了界限，具备了国际旅游质素。

……

这些特点，在我看来，全都体现了世间一切优秀流浪者的素质。他们的谋生能力，开阔心境，自控风范，物化为一条长廊。其实，这也是一切远行者的进修学校。

我一直认为，正常意义上的远行者总是人世间的佼佼者。他们天天都可能遭遇意外，时时都需要面对未知，如果没有比较健全的人格，只能半途而返。

有人把生命局促于互窥互监、互猜互损之中，有人则把生命释放于大地长天、远山沧海之间。因此，在我眼中，西班牙巴塞罗那的流浪者大街，也就是开通者大街，快乐者大街。

二

巴塞罗那流浪者大街的中间一段，是表演艺术家的活动天地。有的在做真人雕塑，有的在演滑稽小品。

真人雕塑在欧洲很多城市都有，人们因为看惯了普通雕塑，形成了视觉惯性，突然看到这几尊雕塑有点异样，总会由吃惊而兴奋。很多行人会与“雕塑”并肩拍张照，“雕塑”会与你拉手、搂肩。拍完照片，你就应该往脚前的帽子里扔点钱。

有的旅客小气，不与“雕塑”并肩、握手，就站在边上，让他作为街景拍张照，以为可以不付钱。这种“偷拍客”在这里有点麻烦。快门一响，“雕塑”警觉，一看有一个小姐快速离去的背影，就会从基座上跳下来去追赶。于是，一尊埃及法老金塑在边追边喊一名满脸通红的金发女郎，一座浑身洁白的希腊伟男石雕在阻拦一名黑发黑衫的亚洲女士，这情景实在好玩，往往引得周围一片欢呼。

无论是金塑还是石雕都笑容可掬，语气间毫无谴责：“小姐，我能不能再与你照一张？”小姐当然连忙给钱，“雕塑”收下后还满口客气，“其实这倒不必。”

只有一宗表演我看不明白。一口华丽的棺材，盖子打开了，里面躺着一位化了妆的男演员，做死亡状，脸上画着浓重的泪痕。棺材上挂着一张纸，用西班牙文写着一排诗句，我怀疑是莎士比亚某剧中的一个片断，但哪一个剧呢？想了半天无法对位。棺材旁坐着一位女性，显然是演员的妻子，她脚下有一个皮袋，过往行人丢下的钱币很多。

从演员的呼吸状态看，他显然是睡着了。睡着而能比那些活蹦乱跳的卖艺人赚更多的钱，也真有本事。

三

流浪者大街的东端直通地中海，逛街劳累后我想吹吹风，便向海边走去。

海边是一个广场，中间有一柱高塔，直插云端。高塔底部，有斐迪南国王和伊萨伯拉女王的雕像。高塔顶部，还有一尊立像。

这会是谁呢？连堂堂国王和女王都在那么低下的部位守护着他，难道他是上帝？

云在他身边飘荡，他全然不理，只抬头放眼，注视远方。

我立即猜出来了，只能是他，哥伦布。

一问，果然。

我看了看整体形势，这座哥伦布高塔，正与流浪者大街连成一条直线。那么，这位航海家也就成了大街上全体流浪者的领头人。或者说，他是这里的第一流浪者。

其实岂止在这里。他本是世界上最大的流浪者。

为了争取流浪，他在各国政府间寻找支持。支持他的，就是现在蹲坐在他脚下的皇家夫妻。

他发现了一片大陆，于是走进了历史。但他至死都不清楚，自己发现的究竟是什么大陆。

哥伦布表明了流浪的本性：不问脚下，只问前方。

四

从哥伦布，我理解了巴塞罗那的另一位大师：高迪。

我以前对高迪知之甚少。让我震动的，是他建造圣家族大教堂的业绩。

他接受这项工程时才三十岁，造了四十四年，才造成一个外立面。在外立面完工庆典前的两个星期，他因车祸去世，终年七十四岁。

到今天，正好又过了七十四年，他的学生在继续造，还没有造好。对此，巴塞罗那的市民着急了，向市政当局请愿，希望自己有生之年能参加这个教堂的落成典礼。于是市政当局决定加快步伐，估计二十年后能够完成。

那么，这个教堂建造至今，已历时一百四十八年，再过二十年是一百六十八年。

这种怪异而又宏伟的行为方式，使我想起流浪者的本性：不问脚下，只问前方。

我到那座教堂的工程现场整整看了一天。高迪的杰作如灵峰，如怪树，如仙窟，累累叠叠、淋淋漓漓地结体成庄严。后续工程至今密布着脚手架，延续着高迪饱满的创作醉态又背离了他，以挺展的线条、干净的变形构建成一种新的伟大。

由此也深深地佩服巴塞罗那市民，他们竟然在一百四十几年之后才产生焦急，这是多大的宽容和耐心。今天的焦急不是抱怨高迪和他的学生，而是抱怨自己有限的生命。

为了弥补以前对高迪的无知，我这次几乎追踪到了他在城里留下的每一个足迹。细细打听，步步追问，凡有所闻，立即赶去。

他终生未娶，即便年老，也把自己的居所打扮成童话世界。每一把椅子，每一张桌子，每一面镜子，只要人手可以搓捏的，他都要搓捏一番，绝不放过。他最想躲避的是常规化定型，因此每做一事都从常规出走，从定型逃离，连一椅一桌都进入了流浪。

高迪于一九三六年死于车祸，当时缺少图像传媒，路人不认识倒地的老人是谁，把他送到了医院，抢救无效又送到了停尸房。但是，几天之后，“高迪之城”终于发现找不到高迪了，才慌张起来，四处查访，最后，全城长叹一声，知道了真相。

人们来到他的故居，才发现，他的床竟如此之小。

这时大家似乎最终醒悟，一个真正的流浪者，只需要一张行军床。

只因它特别忠厚

西班牙到处都是斗牛场，有的气势雄伟，有的古朴陈旧。

但无论如何，我不喜欢斗牛。

牛为人类劳累了多少年，直到最后还被人吃掉，这大概是世间最不公平的事。记得儿时在乡间看杀牛，牛被捆绑后默默地流出大滴的眼泪。于是一群孩子大喊大叫，挺身去阻拦杀牛人的手。当然最终被阻拦的不是杀牛人而是孩子，来阻拦的大人并不叱骂，也都在轻轻摇头。

从驱使多年到一朝割食，便是眼开眼闭的忘恩负义，这且罢了，却又偏偏围出一个斗牛场去激怒它、刺痛它、煽惑它，极力营造杀死它的借口。一切恶性场面都是谁设计、谁布置、谁安排的？却硬要把生死搏斗的起因推到牛的头上，似乎是疯狂的牛角逼得斗牛士不得不下手。

人的智力高，牛又不会申辩，在这种先天的不公平中，即使产生了英雄，也不会是人，只能是牛。但是，人却杀害了它，还冒充英雄。世间英雄，真该为此而提袖遮羞。

再退一步，杀就杀了吧，却又聚集起那么多人起哄，用阵阵呼喊来掩盖血腥阴谋。

有人辩解，说这是一种剥除了道义逻辑的生命力比赛，不该苛求。

要比赛生命力为什么不去找更为雄健的狮子老虎？专门与牛过不去，只因它特别忠厚。

小巷老门

西班牙的一半风情，在弗拉门戈舞里蕴藏。

入夜，城市平静了，小巷子幽幽延伸。我们徒步去找一个地方，走着走着连带路的朋友也疑惑起来：路名不错，门牌号码已经接近，为什么还这么阒寂无声？

要找的门牌号码，挂在一扇老式木门上，门关着。用指背轻叩三下，门开了，是一个瘦小的男人。我们说已经来过电话预订，他客气地弯腰把我们迎入。

进门有一堵很旧的木墙挡眼，地方只容转身。但转身就看到了木墙背后的景象，着实让我们吃了一惊。

一个很大的场子，已经坐了一二百人。大家都围着一张张桌子在喝酒，谈话声很小，桌上烛光抖抖，气氛有点神秘。场子内侧有舞台，所有的人都是来看一个家庭舞蹈团演出的，包括我们在内。这是他们家庭的私房，所以躲得那么隐秘，塞得那么拥挤，一门之外，竟毫无印迹。

舞台灯光转亮，演出开始了。

娉娉婷婷出来三个年轻女郎，一个温和，一个辛辣，一个略略倾向另类，都极其美丽，估计是这个家庭的女儿和小媳妇。她们上场一派端庄，像刚刚参加过开学典礼，或结伴去做礼拜。突然，其中一个如旋风初起，云翼惊展，舞起来了，别的两位便让到一边。舞者完全不看四周，只是低头敛目，如深沉自省，却把手臂和身体展动成了九天魔魅，风驰电掣。

但恰恰在怎么也想不到的瞬间，她骤然停止，提裙鹤立。应该有一丝笑容露脸，却没有，只以超常的肃静抵赖刚才的一切，使全场观众眨着眼睛怀疑自己：这样雅淑懦弱的女郎怎么会去急速旋转呢？

瘦削的男子一脸愁楚，一出场就把自己的脚步加速成夏季的雨点，像要把一身烫热霎时泻光。他应该是这个家庭的小儿子，家庭遗传使他有了如此矫健的步伐。

静静地，仪态万方，一个中年女子上场，她应该是这家的大媳妇。同样的奔放在她这儿归结为圣洁，同样的激越在她这儿转化为思考。最后她终于笑了，与年轻的舞者结束时谁也不笑不同，只有她敢笑，但笑容里分明有三分嘲讽隐藏。她是在嘲讽别人还是在嘲讽自己？她是在嘲讽世界还是在嘲讽舞蹈？不知道，只知道有这三分嘲讽，这舞蹈便超尘脱俗，进入了可以平视千山的成熟之道。

舞台边上一直站着一个胖老汉，一看便知是家长，正在监督演出的全过程。没想到大媳妇刚退场，他老人家却走到了舞台中央。以为要发表讲话，却没有，只见他突然提起西服下摆，轻轻舞动起来。身体过于肥硬，难于快速转动，但他有一股气，凝结得非常厚重，略略施展只觉得举手投足连带千钧，却又毫无躁烈，悠悠地旋动出了男人的妩媚、老人的幽默。这位最不像舞者的舞者怎么着都行，年岁让他的一举一动全都成了生命的古典魔术。

高潮是老太太的出场。这是真正的台柱、今晚的灵魂，尽管她过于肥胖又过于苍老。

老太太一出场便不怒自威，台上所有的演员都虔诚地站在一边注视着她，包括那位胖老汉，她的夫君。连后台几个工作人员也齐刷刷地端立台角，一看便知这是他们家庭的最高仪式。刚才的满台舞姿全由老太太一点一点传授，此刻宗师出马，万籁俱静。

老太太脸上，没有女儿似的平静，没有儿子似的愁楚，没有大媳妇的嘲讽，也没有胖老汉的幽默，她只是微微蹙眉又毫无表情，任何表情对她都显得有点世俗。她的一招一式，这是他们天天面对的经典，却又似乎永远不可企及。

耳边有人在说：整个西班牙已经很少有人能像她这样，下肢如此剧烈地舞动而上身没有半点摇摆。

老太太终于舞毕，在满场的掌声中，他们全家一起进入舞蹈状态，来为今晚的演出收尾。但奇怪的是，每个舞者并不互相交流呼应，也不在乎台下观众，各自如入无人之境，因此找不到预料中的欢乐、甜媚、感谢和道别。有的只是炽烈的高傲、流动的孤独、忧郁的奔放。

观众至此，已经意识不到这是沉沉黑夜中一条小巷中的家庭舞会，只觉得满屋闪闪的烛影，已全然变成安达卢西亚著名的阳光。

在西班牙南部，阳光、夜色、晨曦、暮霭，大半从舞者的身体迸出，留下小半才是自然天象。

死前细妆

在很长一个时期，西班牙人成批地到一个废弃的宫苑门口久久排队。好不容易放进去一批，便在荒草、瓦砾中艰难行走，去寻找一座座神秘的庭院。后来，欧洲人也来排队了，美国人也来排队了，有些著名作家还想方设法在里边住一阵，全然不怕无月的黑夜野猫和碎瓦一起堕落在荒草间，而手边又摸不到烛台。

一年年下来，有关当局终于下决心，投入漫长的时间和大笔的经费来清理这个宫苑。刚清理完，立即被公认为世界第一流名胜。当年康有为先生旅行欧洲，特地辛辛苦苦到西班牙南部来看它，看完写诗惊叹它的土木建筑水平，我们中国很难比得上。

这便是阿尔汗布拉宫。

今天我们一行来到这里，首先惊诧它的巨大。一层层进去，对于能否在一天之内走完它，已失去信心。

我带了好几本这个宫苑的地图，因此不会迷失于路线。但我相信，很多游人会因它的历史图像，迷失得糊里糊涂。

这事说来话长，早在公元八世纪，也就是中国李白、杜甫的时代，一部分阿拉伯人和柏柏尔人，从北非西部渡海进入现在的西班牙地区，建立政权，史称“摩尔人”。到十五世纪，摩尔人统治这方土地已经七百多年，早已血缘相混、语言相融，他们压根儿没有怀疑过统治的合理性。只有早年的历史记载告诉他们，自己的祖先当初是如何从北非漂泊过来。

然而，西班牙人没有忘记。他们从很早就开始酝酿着收复失地的运动。是这个运动提醒了摩尔人，事情有点麻烦。当时摩尔人无论从哪一方面都比西班牙人强大，因此即使感到麻烦也有恃无恐。但那种深埋于土地深处的种子，有的是时间。

一百年、一百年地悄悄过去，北方的政治势力此起彼伏，收复失地的运动渐渐拥有了自己的领袖和据点。最后，变成了声势浩大的军事行为。摩尔人终于发现，自己已被包围，包围圈越缩越小，不可突围。

最明智的方案是自动离开。但他们并不是刚刚来了几十年，还能找到出发的地点，而是早就在这里代代生根，已经不知道天底下何处可回。于是我们看到，当年，雄健得不受地域限制的祖先留下了一批没有地域安身的子孙，凄怨动人，着实可怜。

最惊人的事情，是西班牙人打下了南方的绝大多数地方，只剩下格拉纳达一座孤城，而这场包围居然延续了两百多年！

历史学家们提出过很多理由解释这场包围延续如此久远的原因，而我感兴趣的，则是这两百多年间两方面的文化心理走向。

摩尔人当然开过很多会议，动过很多脑筋，想过很多活路，但在无数次失败后不得不承认，这是摩尔人在伊比利亚半岛上的最后一个王朝。这种绝望在开始阶段是悲痛和激愤的，但由于时间拖得太长，渐渐趋于平静。而绝望中的平静，总是美丽的。

阿尔汗布拉宫，就是在绝望的平静中完成的精雕细刻。因此，它的一切讲究都不是为了传代，更不是为了炫耀，而是进入了一种无实利目的的终极境界。

我想，最准确的比喻应该是死前细妆。知道死期已临，却还有一点时间，自己仍然精力充沛、耳聪目明，于是就细细装扮起来。早已不在乎明日，不在乎观者，不在乎评论，一切只给自己看，把最精微的心思投注其间。

什么时候，包围的敌军会把这一切烧毁、砸碎呢？

这个时间很可能是明天，也可能再过百年。不管了，只顾一点点建造，一点点雕刻。这种心绪在世界各个宫殿间我都没有体会过，唯有在这里体会了。

那么，且来看看城外。

数百年收复失地运动的悲壮，先驱者抛掷生命的历史，使包围者们对格拉纳达城有一种潜在的敬畏。其实已经很容易攻下，但还是谋划长久，发兵数万，甚至御驾亲征。

亲征的御驾是斐迪南国王和伊莎贝拉女王，他们的联姻推动了西班牙的统一，现在剩下格拉纳达是统一的最后障碍了。在这件大事上，伊莎贝拉充分展现了她惊人的魄力和才智。一方面利用格拉纳达王国统治集团的内部矛盾，各个击破；一方面又动员各地力量投入战争，甚至为了军费不惜典押自己的金银首饰。更令人佩服的是，在如此繁忙的前线营帐里，她还接见了一位希望获得远航支持的意大利人，他就是哥伦布。

此时，在格拉纳达城内，雕梁画栋正簇拥着一个年轻的皇帝，他叫阿卜迪拉，有些中国书翻译成阿蒂儿，更显其小。他父亲因爱上了一位基督徒而被废黜，自己即位后就面临着不可收拾的危局。父皇的荒唐在于用爱情背叛了政治，明明满城人民要他举起宗教的旗帜来对抗城外，因为此外再也没有别的旗帜可举，而他却把爱交给了城外的宗教。阿卜迪拉不知道父亲这么做究竟是算和解、突围，还是投降，只可怜自己不明不白地当上了替罪羔羊。但既然已经有了这样的父亲，他对自己的职责也就认真不起来了。

这一切决定了阿卜迪拉的最终选择：弃城投降。因此斐迪南和伊莎贝拉的密密层层的营帐顷刻失效。西班牙人认为这是上帝赐予的奇迹，数万人听到消息后立即齐刷刷地跪于城下谢恩，而实际上，真正需要感谢一声的倒是那位明智的年轻君王。他不可能力挽狂澜，但如果头脑不清，或想摆弄几个英勇的身段，也完全有可能导致对峙双方大量生灵死亡。

年轻的皇帝找了一个边门出宫，走到远处一个山岗上又回头眺望，不禁暗暗垂泪。据说他母亲当时在边上说："哭吧，孩子，一个男子汉守不住自己的功业，应该流一点眼泪！"

一个王朝，一段历史，居然结束得这样平和。因此，连阿尔汗布拉宫里最细微的花纹，直到今天还在完好无损地微笑。

那一天，是一四九二年一月二日。

半年之后，哥伦布的远航船队出发。西班牙开始谋求自己新的形象。

历史上有一个说法，年轻的皇帝阿卜迪拉弃城出走时对胜利者提出一个条件，把他出走的那扇边门立即用墙砖封上。我在宫墙四周细细寻找，想找到那扇被封住的门，但宫墙太长，我又缺少线索，连一点可疑的痕迹都没有找到。

古老的窄街

塞维利亚，为什么一提这个地名，我就产生了一种莫名的兴奋？

在十六、十七世纪，它是世界第一大港，这是原因。

但是，更重要的原因还在于文学作品。

最容易想到的是塞万提斯。他在这里度过青年时代，很多街道和房屋的名称出现在他的作品中。

他是西班牙作家，这还不算奇怪。奇怪的是，一些并非西班牙籍的世界文学大师，特别喜欢把自己的主角的活动场所，选定在塞维利亚。

法国作家博马舍写了《塞维利亚的理发师》，那位机敏可爱的理发师叫费加罗，于是后来又有了《费加罗的婚礼》。全世界的观众从笑声中想象着这个城市的古老街道。

英国诗人拜伦写了《唐璜》，开门见山便是：

他生在塞维利亚，一座有趣的城市，
那地方出名的是橘子和女人——
没有见过这座城市的人真是可怜……

那么，唐璜这个贵族公子的风流和热情，在读者心目中也就成了塞维利亚的性格。

当然还要提到法国作家梅里美。他把妖丽、邪恶而又自由的吉卜赛姑娘卡门，也安排到了塞维利亚，结果又给这个城市带来了异样的气氛。

这一切，确实是塞维利亚使我们兴奋的原因。但是，原因之上应该还有原因。为什么这些异国文学大师，都会把自己最钟爱的奇特人物放心地交付给塞维利亚？

这是受天意操纵的灵感，艰深难问。我们唯一能做的是前去感受，尽管这座城市现在已经并不重要。

在它非常重要的时代修建的雄伟城堡，看到了。作为第一大港所保存的哥伦布的种种遗物，看到了。多种多样的精致花园，包括阿拉伯式花园、文艺复兴式花园、英国式花园和现代花园，也看到了。但是，我更喜欢那些古老的窄街。几百年未曾改变，应该与塞万提斯、博马舍、拜伦、梅里美见到的没有太大差别。一圈一圈，纵横交错，一脚进去，半天转不出来。

窄街窄到什么程度？

左边楼墙上的古老路灯，从右边楼房的阳台上伸手就可以点着。但此刻天还未暗，用不着火，倒是一束斜阳把两边窗口的鲜花都点燃了，两番鲜亮，近在咫尺。等斜阳一收，路灯就亮了。

一排小桌沿街排列，行人须侧身才能通过。张张桌前座无虚席，而且人人都神采奕奕。西班牙人有一个长长的午休，于是一天也就变成了两天，现在正是同一日期下的第二天的黄金时段。他们乐呵呵地坐着笑着，吃着喝着。端走了盘碟，桌上还闪亮着透明的红醋和橄榄油。不管是阳光还是灯光，都把它们映照成宝石水晶一般。

男女侍者个个俊美，端着餐盘哼着歌。他们要在小桌边飞动，又要为川流不息的行人让路，既不撞翻餐盘也不丢失礼貌，扭来扭去当作了一种自享的舞蹈。座位上的外国游人，已经从他们的腰身眉眼间寻找出费加罗的影子，甚至还会猜测，哪个是复活的卡门？哪个是回乡的唐璜？

现在我已略略理解了文学大师们的地点选择。塞维利亚，因奇异的历史，因多民族的组合，因理性的薄弱和感官的丰裕，因一个个艺术灵魂的居住和流浪，使每个角落都充满了弹性。

这里没有固定主题，一切都有可能发生；

这里从来不设范本，人人都是艺术典型；

这里的神秘并不阴暗，几乎近于透明；

这里的欢乐毫不羼假，比忧伤还要认真。

贝壳未碎

小城萨拉曼卡十分紧凑。不管你怎么走，只要找得到中间像一个方形老城堡似的市政广场，怎么也迷不了路。

但是，对于欧洲小城，千万不能这么套近乎。你以为已经了如指掌，实际上恐怕连边沿都没有摸着。

萨拉曼卡真正的亮点，是那所著名的大学。

萨拉曼卡大学是西班牙最古老的大学。我曾在一本历史书上读到，哥伦布出发远航前，曾特地来到萨拉曼卡，与几位博学的修士探讨，这些修士，当时多数就是萨拉曼卡大学的教授。那么，小小的萨拉曼卡，早在哥伦布时代就已经是学术研究中心。

哥伦布到这里来的具体行迹已经找不到参证，但我愿意带着冒险家出发前的心境在这些安适的街道间走走。想的是，安适如何怂恿了冒险，小街如何觊觎着大海。

正这么走着，我发现天色不早，黄昏已临，准备找一个旅馆住下，却突然停步。因为在一个街口我看到了一幢古老的巨大建筑，浑身是古朴的土黄，但满墙却雕满了贝壳！对大海的渴望，竟然展现得如此气派。我连忙拉住两个学生模样的年轻人打听，他们说，这楼就叫贝壳屋，建于十五世纪末，至今已有五百多年。我在心底暗暗一算，那正是哥伦布准备出发的年代。

贝壳屋有台阶可上，无人阻拦。进去几步就是一个洞窟般的大厅，四周矗立着巨大而密集的古柱。此时天色已暗，大厅古柱间更是阴气森森，像是不小心误入了一个酋长的巢穴，一个恐怖的王府。但我心里明白，这王府的名称就叫时间。

大厅有二楼，是长长的回廊，那里倒是泛出一些光来，使我还能在大厅古柱间辨别物象、轻步踩踏。

左前方有了灯光，越近越亮，也开始有人。终于走进了一间有现代设施的厅室，看那文字标牌，原来是到了萨拉曼卡大学的公共图书馆。伸头一望，有不少学生在书库翻阅。至此我才明白过来，刚才穿越的古柱森森的贝壳屋，就是这个图书馆的门廊。

那么，这个图书馆也实在太排场了。

哥伦布当年一定会来到这里。萨拉曼卡大学不大，贝壳屋当时新建，他没有不来的道理。这个航海迷一见满墙的贝壳，一定笑逐颜开了吧?

五百多年来贝壳未碎、古柱未倒，本是一个奇迹。然而，更大的奇迹是：五百多年后它们仍然不以自身的资格让人供奉，只是默默地支撑在一起做了大学图书馆的门廊。就像一代元勋已经须发皓然，还乐呵呵地为孩子们看家护院。

我猜想，大学当局做这番设计，是要让所有的青年学生每天走一走这道门廊。但是，不知有多少学生能够体会其间的象征。今天图书馆里的任何一本书都比不上墙上贝壳的年岁，因此，灯光明亮的现代书库只是白沫一闪。人类求知的道路仍然如古柱下无灯的恐怖，老墙上对水的渴念。

等着吧，当今天自以为是的学者们全部退出历史，这满墙的贝壳仍然不会破碎。

我的窗下

里斯本西去三十公里有危崖临海，大西洋冷雾迷茫。这里的正式地名叫罗卡角，俗称欧洲之角，因为这是欧洲大陆的最西点。

风很大，从大西洋吹来，几乎噎得人不能呼吸。海边竖立着一座石碑，上有十字架，碑文是葡萄牙古代诗人卡蒙斯写的句子：

大地在此结束，
沧海由此开始。

我在石碑背风的一面躲了一会儿风，眯眼看着大西洋，身心立即移到五百年前，全然理解了当年葡萄牙航海家们的心思。海的诱惑太大了，对“结束”和“开始”的怀疑太大了，对破解怀疑的渴望太大了。

据我过去在阅读中留下的粗浅印象，对于近代航海事业，葡萄牙觉悟最早。那时德国、意大利还在封建割据，英国、法国还无心问鼎新的航道，而葡萄牙、西班牙的航海技术却有了长足的进步。与西班牙相比，葡萄牙王室里又出现了一代代真正痴迷航海的专家，如亨利亲王、阿方索五世、约翰二世和曼努埃尔一世。我相信葡萄牙王室的航海专家们曾一次次来到罗卡角，在这海风雨雾间思考着远行的路线。作为“热身赛”，他们已经亲自率队航行过非洲。他们的最终目标，与当时绝大多数欧洲航海家一样，都是《马可·波罗游记》中记述的中国。

今天我在这里又找到了新的证据。罗卡角南方不远处，正是古代王室的居住地，一代王朝就在这山崖上思念着海那边的东方。怎么才能航行过去呢？葡萄牙王室中的航海专家已有初步的判断。他们认为，应该从罗卡角向南，到达非洲海域后仍然向南，绕过非洲南端的好望角后再折向东。现在我们已经知道，他们的判断是正确的。

就在这种情况下，他们遇到了哥伦布。哥伦布决定横渡大西洋去寻找马可·波罗的脚印，希望获得葡萄牙王室的资助。葡萄牙王室太内行了，一听就觉得方向有误，未予支持。哥伦布转而向西班牙王室求援，伊莎贝拉女王支持了他。

结果，葡萄牙由于太内行而失去了哥伦布，而哥伦布也因为没有理会葡萄牙王室的意见而失去了马可·波罗。他横渡大西洋果然没有找到东方，却歪打正着，找到了美洲。

然而，心里发酸的葡萄牙王室仍在暗想，尽管哥伦布已经名动天下，东方，还应该是一个目标。

五年后，葡萄牙人达·伽马果然按照南下折东的路线，准确地找到了印度。他回来时，葡萄牙人举行隆重仪式欢迎，他带回来的财富，是远征队全部费用的六十倍，其中宝石和香料让欧洲人眼花缭乱，一时的影响，超过了哥伦布。二十年后，葡萄牙人麦哲伦奉西班牙政府之命干脆把地球绕了一圈，但他没有回来。

无论是达·伽马还是麦哲伦，都还没有进入《马可·波罗游记》里描写的世界。这总于心不甘，于是，葡萄牙还是一心要从海上寻找中国。

我在这里看到一份资料，提及葡萄牙国王在一五〇八年二月派出一个叫塞夸拉的人率领船队到马六甲，要他在那里打听：中国有多大？中国人长多高？勇敢还是怯懦？信奉什么宗教？使用什么兵器？

有趣的是，国王特别向远征船队下令，不准向中国人挑衅，不准夺取中国人的战利品。显然，他对神秘的中国保留着太多的敬畏。

几年后又派出一个叫皮莱斯的人来侦探。皮莱斯的情报抄本现在已经发现，他说中国人非常懦弱，用十艘船就能完全征服，夺取全中国。

中国地方官员没有国际知识和外交经验，互相都在小心翼翼地窥探。葡萄牙人先要停泊，后要借住，借住后也缴税缴租；中国官员不知道他们会不会做坏事，特地在他们的借住地外面筑了一道城墙，把握关闸大权，定期开闸卖一点食物给他们。这种情景，居然也维持了几百年，说明双方心气都比较平和。

我对这种尚未发展成恶性事件时的对峙，很感兴趣，因为这里边最容易看出文化差异。

葡萄牙人把自己当作是发现者，而又认为发现者便是占领者，只不过一时慑于中华帝国的宏大，不敢像在其他地方那样嚣张罢了。

中国官员开始好像没有把他们的到来太当一回事，这与传统观念对"番夷"的理解有关。后来发生一些事，也处处表现出因妄自尊大和闭塞无知所造成的可笑。最令我心痛的，是当时中国官方对第一批翻译人员的荒唐制裁，居然把他们看成是"私通番夷者"而一一处死，真是愚昧。

但是，历史终于朝着恶性的方向走去了。鸦片战争之后，葡萄牙看到中国在英国的炮火前一败涂地，便趁火打劫，单方面宣布澳门是葡萄牙的殖民地自由港，一跃而成为欺侮中国的西方列强中的一员。其实它与中国已经打了几百年交道，而当时自己的国势也已经衰落，竟然一变而成为这个形象，有点不大光彩。

在葡萄牙图书馆翻阅的资料中，有两个细节引起了我的注意。第一个细节是，葡萄牙人最早抵达中国本土，是一五一三年六月，抵达的地点是屯门外的伶仃岛，正好在我深圳住所的南窗对面；第二个细节是，他们正式与中国的行政机构取得联系是一五一七年八月，地点在南头关防，又正恰在我住所的西窗前面。

——既然你们那么早就来到我的窗下，那么，我也理应来看看你们出发的码头。好像，我来得太晚了。

他们的麻烦

葡萄牙人喜欢用白色的小石块铺设城市的人行道。里斯本老城人行道的石块，已被岁月磨成陈年骨牌。沿骨牌走去，是陡坡盘绕的山道，这样的山道上居然还在行驶有轨电车。

山道很窄，有轨电车几乎从路边民房的门口擦过，民房陈旧而简陋，门开处伸出一头，是一位老者，黑发黄肤，恰似中国早年的账房先生，但细看并非中国人。

骨牌铺成的盘山道很滑，亏得那些电车没有滑下来，陈旧的民房没有滑下来。我们已经爬得气喘吁吁，终于到了山顶，那里有一个巨大的古城堡。

古城堡气势雄伟，居高临海，显然是守扼国家的门卫。罗马时代就在了，后来一再成为兵家必争的目标。最近一次辉煌纪录，是圣乔治王子一五八〇年在这里领导抗击西班牙入侵者。抗击很英勇，在其他地方已经失守的情况下，这个城堡还固守了半年之久。

一算年代，那时中国明代的地方官员正在澳门筑墙限制葡萄牙人活动，而葡萄牙人又已开始向中国政府缴纳地租。当时中国并不衰弱，但与这些外国人打交道的中国地方官员完全不知道，葡萄牙人自己的国家主权已成为严重问题。

我顺着城堡的石梯上上下下，一次次鸟瞰着里斯本，心想家家都有一本难念的经。如果只从我们中国人的眼光看，葡萄牙人是有阴谋地一步步要吞食澳门；但是联想到里斯本的历史，就会知道他们未必如此从容。

你看，航海家达·伽马发现了印度后返回里斯本才六年，葡萄牙人刚刚在享受发现东方的荣耀，一场大瘟疫笼罩了里斯本。当时他们在马六甲的远航船队正开始探询中国的情报，但更焦急的是探询远方亲友在瘟疫中的安危。据我们现在知道的当时里斯本疫情，可以推测船队成员探询到的亲友消息一定凶多吉少。

瘟疫刚过不久，里斯本又发生大地震。第一次，正是他们的船队要求停泊于澳门的时候；第二次，则是他们要求上岸搭棚暂住的年代。

说得再近一点，十八世纪中期的里斯本更大的地震至今仍保持着欧洲最强地震的纪录，里斯本数万个建筑只剩下几千。就算他们在澳门问题上嚣张起来的十九世纪，里斯本也更是一刻不宁。英国欺侮中国是后来的事，对葡萄牙的欺侮却长久得多了，而法国又来插一脚，十九世纪初拿破仑攻入里斯本，葡萄牙王室整个儿逃到了巴西，此时这个航海国家留给世间的只是一个最可怜的逃难景象，处境远比当时的中国朝廷狼狈。后来一再地发生资产阶级革命，又一次次地陷于失败，整个葡萄牙在外侮内乱中一步步衰竭。

中国人哪里晓得眼前的“葡夷”身后发生了那么多灾难，我们在为澳门的主权与他们摩擦，而他们自己却一次次差点成了亡国奴，欲哭无泪。可能少数接近他们的中国官员会稍稍感到有点奇怪，为什么他们一会儿态度强蛮，一会儿又脆弱可怜；一会儿忙乱不堪，一会儿又在那里长吁短叹……

在信息远未畅通的年代，遥远的距离是一层厚厚的遮盖。现在遮盖揭开了，才发现远年的账本竟如此怪诞。怪诞中也包含着常理：给别人带来麻烦的人，很可能正在承受着远比别人严重的灾难，但人们总习惯把麻烦的制造者看得过于强悍。

古本江先生

一

半个世纪前，里斯本的一家老旅馆里住进了一位神秘的外国老人。他深居简出，拒绝拍照，只过着纯粹而孤独的日子。

老人走过很多地方，偶尔落脚这里。他在厚厚的窗帘后面观察街道，体察市情，他一路都在准备做一个决定。没有人知道这个决定的内容，而他，则不知道自己会在哪里发布这个决定。

葡萄牙，里斯本，老旅馆，对这位老人而言都没有根脉维系，也没有情缘牵扯。他本该悠然而过，无印无迹，但他终于住下了，再也舍不得离开。

他知道，自己已经慢慢地走近那个决定。

连他自己也惊讶，怎么会是这里。

直到他去世人们才知道，一个用他的名字命名的世界级文化基金会，将在这里成立，纯资产十八亿美金。这在当时，是一个天文数字。他的名字，就叫古本江（Calouste Sarkis Gulbenkian，1869—1955）。

从此，在文化版图上，葡萄牙将不再是原来的葡萄牙，里斯本也将不再是原来的里斯本。

二

古本江先生怎么会有那么多钱呢?

原来，他是波斯湾石油开采的早期推动者。他探明波斯湾石油贮藏丰富，又深知石油在二十世纪的重大意义，便风尘仆仆地周游列国，苦口婆心地动员他们开采。如果动员产生了效果，他又会帮助设计开采规模，联系国际市场。他的报酬，每项开采计划中都占有百分之五的股份。后来干脆成为定例，大家都叫他“百分之五先生”。

百分之五的比例乍看不大，但试想波斯湾的石油有多少，二十世纪对石油的需求有多少，在如此庞大的财富洪流中把百分之五归入一个人门下，如何了得。

古本江先生面对自己的巨额资产想做几件事。一是推动教育事业，二是推动艺术事业，三是推动科学事业，四是推动慈善事业。这四项事业已足以证明，他是一个怎样的人。

要实行这四项事业，必须设立一个基金会。不管从哪个方面看，葡萄牙的里斯本并不具备设立的资格，但古本江先生看中了这里的朴实、安宁和好客。

有了古本江基金会，素来贫困的葡萄牙不仅自己可以源源不断地获得大笔文化教育经费，而且也成了国际文化资助的重心。在世界很多城市，都有古本江基金会的办事处、科研所、文化中心、图书馆，连巴黎、伦敦也不例外，而总部却在里斯本。这是一种多大的文化气势。

希望这件事，能对世间一切有心于文化建设的市长们有所启发——

文化无界，流荡天下，因此一座城市的文化浓度，主要取决于它的吸引力，而不是生产力。

文化吸引力的产生，未必大师云集，学派丛生。一时不具备这种条件的城市，万不可在这方面拔苗助长，只须认真打理环境。适合文化人居住，又适合文化流通的环境，其实也就是健康、宁静的人情环境。

在真正的大文化落脚生根之前，虚张声势地夸张自己城市已有的一些文化牌号，反而会对流荡无驻的文化实力产生排斥。因此，好心的市长们在向可能进入的文化人介绍本市“文化优势”的时候，其实正是在推拒他们。这并非文人相轻，同行相斥，而是任何成气候的文化人都有自身独立性，不愿沦为已有牌号的附庸。古本江先生选中里斯本，至少一半，是由于这座城市在文化上的“空灵”。

就一座城市而言，最好的文化建设是机制，是气氛，是吐纳关系，而不是一堆已有的名字和作品。

三

古本江基金会大厦矗立在古本江公园里，占地不小，设备先进，我们去时正在进行翻修。大厦正门右侧的花坛里，竖立着古本江先生的塑像。塑像是面对街道的，前面有卫护栏，不能靠近。

我站在街道上端详着他的塑像，心思立即飞到了前些年去过的波斯湾。那里本是古文明的滋生地，现在早已破落得不成样子，而多数灾难又与争夺石油有关。我在巴比伦遗址中见到过几千年前铺设的沥青路残迹，可见古文明的创造者们也发现了石油。但他们无法预料，这种地下的液体将会点燃起无穷无尽的战火，结果连同古文明一起被世人耻笑。

今天才知，仅仅通过一个人，那片古老而悲凉的土地还拿出过百分之五的气力，滋养着现代文明。

又想起了他的孤独。里斯本的老旅馆，闭门谢客的外国老人，不知从哪里来，到哪里去。文化，竟然由一副苍老的肩头承担着。

像走私犯，像逃亡者，一路躲闪，一路暗访，只想寻找着一个托付地，来阐明自己生命的文化含义。

古本江先生终于阐明了，顺便也阐明了波斯湾的文化含义。

第二辑　中欧

仁者乐山

一

从意大利到奥地利，也就是从南欧进入了中欧。

意大利当然很有看头，但家业太老，角落太多，管家们已经不怎么上心了。奥地利则不同，处处干净精致。同样一座小城，在意大利，必定是懒洋洋地展示年岁，让游人们来轻步踩踏、声声惊叹；在奥地利，则一定把头面收拾得齐整光鲜，着意于今天，着意于眼前。

奥地利的首都维也纳，并不古老却很有文化。一百多年前已经有旅行家做出评语："在维也纳，抬头低头都是文化。"我不知道这句话的含义是褒是贬，但好像是明褒实贬。因为一切展示性的文化堆积得过于密集，实在让人劳累。接下去的一个评语倒是明贬实褒："住在维也纳，天天想离开却很难离开。"这句评语的最佳例证是贝多芬，他在一城之内居然搬了八十多次家，八十多次都没有离开，可见维也纳也真有一些魔力。

时至今日，太重的文化负担使它陷入太多程式化的纪念聚集，因此显得沉闷而困倦。中国人刚刚开始热衷的"金色大厅音乐会"之类，也已开始失去生命力。奥地利人明白这一点，因此早已开始了对维也纳的背叛。

奥地利的当代风采，在维也纳之外。应该走远一点去寻找，走到那些山区农村，走到因斯布鲁克到萨尔茨堡、林茨的山路间。寻找时，有小路应该尽量走小路，能停下逗留一会儿当然更好。

二

奥地利的山区使我疑惑起来：自己究竟是喜欢山，还是喜欢水？

这里所说的“喜欢”，不是指偶尔游观，而是指长期居息。无论是临水还是倚山，都会有一些不方便，甚至还会引来一些大灾难，但相比之下，山间的麻烦更多。从外面看是好好一座山，住到了它的岙窝里很快就会感到闭塞、坎坷、芜杂，这种生态图像与水边正恰相反。

也许正是这个原因，我以前对居息环境的梦想，也大多与水有关。

但是，眼前的奥地利，却让我惊讶不已。

首先是图像的净化。满山满坡都是地毯般的绒草，或者是一片片整齐的森林，色调和谐统一，单纯明丽，把种种芜杂都抹去了。这也就抹去了山地对人们的心理堵塞，留下了开阔气韵。海边的优势，也不过如此吧？但它又比海边宁静和安全。

其次是人迹的收敛。整治草地和森林的当然是人力，但人的痕迹却完全隐潜，只让自然力全姿全态地出台。所有的农舍，不是原木色，就是灰褐色，或是深黑色，不再有别的色彩。在形态上也追求原生态，再好的建筑看上去也像是山民的板屋和茅寮，绝不会炫华斗奇，甘愿被自然掩埋。这种情景与中国农村大异其趣。中国民众总是企图在大地上留下强烈的人为印迹，贫困时涂画一些标语口号，富裕时搭建出艳俗的房舍。奥地利告诉我们，人类只有收敛自我，才能享受最完美的自然。

在奥地利的山区农村，看不到那些自以为热爱自然却又在损害自然的别墅和度假村。很多城里人不知道，当他们“回归自然”的时候，实际上蚕食了山区农村的美学生态。奥地利的山区农村中一定也有很多城里人居住，他们显然谦逊得多，要回归自然首先把自己“回归”了，回归成一个散淡的村野之人，如雨入湖，不分彼此。

三

在奥地利，想起了中国古代的山水哲学。

孔子对于山水，并无厚此薄彼，说过八个字：“智者乐水，仁者乐山。”

这里的“乐”字，古代读“要”，一个已经死了的读音。但是我觉得这八个字很有现代美学价值，应该活下去。

海洋文明和大河文明视野开阔、通达远近、崇尚流变，这一点，早已被历史证明。由这样的文明产生的机敏、应时、锐进、开通等品质也就是所谓“智”；与此相对比，山地文明则会以敦厚淳朴、安然自足、万古不移的形态给我们带来定力，这就是所谓“仁”。

其实，整个人生，也就是平衡于山、水之间。

水边给人喜悦，山地给人安慰。

水边让我们感知世界无常，山地让我们领悟天地恒昌。

水边让我们享受脱离长辈怀抱的远行刺激，山地让我们体验回归祖先居所的悠悠厚味。

水边的哲学是不舍昼夜，山地的哲学是不知日月。

正因为如此，我想，一个人年轻时可以观海弄潮、择流而居，到了老年，则不妨在山地落脚。

四

此刻我正站在因斯布鲁克的山间小镇塞费尔德（Seefeld）的路口，打量着迷人的山居生态。

那些农舍门前全是鲜花，门口坐着一堆堆红脸白须、衣着入时的老人。他们无所事事，却无落寞表情，不像在思考什么，也不东张西望。与我们目光相遇，便展开一脸微笑，又不期待你有太多的回应。

也有不少中年人和青年人在居住。我左边这家，妻子刚刚开了一辆白色的小车进来，丈夫又骑着摩托出去了。但他们的小车和摩托都掩藏在屋后，不是怕失窃，倒是怕这种现代化的物件窃走浑厚风光。妻子乐呵呵地在屋前劈柴，新劈的木柴已经垒成一堵漂亮的矮墙。

现在是八月，山风已呼呼作响。可以想见，冬季在这里会很寒冷。这些木柴那时将在烟筒里变作白云，从屋顶飘出。积雪的大山会以一种安静的银白来迎接这种飘动的银白，然后两种银白在半空中相融相依。

突然有几个彩色的飞点划破这两种银白，那是人们在滑雪。

悬崖上的废弃

一

萨尔茨堡，瓢泼大雨。

打伞走过一条小路，向一个标志性城堡走去。

中欧山区的雨，怎么会下得这样大？雨帘中隐隐约约看到很多雕塑，但无法从伞中伸出头来细看。它们的庄严安详被雨一淋，显得有点滑稽。是人家不方便的时候，不看也罢。

到了城堡门口，就需要攀援古老的旋转楼梯。古城堡两边圆桶形的部位，就是楼梯的所在。楼梯越转越小，越转越高，到大家都头昏眼花的时分，终于有了一个小门。侧身进入，居然金碧辉煌，明亮宽敞。原来，大主教离群索居在一个天堂般的所在。

后来，主教下山了，因为时代发生了变化。于是，古城堡快速地走入了历史，升格为古迹，让人毫无畏惧地仰望，汗流浃背地攀登。

我喜欢这种攀登。瞻仰古迹，如果一步踏入就一目了然，太令人遗憾了。

历史是坎坷，历史是幽暗，历史是旋转的恐怖，历史是秘藏的奢侈，历史是大雨中的泥泞，历史是悬崖上的废弃，因此，不能太轻易地进入。

二

这座城堡好大。

造得这样大，原因很多，其中最重要又最说不出口的一个原因是，大主教考沙赫与老百姓关系不好，不愿出门，也不敢出门。

这很好笑：因自闭而雄伟，因胆怯而庞大。

还有更好笑的呢。

这个城堡中曾经囚禁过另一位大主教，他的名字叫迪特利希。理由是他违反教规，公开拥有情人——这还不好笑，好笑的是，他与情人生下了十五个子女！

这位拥有十五个私生子女的大主教被囚禁的当天，这座城堡也就成了全城嘲讽的目标。民众抬头便笑，从此把仰视和俯视全然混淆。

萨尔茨堡再也严肃不起来了。

大主教西提库斯下山后更加调皮捣蛋，居然在露天宴会桌边的贵宾座椅上，偷偷地挖了喷水泉眼，待到礼仪庄重的时刻，命人悄悄打开。这时他要欣赏的不是客人们的狼狈，而是客人们的故作镇静。

他一定不能捧腹大笑，因为这会使客人们故作镇静的时间缩短。他还要竭力使每一个客人感到，此刻满裆湿透的只是自己，无关他人。他会找一些特别严肃的话题与客人一一交谈，甚至还会探讨宗教的精奥。

在这之前，他还会在客人的选择上动很多脑筋，特别要选那些道貌岸然的端方之士。

可笑的不是主教里边有另类，而是另类做了大主教。

三

可笑的事情那么多，最后终于登峰造极。萨尔茨堡的修道院墓地中，有一排并列的七个墓碑，传说安葬着当地一个石匠的七个妻子。但也有争议，说石匠本人也在里边。

本来这很普通，不值得游人来参观，但这里却成了热闹的旅游点，原因是石匠妻子们的死因太离奇。

居然是，一个个都被石匠胳肢，奇痒难忍，大笑而死！

石匠为什么要用这种方法胳肢自己的妻子呢？如果是一种谋杀手段，那实在太残酷了，有何必要？

如果是闺房取乐，失手一人已经离谱，怎么可能接二连三？

总之，无论是哪一种可能，都不是一件好事。但是，为什么游客们都愿意兴高采烈地到这里来呢？大家在那些墓碑前想到的，是一群女人笑得气也喘不过来的颠倒神态，而拒绝去追索什么“死亡档案”，这又是什么原因？

我想，主要是因为人人都会死，也都会笑，却从来没有想过可以笑于死，死于笑。

辛苦人生，谁能抗拒得了这种出入生死的大笑？于是也就删去了背后隐藏的种种问号。

民间的世俗故事历来不讲严格逻辑，所以天真烂漫，所以稚拙怪诞，所以强蛮有趣。

萨尔茨堡虽然美艳惊人却长期寂寞。记得一位德国学者说过，直到十八世纪后期——

> 当时伟大的旅行者几乎没有人经过萨尔茨堡，因为除了光彩的建筑和美丽的田园风光之外，再没有什么可吸引人的了。

伟大的生活不在这里，而是在另外的世界。政治中心在维也纳、巴黎、伦敦、圣彼得堡，在米兰、罗马、那不勒斯……

正因为自己不重要，别人又不来，萨尔茨堡人就与他们的主教大人一起闹着笑着，自成日月。

四

我好不容易攀上来的这个庞大的城堡，历届主教修修停停、不断扩充，到完工已拖到一七五六年。我没有读到过城堡落成典仪的记述，估计不太隆重。因为当任主教的目光已投注山下。

但是，主教的一位乐师却在家里庆祝着另一件喜事，他的儿子正好在这一年年初出生，取名为沃尔夫冈·莫扎特。

当时谁也不知道，这比那个城堡的落成重要千倍。

我读过莫扎特的多种传记，它们立场各不相同，内容颇多抵牾，但是，没有一部传记怀疑他的稀世伟大，也没有一部传记不是哀氛回绕、催人泪下。

那也就是说，萨尔茨堡终于问鼎伟大，于是也就开始告别那种世俗笑闹。

一座城市就这样快速地改变了自己的坐标，于是也改变了生活气氛和美学格调。

五

有一种传记说，莫扎特三十五岁在维也纳去世，出殡那天没有音乐，没有亲人，只有漫天大雪，刺骨寒风，一个掘墓老人把那口薄木棺材埋进了贫民墓坑。几天之后，他病弱的妻子从外地赶来寻找，找不到墓碑，只能去问看墓老人：“您知道他们把我丈夫埋在哪儿了吗？他叫莫扎特。”

看墓老人说：“莫扎特？没听说过。”

这样的结局发生在维也纳，没有一个萨尔茨堡人能读得下去，也没有哪个国家、哪座城市的音乐爱好者能读得下去。

但是，另一种传记曾经让我五雷轰顶。原来，主要责任就在这个“病弱的妻子”身上，她是造成莫扎特一生悲剧的祸根。这种传记的作者查阅了各种账簿、信件、笔记、文稿之后做出判断，莫扎特其实一直不缺钱，甚至可以说报酬优渥，只是由于妻子的贪婪和算计，家庭经济变得一团糟。即便他的出殡，也收到大量捐赠，是妻子决定“高度节俭”。妻子来到墓地并不是几天之后，而是隔了整整十七年，还是迫于外界查询的压力，不得已而为之。还有材料证明，这个妻子不仅毁了莫扎特，甚至还祸及莫扎特的父母和姐姐，致使最爱面子的老莫扎特只能在萨尔茨堡人的嘲讽中苦度晚年。

如果后一种传记是真实的，那么萨尔茨堡应该是在沉思：一个伟大的音乐生命，为何如此拙于情感选择？一个撼人的精神系统，为何陷落于邪恶陷阱不可自拔？他孩童般的无知，如何通达艺术上的高度成熟？他内心的创伤，为何没有倾覆他的乐章？……

萨尔茨堡正在惶愧，却传来了晚年歌德的声音：

> 莫扎特现象是十八世纪永远无法理解的谜。

我这次来，听他们引述最多的，是爱因斯坦的一个问答。

> 问：爱因斯坦先生，请问，死亡对您意味着什么？
>
> 答：意味着不能再听莫扎特。

六

一座素来调皮笑闹的城市，只是由于一个人的出生和离去，陡然加添如许深沉，我不知道这对萨尔茨堡的普通市民来说，究竟是好还是不好。

荣誉剥夺轻松，名声增加烦恼，这对一个人和对一个城市都是一样。今天的萨尔茨堡不得不满面笑容地一次次承办规模巨大的世界音乐活动，为了方便外人购置礼品，大量的品牌标徽都是莫扎特，连酒瓶和巧克力盒上，也都是他孩子气十足的彩色头像。这便使我警觉，一种高层文化的过度张扬，也会使广大民众失去审美自主，使世俗文化失去原创活力。

欧洲文化，大师辈出，经典如云，这本是好事，但反过来，却致使世俗文化整体黯淡，生命激情日趋疲沓，失落了太多的天真稚拙、浑朴野趣。这是我一路看到的欧洲文化的大毛病。在奥地利，大如维也纳，小如萨尔茨堡，都是这样。为此，我不禁又想念起这座城市在莫扎特出现前的那些闹剧。

醉意秘藏

布达佩斯东北一百多公里，有一个叫埃盖尔的小城。去前就知道，那里有两个五百年前的遗物，一是当年抗击土耳其人的古城堡，二是至今还没有废弃的大酒窖。

匈牙利朋友说，如果我们不想在那个小城夜宿，就无法把这两个地方都看全。那么，选哪一个呢？

“酒窖。”我说。

“那城堡有很多动人的故事，譬如，最后在那里抗击土耳其人的，只剩下了女人。酒窖，可没有这样英勇的故事。”匈牙利朋友怕我们后悔。

“酒窖。”我说。

我知道英勇的城堡值得一看，但那样的故事已经看得太多，因此更想看看大地深处的秘密。

酒窖的进口处，现在是一家酒厂。厂长听说来了中国客人，连忙赶来，也不多说什么，扬手要工作人员把厚厚的窖门打开。

大家刚进门，就被一股阴阴的凉气裹卷住了。这种发自地底的凉气是那么巨大，与周围幽暗的光线、看不到头的石灰岩洞组合在一起，委实让人却步。三位容易感冒的伙伴打了一阵寒噤后慌忙退出，我们几个则深深地吸了一口气，让凉气弥散全身，然后提起精神往前走。

一排排绵延无际的酒桶出现了，桶上都标着年代。两旁时时出现一些独立的窖室，铁栅栏门锁着，贮存着一些特殊年代的酒中珍品。空气中的酒香越来越浓，酒窖里的长巷也越来越深。终于看到头了，快步走过去，谁知一转弯又是漫延无际。

厂长在一旁平静地说："我们才走了不到一公里。现在一共启用了三公里，其实，整个酒窖全长十五公里。尚未启用的十二公里，会慢慢清理。"

这些平静的数字使我们很不平静。

正这么没完没了地走着，厂长已站定在一个窖室边，伸手示意要我们进去。这个窖室很长，没有酒桶，只有一溜长桌，两边放着几十把椅子。长桌和椅子全由粗重的原木打造，不刨不漆，却已被岁月磨成了发亮的深褐色。厂长说，这是品酒室。

我们依次入座，有一个年轻的侍者上来，在我们每个人面前放一只高脚玻璃酒杯，铺一方暗红的餐巾。看来，我们得品酒。

年轻侍者又上来了，在长桌上等距离摆开四个陶桶。我们以为那便是酒，伸头一看，桶是空的，不知何用。也不问，只待主人用行动来解谜。

这时，窖室门口出现了一个面无表情的光头男子，年龄在中年和老年之间，不看谁，也不打招呼，双手捧着一个很大的玻璃壶，里边装了半壶琥珀红的酒。他走到桌边，端正站立，像在等待什么。

厂长坐在长桌一端，离这个光头男子有一点距离，此时便远远地瞭了玻璃壶一眼，随即报出了这酒的年份、浓度和葡萄产地。厂长话音刚落，光头男子霎时从伫立状态复活，立即给我们每个人斟酒。他斟酒时仍然面无表情，但那小心翼翼的姿态表现出了对酒的无上恭敬，好像是在布施琼浆玉液。等他给每个人都斟上了，我们手持杯脚，转头看厂长，等他发话。

厂长说："请！但只能喝一口，最好不咽下，只在嘴里打转品咂。"

说完便示范，平平地端杯，轻轻晃了晃杯子，看了一眼，然后入口。嘴部动了两动，便伸手拉过桌上的空陶桶，吐了出来。那杯只喝了半口的红酒，也倾倒进去了。

由于这杯酒出现前经过了如此隆重的仪式，我们眼看着这种倾倒，深感心痛。厂长知道我们的心意，说还要品尝多种品牌的酒，如果都喝下去，非醉不可。这当然是对的，但出于痛惜之情我还是偷偷把那口酒咽下了，却又不得不把杯子里的酒倾倒在陶桶里。

倾倒时尽量缓慢，细看那晶莹的琥珀红映着烛光垂直而泻，如春雨中的桃花屋檐涓然无声。

接下去，光头男子一次次端着玻璃壶上来，厂长每次都瞭过一眼报出年份、浓度和葡萄产地，我们也就一次次品咂、吐出、倾倒。开始时还偷咽几口，后来不敢咽了，因为已经感到身热脸烫，酒窖似乎也变得不再阴凉。

不知已经酒过几巡，陶然间终于发觉厂长已经站起身来，品酒结束了。好几位伙伴站立时需要扶一下椅子，竟发觉一把把椅子稳如磐石，其重无比。厂长笑着说，酒醉容易失态，这椅子不能让他们搬得动。这也是五百年沿袭下来的酒窖传统。

我们相视而笑，每人脸上，都有五百年的酡红。

走过长长的巷道我们又回到地面。厂长细心，在品酒过程中看出了我们最喜欢的牌子，一人送了两瓶，那种牌子叫“公牛血”。

酒窖的铁门轻轻地关住了，外面，骄阳如火。没有下窖的几个伙伴，奇怪我们为什么耽搁那么长时间。为了抚慰，我们马上把手上的酒分送给他们。

又是寻常街市，又是边远小城。如果没有特殊提醒，实在很难想象就在脚底下，有如此深长又如此古老的酒窖。

看来，谁也不能说已经充分了解了我们脚下的大地。你看这块多灾多难的土地下面，竟然秘藏着如许醉意。连裴多菲和纳吉的热血都没有改变它的恒温，连两次世界大战都没有干扰它的酣梦，那是一种何等的固执。

大哉酒窖。

哈维尔不后悔

一

布拉格超乎我的意料。

去前问过对欧洲非常熟悉的朋友 Kenny，最喜欢欧洲哪座城市，他说是布拉格，证据是他居然去过五十几次。这种证据很难成立，因为很可能有女友在那里。但当我们真的来到了布拉格，即便不认为是欧洲之最，也开始承认 Kenny 的激赏不无道理。

一个城市竟然建在七座山丘之上，有大河弯弯地通过，河上有十几座形态各异的大桥——这个基本态势已经够绮丽的了，何况它还有那么多古典建筑。

建筑群之间的小巷里密布着手工作坊。炉火熊熊，锤声叮叮；黑铁冷冽，黄铜灿亮；剑戟幽暗，门饰粗粝。全然没有别处工艺品市场上的精致俏丽，却牢牢地勾住了旅人们的脚步。

离手工作坊不远，是大大小小的画室和艺廊。桥头有人在演先锋派戏剧，路边有华丽的男高音在卖艺。从他们的艺术水准看，我真怀疑以前东欧国家的半数高层艺术家，都挤到布拉格来了。

什么样的城市都见过，却难得像布拉格那样，天天回荡着节日般的气氛。巴黎、纽约在开始成为国际文化中心的时候一定也有过这种四方会聚、车马喧腾的热闹吧？但它们现在已经有了太厚的沉淀，影响了涡旋的力度。一路看来，唯有布拉格，音符、色彩、人流，和一种重新确认的自由生态一起涡旋，淋漓酣畅。

捷克的经济情况并不太好。进布拉格前我们已经游荡了这个国家不少城市和农村，景况比较寥落。为什么独独布拉格如此欣欣向荣？由此我更加相信，一座杰出城市可以不被周边环境所左右，如陋巷美人、颓院芳草。遥想当初四周还寒意潇潇，“布拉格之春”早已惠风和畅。

那个春天被苏联的坦克压碎了。此刻我正漫步在当年坦克通过最多的那条大街，中心花道间的长椅上坐着一位老人，他扬手让我坐在他身边，告诉我一种属于本城的哲学：“我们地方太小，城市太老，总也打不过人家，那就不打；但布拉格相信，是外力总要离开，是文明总会留下，你看转眼之间，满街的外国坦克全都变成了外国旅客。”

我不知道自己十年前听到这种没有脾气的哲学，会有什么反应。但现在却向老人深深点头，是在这浓密的花丛间，正当夕阳斜照，而不远处老城广场上的古钟又正鸣响。

这个古钟又是一个话题。

古钟建于十五世纪。当时的市政当局怕工艺外泄，居然刺瞎了那位机械工艺师的双眼。可见这钟声尽管可以傲视坦克的轰鸣，它自己也蕴含着太多的血泪。

我从这钟声中来倾听路边老人所讲的哲学，突然明白，一切达观，都是对悲苦的省略。

二

古钟位于老城广场西南角，广场中央是胡斯塑像。广场南方，是胡斯主持过的伯利恒教堂。

胡斯是宗教改革的先驱者，布拉格大学校长，一四一五年以“异端”的罪名被火刑烧死，这是我们小时候在历史课本里就读到过的。

教会判他是“异端”，倒并不冤枉。记得中世纪的一个宗教裁判员曾经自炫，他可以根据任何一个作者的任何两行字就判定异端并用火烧死，而胡斯反对教会剥削行径的言论却明确无误。请听他的这段话：

> 甚至穷老太婆藏在头巾里的最后一个铜板，都被无耻的神父搜刮出来，……说神父比强盗还狡猾、还凶恶，难道不对吗？

在一般想象中，这样的人物一定会受到民众的拥护。当权者在广场上焚烧这样一位大学校长，会不会引起民众的反抗？

但是到了欧洲，读到的历史资料却让我毛骨悚然。大量事实证明，民众恰恰是很多无耻暴行的参与者和欢呼者。一般在火刑仪式前夜，全城悬挂彩旗，市民进行庆祝游行，游行队伍中有一批戴着白色风帽、穿着肥大长袍把脸遮住的特殊人物，他们是宗教裁判员和本案告密者。执行火刑当日，看热闹的市民人山人海，其中很多人遵照教士的指示大声辱骂被押解的“犯人”，亲属们则围在他的四周最后一次劝他忏悔。当火点起之后，市民中“德高望重”的人拥上前去，享受添加柴草的权利。

举报胡斯的“证人”，恰恰是他原来的同道斯蒂芬·帕莱茨。胡斯的不少朋友，也充当了劝他忏悔的角色。

那么，统治当局是否考虑过其中有伪证和诬陷的可能？考虑过。但他们确信，即使是伪证和诬陷，受害者也应该高兴，因为他是为宗教而牺牲的。

总之，怎么诬陷都可以，怎么焚烧都可以。

但是，无知的民众却会被民族主义的火焰所点燃。胡斯之死终于被看成是罗马教廷对于捷克民族的侵犯，于是引发了一场以胡斯名字命名的大起义，为十六世纪的宗教改革写下了序篇。

因此，布拉格还是有点脾气的。

三

布拉格从什么时候开始蒸腾起艺术气氛来的，我还没有查证。我今天只采取一个最简便的办法，直接向一位享有世界声誉的大师奔去。

卡夫卡故居在一个紧靠教堂的路口，与从前见过的老照片完全一样。我进门慢慢转了一圈，出来后在教堂门口的石阶上坐了很久。这地方今天看起来仍然觉得有点气闷，房子与道路搭配得很不安定。我开始揣摩那位清瘦忧郁、深眼高鼻的保险公司职员站在这儿时的目光，谁知一揣摩便觉得胸闷气塞，真奇怪遥远的阅读记忆有如此强烈的功效。

何处是小职员变成甲虫后藏匿的房间？何处是明知无罪却逃避不掉的法庭？何处是终生向往而不得进入的城堡？

卡夫卡所在的犹太人群落，在当时既受奥匈帝国排犹情绪的打击，又受捷克民族主义思潮的憎恶，两头受压。在这种气氛中，父亲的紧张和粗暴，又近距离地加剧了生存困境。这种生存困境的扩大，恰恰是人类的共同处境。

他开始悄悄写作，连最要好的朋友布洛德也被瞒了好几年。四十岁去世时给布洛德留下了遗嘱："请将我遗留下来的一切日记、手稿、书信、速写等毫无保留地统统烧掉。"幸好，布洛德没有忠实地执行这个遗嘱。

卡夫卡死在维也纳大学医院，尸体立即被运回布拉格。当时人们还不清楚，运回来的是一位可以与但丁、莎士比亚、歌德相提并论的划时代作家，布拉格已经拥有了世界级的文化重量。

与卡夫卡同时，布拉格还拥有了写作《好兵帅克》的哈谢克。想想二十世纪前期的布拉格真是丰厚，只怕卡夫卡过于阴郁，随手描出一个胖墩墩的帅克在边上陪着。

卡夫卡和哈谢克几乎同时出生又同时去世，他们有一种深刻的互补关系：卡夫卡以认真的变形来感受荒谬，哈谢克以佯傻的幽默来搞乱荒谬。这样一个互补结构出现于同一座城市已经够让国际文化界羡慕的了，但是几十年后居然有人提出，意义还不止于此。说这话的人，就是米兰·昆德拉。

昆德拉说，卡夫卡和哈谢克带领我们看到的荒谬，不是来自传统，不是来自理性，也不是来自内心，而是来自身外的历史，因此这是一种无法控制、无法预测、无法理解、无法逃脱的荒谬，可称之为“终极荒谬”。它不仅属于布拉格，而且也属于全人类。

现在谁都知道，说这番话的米兰·昆德拉，本身也是一位世界级的小说大师。他连接了卡夫卡和哈谢克之后的文学缆索，使布拉格又一次成为世界文学中最引人注目的地标。但在“布拉格之春”被镇压后著作被禁，他只好移居法国。

四

布拉格在今天的非同凡响，是让一位作家登上了总统高位。任总统而有点文才的人在国际间比比皆是，而哈维尔总统却是一位真正高水准的作家。

当年刚刚选上时真替他捏一把汗，现在十多年过去了，他居然做得平稳、自然，很有威望。更难得的是，他因顶峰体验而加深了有关人类生存意义的思考，成了一个更具哲学重量的总统。读着他近几年发表的论著，恍然觉得那位一直念叨着“生存还是毁灭”的哈姆雷特，终于继承了王位。

捷克的总统府任何人都可以自由进出，本来很想去拜会他，可惜大门口的旗杆空着，表示总统不在。一打听，到联合国开会去了。

我在总统府的院子里绕来绕去，心想这是布拉格从卡夫卡开始的文化传奇的最近一章。

但相比之下，我读卡夫卡和昆德拉较多，对担任总统后的哈维尔却了解太少。因此以后几天不再出门，只在旅馆里读他的文章。随手记下一些大意，以免遗忘——

他说，病人比健康人更懂得什么是健康，承认人生有许多虚假意义的人，更能寻找人生的信念。传统的乐观主义虚设了很多“意义的岛屿”，引诱人热情澎湃，而转眼又陷入痛苦的深渊。哲人的兴趣不应该仅仅在岛屿，而是要看这些岛屿是否连结着海底山脉。这个“海底山脉”就是在摒弃虚假意义之后的信念。真正的信念并不憧憬胜利，而是相信生活，相信各种事情都有自己的意义，从而产生责任。责任，是一个人身份的基点。

他说，狂热盲目使真理蒙尘，使生活简单，自以为要解救苦难，实际上是增加了苦难，但等到发现往往为时已晚。世间很多政治灾祸，都与此有关。

他说，既然由他来从政，就要从精神层面和道德层面来看待政治，争取人性的回归。一个表面平静的社会很可能以善恶的混淆为背景，一种严格的秩序很可能以精神的麻木为代价。要防止这一切，前提是反抗谎言，因为谎言是一切邪恶的共同基础。政治阴谋不是政治，健康的政治鼓励人们真实地生活，自由地表达生命；成功的政治追求正派、理性、负责、诚恳、宽容。

他说，社会改革的最终成果是人格的变化。不改革，一个人就不想不断地自我超越，生命必然僵滞；不开放，一个人就不想不断地开拓空间，生命越缩越小，成天胶着于狭窄的人事纠纷。当权者如果停止社会改革，其结果是对群体人格的阉割。

他说，一切不幸的遗产都与我们有关，我们不能超拔历史，因此都是道德上的病人。我们曾经习惯于口是心非，习惯于互相嫉妒，习惯于自私自利，对于人类的互爱、友谊、怜悯、宽容，我们虽然也曾高喊，却失落了它们本身的深度。但是，我们又应相信，在这些道德病症的背后，又蕴藏着巨大的人性潜能。只要把这些潜能唤醒，我们就能重新获得自尊。

他说，那些国际间的危险力量未必是我们的主要敌人，那些曾给我们带来过不幸的人也未必是我们的主要敌人，我们的主要敌人是我们自己的恶习：自私、嫉妒、互损、空虚。这一切已侵蚀到我们的大众传媒，它们一味鼓动猜疑和仇恨，支持五花八门的劫掠。政治上的诽谤、诬陷也与此有关。正因为如此，我们更应该呼唤社会上巨大而又沉睡着的善意。

他说，文化从低层次而言，包括全部日常生活方式，从高层次而言，包括人们的教养和素质，因此，良好的政治理想都与文化有关。一个国家的公民在文化教养和举止习惯上的衰退，比大规模的经济衰退更让人震惊。

他说，知识分子比别人有更广泛的思考背景，由此产生更普遍的责任。这固然不错，但这种情况也可能产生反面效果。有些知识分子自以为参透了世界的奥秘，把握了人间的真理，便企图框范天下，指责万象，结果制造恐怖，甚至谋求独裁，历史上很多丑恶的独裁者都是知识分子出身。这样的知识分子现在要掌握大权已有困难，但一直在发出迷人的呼叫，或以不断的骚扰企图引起人们注意。我们应该提防他们，拒绝他们。与他们相反，真正值得信任的知识分子总是宽容而虚心，他们承认世界的神秘本质，深感自己的渺小无知，却又秉承人类的良心，关注着社会上一切美好的事物，他们能使世界更美好……

哈维尔因此也说到自己，他说自己作为总统实在有太多的缺点，只有一个优点，那就是没有权力欲望。正是这一点，使一切有了转机，使全部缺点不会转化为丑恶。

看来，他十年来在具体的权力事务上还是比较超逸的，因此能保持这些思考。但这些思考毕竟与他过去习惯的探讨生命的本质、荒诞的意义等有很大的不同，他已从那个形而上的层面走向了社会现实，对此他并不后悔。

问了很多捷克朋友，他们对于选择哈维尔，也不后悔。他们说，文化使他具有了象征性，但他居然没有僵持在象征中，让捷克人时时享受来自权力顶峰的美丽思想和美丽语言，又经常可以在大街和咖啡馆看到他和夫人的平凡身影。

问他的缺点，有的捷克朋友说，文人当政，可能太软弱，该强硬的时候不够强硬。但另外一些捷克朋友不同意，说他当政之初曾有不少人建议他厉害一点，甚至具体地提醒他不妨偶尔拍拍桌子，哈维尔回答说："捷克需要的不是强硬，而是教养。"

黄铜的幽默

一

斯洛伐克与捷克分家后，首都设在布拉迪斯拉发，一个在我们嘴上还没有读顺溜的地名。

沿途景象表明，这里还相当贫困。

两位同伴上街后回来说："快去看看，人家毕竟是欧洲！"

欧洲是什么？我在街上寻找。是灰墙巴洛克？是阳伞咖啡座？是尖顶老教堂？

突然我肃然停步：路边一个真实的地下井口的铁盖已经打开，正有一个修理工人慢悠悠地伸头爬将出来，而这一切其实是一尊街头雕塑。

初见到它的行人都会微微一惊，在辨别真假的过程中发现幽默，然后愉快地轻步绕过。

这种幽默陈之于街市，与前后左右的咖啡座达成默契。这种默契订立已久，因此浇铸它的不是闪亮的钢铁而是古旧的黄铜。

其实即使不是街头雕塑，欧洲处处可见这种阻碍人们快速行走的调侃和从容。

于是我可以找到词句来概括欧洲了。所谓欧洲，就是用古旧黄铜雕铸于街市的闲散和幽默。

斯洛伐克长久以来生存状态不佳，而居然能保留住这种深层风度，我看有一半应归功于艺术家。

艺术家奉献了这样的雕塑，而他们自己就像雕塑中的修理工人，一直默默地钻在地下，疏通着欧洲文明的管脉。

二

布拉迪斯拉发的市中心是一圈步行街，黄昏时分，这里人头济济，风华四溢，丝毫不比发达国家的城市逊色。

但是，这里的行人过于漂亮，说明除了最自信的恋人们，别的人还没有逍遥于户外的闲情。

这里的行人过于年轻，说明历史如何亏待了上一代，使他们还没有可能牵着小狗在街上消停，只把出门玩乐的事，完全交给了儿孙。

那么，论天下贫富，亮丽的青春不足为据。青春可以遮盖一切，就像花草可以遮盖荒山。真正的富裕躲藏在慵懒的眼神里，深深的皱纹中。

同样，看城市潜力，拥挤的市中心不是标志。市中心是一个旋涡，把衰草污浊旋到了外缘。真正的潜力忽闪在小巷的窗台下，近郊的庭园里。

布拉迪斯拉发属于春潮初动，精彩始发，不能不表现出一种展览状态。如果社会发展状况稳定，几十年后，今天的年轻人老了仍然敢于抛头露面，而他们的儿孙，也有工夫在街上悠闲，两相结合，就会比今天的景象丰满得多。

但奇怪的是，我在一些充分成熟的欧洲都市看到，除了旅行者，街边坐着的大多是老年人。他们的年轻人到哪里去了？大概各有去处吧，只是不想逛街、坐街，他们把街道交给了爷爷和奶奶。

因此，就城市而言，如果满街所见都年轻亮丽，那一定是火候未到，弦琴未谐。

这就像写作，当形容词如女郎盛装、排比句如情人并肩，那就一定尚未进入文章之道。文章的极致如老街疏桐，桐下旧座，座间闲谈。

城市这篇文章，也是这样。

追询德国

只有柏林，隐隐然回荡着一种让人不敢过于靠近的奇特气势。

我之所指，非街道，非建筑，而是一种躲在一切背后的缥缈浮动或寂然不动；说不清，道不明，却引起了各国政治家的千言万语或冷然不语……

罗马也有气势，那是一种诗情苍老的远年陈示；巴黎也有气势，那是一种热烈高雅的文化聚会；伦敦也有气势，那是一种繁忙有序的都市风范。柏林与它们全然不同，它并不年老，到十三世纪中叶还只是一个小小的货商集散地，比罗马建城晚了足足两千年，比伦敦建城晚了一千多年，比巴黎建城也晚了六百多年，但它却显得比谁都老练含蓄，静静地让人琢磨不透。

成为德意志帝国首都还只是十九世纪七十年代的事，但仅仅几十年，到二十世纪四十年代第二次世界大战结束，已几乎夷为平地，成了废墟。纵然是废墟，当时新当选的德国领导人阿登纳还是担心它仍然会给世界各国人民带来心理威胁，不敢把它重新作为首都。他说："一旦柏林再度成为首都，国外的不信任更是不可消除。谁把柏林作为新的首都，精神上就造成一个新的普鲁士。"

那么，什么叫作精神上的普鲁士，或者叫普鲁士精神？更是众说纷纭。最有名的是丘吉尔的说法："普鲁士是万恶之源。"这在第二次世界大战期间是正义的声音，战后盟军正式公告永久地解散普鲁士，国际间也没有什么异议。但是五十年后两个德国统一，国民投票仍然决定选都柏林，而且也不讳言要复苏普鲁士精神。当然不是复苏丘吉尔所憎恶的那种酿造战争和灾难的东西，但究竟复苏什么，却谁也说不明白。说不明白又已存在，这就是柏林的神秘、老练和厉害。

不管怎么说，既然来到了柏林，我就要向它询问一系列有关德国的难题。例如——

人类一共就遇到过两次世界大战，两次都是它策动，又都是它惨败，那么，它究竟如何看待世界，看待人类？

在策动世界大战前艺术文化已经光芒万丈，遭到惨败后经济恢复又突飞猛进，是一种什么力量，能使它在喧嚣野蛮背后，保存起沉静而强大的高贵？

历史上它的思想启蒙运动远比法国缓慢、曲折和隐蔽，却为什么能在这种落后状态中悄然涌出莱辛、康德、黑格尔、费尔巴哈这样的精神巨峰而雄视欧洲？有人说所有的西方哲学都是用德语写的，为什么它能在如此抽象的领域后来居上、独占鳌头？

一个民族的邪恶行为必然导致这个民族的思维方式在世人面前大幅度贬值，为什么唯有这片土地，世人一方面严厉地向它追讨生存的尊严，一方面又恭敬地向它索求思维的尊严？它的文化价值，为什么能浮悬在灾难之上不受污染？

歌德曾经说过，德意志人就个体而言十分理智，而整体却经常迷路。这已经被历史反复证明，问题是，是什么力量能让理智的个体迷失得那么整齐？迷失之后又不让个人理智完全丧失？

基辛格说，近三百年，欧洲的稳定取决于德国。一个经常迷路的群体究竟凭着什么支点来频频左右全欧，连声势浩大的拿破仑战争也输它一筹？

俄罗斯总统普京冷战时代曾在德国做过情报工作，当选总统后宣布，经济走德国的路，世人都说他这项情报做得不错。那么，以社会公平和人道精神为目标的“社会市场经济”，为什么偏偏能成功地实施于人道记录不佳的德国？

……

这些问题都会有一些具体的答案，但我觉得，所有的答案都会与那种隐隐然的气势有关。

世上真正的大问题都鸿蒙难解，过于清晰的回答只是一种逻辑安慰。我宁肯接受这样一种比喻：德意志有大森林的气质，深沉、内向、稳重和静穆。

现在，这个森林里瑞气上升，祥云盘旋，但森林终究是森林，不欢悦、不敞亮，静静地茂盛勃发，一眼望去，不知深浅。

墓地荒荒

一

问了好多德国朋友，都不知道黑格尔的墓在哪里。后来在旅馆接到一位长期在这儿工作的中国学人的电话，他是我的读者，知道我的兴趣所在，没说几句就问我想不想去祭拜一下黑格尔墓地。我一听，正中下怀。

这位中国学人叫于兴华，我没见过，于是约好在勃兰登堡门附近的国会大厦门口见面，他与太太开车来接我。

费里德利希大街往北，一条泥地小巷通向一个极不起眼的公墓，杂乱、拥挤、肮脏，很难相信这是欧洲陵园。如果不是他们夫妻带领，我即使拿着地址也不敢进来。

我跟着他们在密密层层的墓廊间行走，等着出现一个比较空阔的墓地，谁知正是在最密集的地方停了下来。于兴华说这就是，我将信将疑地看了他一眼，然后再看墓碑。将黑格尔的全名按字母排列拼了两遍，没错，再细看生卒年份，也对。那么，十八号墓穴安葬的，果真是黑格尔和他的夫人。斜眼一看，隔壁十九号，则是费希特和夫人。从公墓路边张贴的一张纸上知道，茨威格也在里边，找了三圈没找到。

这些大师在人类文化领域都顶天立地，没想到在这里却摩肩接踵，拥挤在如此狭窄的空间。我不知道处处认真的德国人，为什么这件事做得这么潦草。大概有一个特殊的历史原因，那就是这个地方属于原来的东德。西德就好得多，我在那里看到过一些不太重要的文化人墓地，都做得很讲究。相信这里不久就会有一次重大修缮。

我们三人在墓地间转悠了很长时间，只在长长的杂草间见到一个活人，是一个埋头读书的男青年。问他茨威格的墓，他立即礼貌地站起来摇头，然后向东边一指："我只知道布莱希特在那里。"

这个男青年身边的杂草间，还安置着一辆小小的婴儿车，里边有一个婴儿在熟睡。

墓园、荒草、婴儿、书籍，看书看到一半左右环顾，一个个惊天动地的名字从书本滑向石碑，又从石碑返回书本，这儿是许多文化灵魂的共同终点。我重新远远地打量了一下那个男青年，心中产生了一点莫名的感动。

在这里我突然明白，世间智者的归宿处，正是后人静读的好地方。紧靠着伟大的灵魂消闲半日，也会使人们的心理更加健康。可惜我们中国的殡葬文化缺少这种境界，常常使长眠者过于孤苦，或过于热闹。

二

黑格尔的美学，我曾研习和讲授多年，但今天站在他的墓前，想得最多的倒是他的国家理念。这是因为，我现在正旅行在荣辱交错、分分合合的德国，有太多的信号天天从正面和反面诱发着这个话题。

我在过去的阅读中知道，欧洲长期以来实行教权合一，很多人只知有教，不知有国。大约从十七世纪的"三十年战争"开始，互相之间打得热火朝天，打得教皇权威大损，打得人们重新要以"民族国家"的概念来谋求领土和主权。

国家因战争而显得重要，战争由国家来证明理由。“民族国家”的内涵，最早是由炮火硝烟来填充的。经过拿破仑战争，这一切都被描绘得更加浓烈，但当时在黑格尔的视野中，法国、英国、俄国都已经成为统一的主权国家，而他特别寄情的日耳曼民族居然还没有。这使他产生了一种焦灼，开始呼唤国家，并对国家注入一系列终极性的理念。他认为国家是民族精神的现实化，因此应该享有最终决定的意志。他甚至肯定普鲁士是体现“绝对精神”的最好国家。

我在黑格尔墓前想到他的国家理念，也由于看到与他相邻的是费希特。对民族感情的直露表现，费希特更强过黑格尔。拿破仑入侵普鲁士，对他刺激极大，并由此确认德意志人的天职就是建立一个正义的强权国家。这位哲学家已经按捺不住自己的社会责任，经常走出书斋和课堂发表慷慨激昂的演讲。费希特最典型的演讲词是：朋友，你胸中还存在着德意志的心脏吗？那就让它跳动起来吧！你身上还流动着德意志的热血吗？那就让它奔腾起来吧！

黑格尔把费希特的激情演讲凝练成了国家学说。于是我想，眼前这两个小小坟墓迸发过的情感和理念，曾对德国产生过巨大的负面作用。尤其是费希特对于国家扩充欲望的肯定，黑格尔关于战争是伟大纯洁剂的说法，增添了普鲁士精神中的有害成分。

费希特的老师是康德，但康德与他们有很大的不同。康德终身静居乡里，思维却无比开阔。他相信人类理性，断定人类一定会克服对抗而走向和谐，各个国家也会规范自己的行为，逐步建立良好的国际联盟，最终建立世界意义的“普遍立法的公民社会”。正是这种构想，成了后来欧洲统一运动的理论根据。

我当然更喜欢康德，喜欢他跨疆越界的大善，喜欢他隐藏在严密思维背后的远见。民族主权有局部的合理性，但欧洲的血火历程早已证明，对此张扬过度必是人类的祸殃。人类共同的文明原则，一定是最终的方向。任何一个高贵的民族，都应该是这些共同原则的制定者、实践者和维护者。

欧洲的文化良知，包括我敬仰的歌德和雨果，也持这种立场。

事实早已证明，而且还将不断证明，很多邪恶行为往往躲在“民族”和“国家”的旗幡后面。我们应该撩开这些旗幡，把那些反人类、反社会、反生命、反秩序、反理智的庞大暗流暴露在光天化日之下，并合力予以战胜。否则，人类将面临一系列共同的灾难。大家已经看到，今天的绝大多数灾难，已经没有民族和国家的界限。

可惜，由于康德的学说太平静，从来未曾引起社会激动。

这次我去不了康德家乡，只能在黑格尔的墓地抬起头来，向那里遥望。但我已打听清楚了去的路线，下次即使没人带路也能直接找到。

黑白照片

我前些年来柏林匆匆忙忙，想到柏林大学看看，问了两位导游都茫然不知，也就作罢了。

这次刚开口一问便有了答案，原来它早已改名为洪堡大学，纪念一个叫洪堡的人。

叫洪堡而又与这所大学密切相关的人有两个，是兄弟。哥哥威廉·洪堡，柏林大学的创始人，杰出的教育家。正是他，首先提出大学除了教育之外还要注重科学研究，大学里实行充分的学术自由，国家行政不得干涉。这些原则不仅有力地推动了科学发展，后来也为世界绝大多数国家的大学所采纳。弟弟亚历山大·洪堡，是自然科学由十八世纪通向十九世纪的桥梁式人物，柏林大学名誉教授，去世时普鲁士政府举行了国葬。这两个洪堡，都非常了不起，那么洪堡大学的命名是在纪念谁呢？就整体学术地位论，弟弟亚历山大·洪堡高得多，但我猜想作为大学，还会取名于那位哥哥威廉·洪堡。其实这事一问便知，我却不问，觉得说错了也不要紧，反正是兄弟，只相差两岁，两人的塑像都竖立在校园里。

校园里危楼很多。那幢主楼显得更有历史，我进进出出、上楼下楼无数次，几乎把每个角落都走遍了。走廊间有一扇扇木门，这些门都很高，有些新装了自动感应开关，有些还需用手去推，很重。想当年黑格尔和爱因斯坦们，也总得先把厚厚的皮包夹在臂下，然后用力去推。还是这些纹饰，还是这些把手，从未更改。

也有一些中国人推过这些木门，像蔡元培。他作为留学生在这里轻步恭行，四处留心，然后把威廉·洪堡的办学主张带回中国，成功地主持了北京大学。还有陈寅恪，不知在这里推了多少次门，回去后便推开了中国近代史学的大门。

二楼门前有一个小型的教授酒会，好像是在庆祝一项科研项目通过鉴定，却没有什么人致辞，各人来到后便在签到簿上签个名，然后拿一杯酒站着轻声聊天，一片斯文。他们身后的过道墙上，很随意地挂着一些不大的黑白照片，朦胧中觉得有几幅十分眼熟，走近一看，每幅照片下有一行极小的字，伸脖细读便吃惊。原来，这所学校获诺贝尔奖的多达二十九人。这是许多大国集全国之力都很难想象的数字，这里却不声不响，只在过道边留下一些没有色彩的面影，连照片下的说明，也都印得若有若无、模糊不清。照片又不以获奖为限，很多各有成就的教授也在，特别是女教授们。

这种淡然，正是大学等级的佐证。

想到这里我笑了起来，觉得中国大学的校长们能到这里来看看，回去也许会撤除悬挂在校园里的那些自我陶醉的大话。

空空的书架

从洪堡大学的主楼出来，发现马路斜对面是图书馆，便觉得应该去看看。

图书馆靠马路的一边，有一个石铺的小广场，我正待越过，却看见有几个行人停步低头在看地下，也就走了过去。地下石块上刻了几行字，是德文，便冒昧地请边上的一位观看者翻译成英文。原来石块上刻的是：

> 一九三三年五月十日，一群受纳粹思想驱使的学生，在这里烧毁了大量作家、哲学家和科学家的著作。

石块的另一半刻的是：

> 烧书，可能是人们自我毁灭的前兆。
>
> ——海涅

就在这块刻石的前面，地面上嵌了一块厚玻璃，低头探望，底下是书库一角，四壁全是劫烧过后的空书架。

我不知道这是当年真实的地下书库，还是后人为纪念那个事件所设计的一个形象作品，但不管是哪一种，看了都让人震撼。反复地从四个方向看仔细了，再移步过来把海涅的那句话重读一遍。

由烧书不能不想到中国的“文革”。那样的空书架在中国的哪个地方都出现过，而且比这里的更近了三十多年，我不知道我们为什么不能像他们这样铭记、警示和坦陈。

这块铭石，这个窗口，可看作是洪堡大学对学生的第一训诫。

就这样，这个学府用一页污浊，换来了万般庄严。

慕尼黑啤酒节

慕尼黑啤酒节，比我预想的好看。

醉态，谁都见过，但成千上万人醉在一起，醉得忘记了身份和姓名，忘记了昨天和明天，实在壮观。

醉态其实就是失态，失去平日的常态。常态是一种约定俗成的从众惯性，这种惯性既带来沟通的方便，又带来削足适履的痛苦。更可怕的是，几乎所有人都会对这种痛苦产生麻木，渐渐把囚禁当作了天然。因此，偶尔失态，反倒有可能是一种惊醒，一种救赎。

啤酒节，让这种偶尔失态变成了群体公约。

端庄行走的老太太把吹气纸龙戴在头上，随着她一伸一缩；满脸责任的老大爷顶在头上的是小酒桶，一步一颠。几个人一见面高声呼叫，像是死里逃生、劫后重逢，又哭又笑地抱在一起，其实他们只不过是办公室的同事，上午刚刚见过。很多年轻和年长的男女当街以热烈的动作倾诉衷肠，看情景不像是恋人和夫妻。

几个年轻人躺在街边睡着了。更可佩服的是几位老汉，笔挺地坐在人声喧嚣的路口石凳上，鼾声阵阵。

一个穿着黑西装、打着考究领带的胖绅士，猛一看应该是部长或大企业家，一手向上伸直，以一个偏斜的角度举着黑礼帽，不摇不晃，像端着一个盛满水的玻璃盅，两眼微闭，正步向前，别人都为他让路，他就这么一直走下去。

我身边走着一位风度很好的中年男子，戴着眼镜，笑容慈善。从外形看应该是大学教授，而且好像还没喝酒。但很快我就发现错了，是不是教授不知道，但一定已喝了不少，因为他突然感到了热，想把裤子当街脱掉。

他轻声用英语嘀咕："抱歉，真热！"便解开了自己的皮带，把裤子脱了下来，露出了三角内裤，但他忘了先脱皮鞋，两条裤腿翻转过来紧紧地缠住了他的脚踝，把他绊倒在地。我们周围的人都想搀扶他起来，谁知他突然生气，觉得堂堂男子汉脱条裤子怎么还要人侍候，便挥手把我们赶开。

两位上了年纪的妇女估计是虔诚的教徒，满脸同情地靠近前去不断询问："你有什么需要我们帮助的吗？"这使他更火了，从喉咙底吼了一声，只顾狠命地拉扯裤子，把裤子的一个口袋底子给拉扯了下来。这时有一群同样喝醉酒的年轻人上前围住了他，嘲笑他的酒量，猜测他的职业，他几次想站起身来把他们赶走，但每次都重重地绊倒。

这条路上本来就很拥挤，他这么一闹几乎堵塞了人流。于是很快，有七位警察把他围住了，五位男警察，两位女警察。男警察七手八脚把他从地上扶了起来，只听一位女警察在说："你怎么可以在大街上脱裤子？你看有多少人在看你！"

这话使他恼羞成怒，向着女警察一扬手："谁叫你们女人看了！"但毕竟已经无法控制自己的动作，这手扬到了女警察的肩膀。

"好啊，你还动手！"女警察正想找理由把他架走，这次顺势抓住了他的手，只轻轻一扭，就反到了背后。别的警察合力一抬，就把这位只穿三角内裤又拖着缠脚长裤的体面男子抬走了。男女警察都在笑，因为他们知道他只是喝醉在啤酒节上，与品质无涉，甚至也未必是酒鬼。

正在这时，一辆鸣着警笛的救护车戛然停下，跳下几位白衣医生，去抬另外两位醉卧在街心的壮汉和一位因喝多了而哭泣不止的女郎。

我突然发现，脚边有一副眼镜，是刚才教授模样的脱裤男子丢下的，便连忙捡起来去追那群抬着他的警察。我想，如果他真是教授，明天还要上课，没有眼镜挺麻烦。

“喂——”我终于追上了他们，正要向警察递上眼镜，但犹豫了。因为这支抬醉汉的警察队伍此刻已被更多的醉汉簇拥着，那些醉汉正兴高采烈地向警察递上一杯杯啤酒和别的吃食，像是在慰问辛劳，警察们又好气又好笑地一一挡回、推开。我如果在这种热闹中挤进去递上一副眼镜，在一片嘈杂声中又说不清话，结果会是怎样?

没准儿警察会说：“这个东方人醉得离谱，居然送给我一副眼镜！”

我只能向警察说明我没醉，但是“我没醉”恰恰是醉汉的口头禅。

于是明白，在这里，不存在醉和没醉的界线。啤酒节的最高魅力，是让没醉的人有口难辩。

那就干脆取消自我表白，我快速地把眼镜塞在一位警察手上，指了指被抬的醉汉，说声“他的”，便转身离开。

谁能辨认

一

二十年前，我在一部学术著作中描述过歌德在魏玛的生活。歌德在那座美丽的小城里一直养尊处优，从二十几岁到高寿亡故，都是这样。记得最早读到这方面资料时我曾经疑惑重重，因为我们历来被告知一切优秀的文学作品总与作家的个人苦难直接相关。也许歌德是个例外，但这个例外的分量太重，要想删略十分不易。

由这个例外又想起中国盛唐时期的大批好命诗人，以及托尔斯泰、雨果、海明威等很多生活优裕的外国作家，似乎也在例外之列，我的疑惑转变了方向。如果一个文学规律能把这么多第一流的大师排除在外，那还叫什么规律呢？

今天到了魏玛才明白，歌德在这儿的住宅，比人们想象的还要豪华。

整个街角一长溜黄色的楼房，在闹市区占地之宽让人误以为是一个重要国家机关或一所贵族学校，其实只是他个人的家。进门一看里边还有一栋，与前面一栋有几条甬道相连，中间隔了一个石地空廊，其实是门内马车道。车库里的马车一切如旧，只是马不在了。

车库设在内楼的底层，楼上便是歌德的生活区。卧室比较朴素，书库里的书据说完全按他生前的模样摆放，一本未动。至于前楼，则是一个宫殿式的交际场所，名画名雕，罗陈有序，重门叠户，装潢考究，好像走进了一个博物馆。

脚下吱吱作响的，是他踩踏了整整五十年的楼板，那声音，是《浮士德》一句句诞生的最早节拍。

我一间间看得很细很慢，伙伴们等不及了，说已经与歌德档案馆预约过时间，必须赶去了。我说我还没有看完，你们先去，我一定找得到。

伙伴们很不放心地先走了，我干脆耐下心来，在歌德家里一遍遍转。直转到每级楼梯都踏遍，每个角落都拐到，每个柜子都看熟，才不慌不忙地出来，凭着以前研究歌德时对魏玛地图的印象，穿旧街，过广场，沿河边，跨大桥，慢慢向感觉中的档案馆走去。

路并不直，我故意不问人，只顾自信地往前走。果然，档案馆就在眼前。伙伴们一见就欢叫起来。

档案馆是一个斜坡深处的坚固老楼。在二楼上，我看到了他们的笔迹。

歌德的字斜得厉害，但整齐潇洒，像一片被大风吹伏了的柳枝。席勒的字正常而略显自由，我想应该是多数西方作家的习惯写法。最怪异的莫过于尼采，思想那么狂放不羁，手稿却板正、拘谨，像是一个木讷的抄写员的笔触。

二

歌德到魏玛来是受到魏玛公国卡尔·奥古斯特公爵的邀请，当时他只有二十六岁。

德国在统一之前，分为很多小邦国，最多时达到二三百个。这种状态非常不利于经济的发展、风气的开化，但对文化却未必是祸害。有些邦国的君主好大喜功，又有一定的文化修养，乐于召集文化名人，很多精英也因此而获得了一个安适的创作环境。德国在统一之前涌现的惊人文化成果，有很大一部分就与此有关。反之，面对统一的强权，帝国的狂热，却很难有像样的文化业绩。

歌德在魏玛创造的文化业绩，远远超过魏玛公爵的预想，尤其是他与席勒相遇之后。

歌德和席勒在魏玛相遇之时，“狂飙突进运动”的风头已经过去，而他们已在开创一个古典主义时代。历史将承认，德国古典主义的全盛时代，以他们的友谊为主要标志，也以魏玛为主要标志。

三

看完歌德档案馆，我们在市中心的一家咖啡馆坐了一会儿，便去看席勒故居。

席勒故居是一座不错的临街小楼，但与歌德的家一比，就差得太远了。由此，不能不想起歌德和席勒的私人关系。

就人生境遇而言，两人始终有很大的差距，歌德极尽荣华富贵，席勒时时陷于窘迫。

他们并不是一见如故，原因就在于差距，以及这种差距在两颗敏感的心中引起的警惕。

从种种迹象看，两人的推心置腹是在十八世纪九十年代中期。席勒命苦，只享受这份友情十年。歌德比席勒年长十岁，但在席勒死后又活了二十多年，承受了二十多年刺心的怀念。

在他们交往期间，歌德努力想以自己的地位和名声帮助席勒，让他搬到魏玛来住，先借居在自己家，然后帮他买房。平日也不忘资助接济，甚至细微如送水果、木柴。当然，更重要的帮助是具体地支持席勒的创作活动。反过来，席勒也以自己的巨大天才重新激活了歌德已经被政务缠疲了的创作热情，使他完成了《浮士德》第一部。

他们已经很难分开，但还是分开了。他们同时生病，歌德抱病探望席勒，后来又在病床上得知挚友亡故，泣不成声。席勒死时家境穷困，他的骨骸被安置在教堂地下室，这不是家属的选择，而是家属的无奈。病中的歌德不清楚下葬的情形，他把亡友埋葬在自己心里了。

没想到二十年后教堂地下室清理，人们才重新记起席勒遗骸的问题。没有明确标记，一切杂乱无章。哪一具是席勒的呢？这事使年迈的歌德一阵惊恐，二十年对亡友的思念积累成了一种巨大的愧疚，愧疚自己对于亡友后事的疏忽。他当即自告奋勇，负责去辨认席勒的遗骨。

在狼藉一片的白骨堆中辨认二十年前的颅骨，这是连现代法医学鉴定家也会感到棘手的事，何况歌德一无席勒的医学档案，二无起码的鉴定工具。他唯一借助的，就是对友情的记忆。天下能有多少人在朋友遗失了声音、遗失了眼神，甚至连肌肤也遗失了的情况下仍然能认出朋友的遗骨呢？

我猜想，歌德决定前去辨认的时候也是没有把握的，刚刚进入教堂地下室的时候也是惊恐万状的。但他很快就找到了唯一可行的办法：捧起颅骨长时间对视。

这是二十年前那些深夜长谈的情景的回放，而情景总是具有删削功能和修补功能。于是最后捧定了那颗颅骨，昂昂然地裹卷起当初的依稀信息。歌德小心翼翼地捧持着前后左右反复端详，最后点了点头：“回家吧，伟大的朋友，就像那年在我家寄住。”

歌德先把席勒的颅骨捧回家中安放，随后着手设计棺柩。那些天他的心情难以言表，确实是席勒本人回来了，但所有积贮了二十年的倾吐都没有引起回应，每一句都变成自言自语。

这种在亡友颅骨前的孤独是那样的强烈，苍老的歌德实在无法长时间承受，他终于在魏玛最尊贵的公侯陵为席勒找了一块比较理想的迁葬之地。

谁知一百多年后，第二次世界大战期间席勒的棺柩被保护性转移，战争结束后打开一看，里面又多了一颗颅骨。估计是当初转移时工作人员手忙脚乱造成的差错。

那么，哪一颗是席勒的呢？世上已无歌德，谁能辨认！

席勒，也只有在歌德面前，才觉得有必要脱身而出。在一个没有歌德的世界，他脱身而出也只能领受孤独，因此也许是故意，他自甘埋没。

庞大的无聊

今天，我上山走进了海德堡最大的古城堡。站在平台岗楼上，可以俯视脚下的一切水陆通道、市镇田野，遥想当年如有外敌来袭或内乱发生，全部都在眼底，而背后的几层大门又筑造得既雄伟又坚牢，真可谓一夫当关，万夫莫开。

就在这个城堡里，看到了世界上最大的酒桶。

这个酒桶还有名字，叫卡尔·路德维希酒桶，安放在城堡中心广场西边一座碉堡形的建筑中。酒桶卧放，站在地上仰视就像面对一座小山。酒桶下端有阀门，是取酒的所在，但怎么把酒装进去呢？那就要爬到上面去了。为此，桶的两边有四十多级木楼梯，楼梯上还有几个拐弯，直到顶部。

我看到楼梯陡峭，就很想去攀爬，当然也想看看顶上那个装酒的口阀。

找到一位管理人员，正想动问又犹豫了，因为他的脸像这城堡一般阴森冷漠。转念一想，既然走到了他的面前还是硬着头皮问吧，谁知他毫无表情地吐出来的话竟是这样：“为什么不能爬？请吧，但要小心一点。”

楼梯爬到一半，看到酒桶外侧的墙上有一些很小的窗洞，可能是为了空气流通。楼梯的尽头就是酒桶的上端表面，可以行走，装酒的阀门倒是不大，紧紧地拧住了。

下楼梯回到平地再抬头，心想这么巨大的贮存量，即便全城堡的人都是海量酒仙，天天喝得烂醉，也能喝上几十年。据记载，这个酒桶可容纳葡萄酒二十多万升。城堡开宴会时如果宾客众多，一天就能喝掉两千多升。人人烂醉，等醒了以后再把酒桶加满。

我估计这个城堡的主人一定遭受过枯竭的恐惧，因此以一种夸张的方式来表达对未来危机的隐忧。大得不能再大的酒桶傲视着小得不能再小的窗洞，窗洞外不可预料的险恶土地为万斛美酒的贮存提供了理由。

但是，我眼中的这个酒桶又蕴藏着一个问题：再大也只能贮存一种酒，如果困守时间很长，对于这个城堡而言在口味上是否过于单调？

于是，它在无意之间完成一个逻辑转换。为了安全，必须营造保障；而与此同时，也正是在营造单调和无聊。

但是，单调和无聊的生活，并不是安全的保障。十七世纪后期，这个看起来坚不可摧的城堡居然被法国人攻入，一个很重要的原因就是城堡的守卫者都喝醉了。

学生监狱

我对海德堡大学的最初了解是因为一个人。忍不住，便在街边书摊上与两位大学生搭讪，问他们什么系，答是社会学系，我想正巧，便紧追着问："你们那里还有马克斯·韦伯（Max Weber）学派吗？"他们说："他是上一代的事情了，我们已经不读他的书。可能老师中有他的学派吧。"

我很怅然，继续沿着大街往前走。突然在一条狭窄的横路口上看到一块蓝色指示牌，上面分明写着：学生监狱。

这块牌子会让不少外来旅行者大吃一惊，而我则心中一喜，因为以前读到过一篇文章，知道那只不过是一处遗迹，早已不关押学生。是遗迹而不加注明，我想是出于幽默。

当然要去看看，因为这样的遗迹在全世界找不到第二个。

顺着指示牌往前走，不久见到一幢老楼，门关着，按铃即开。穿过底楼即见一个小天井，沿楼梯往上爬，到二楼楼梯口就已经是满壁乱涂的字画，三楼便是"监狱"。四间"监房"，一个高蹲位的厕所。房内有旧铁床和旧桌椅，四壁和天花板上全是顽皮的字画。

其实这个"监狱"只用了两年，一九一二年到一九一四年，是校方处罚调皮学生的场所。哪个学生酗酒了、打架了，或触犯了其他规矩，就被关在这里，只供应水和面包，白天还要老老实实去上课。

毕竟不是真的监狱，没有禁止从别处买了食物进来，也没有禁止别的同学探望，因此这里很快成了学生乐园。好多学生还想方设法故意违反校规，争取到这里来“关押”。

我请一位科隆大学社会学系的四年级学生把墙上胡乱涂写的德文翻译一下，他细细辨认了一会儿就笑着读了出来：

“嘿，我因顽皮而进了监狱！”

“这里的生活很棒，我非常喜欢，因此每次离开都感到心痛，真遗憾这次的关押期是两天而不是十倍。”

可见这位学生是这里的常客，早已把处罚当作了享受。这倒让我们看到一个有趣的逻辑：世间很多强加的不良待遇，大半出于施加者自己的想象，不一定对得上承受者的价值系统。有时，承受者正求之不得呢。

墙上还赫然写着被关押学生自己定出来的监规：

一、本监狱不得用棍子打人；

二、本监狱不得有警察进入；

三、若有狗和女人进入本监狱，要系链子。

这第三条监规污辱了女性，很不应该。但也证明，这所“监狱”是很纯粹的“男子监狱”，当时的女学生老实听话，不会犯事。这条监规可能是一个一连被几个女同学告发而收监的男生制定的吧？

“学生监狱”关闭在一九一四年，大概与第一次世界大战的爆发有关。如果真是这样，它关闭得太有气派了。

我觉得，这所“学生监狱”在以下几个方面很有意思——

第一，当时的校方很有意思，居然私设公堂，自办监狱。这在世界上可能也是绝无仅有的事，所以引起很多游人的好奇。校方对学生无奈到了什么地步，可想而知。但现在看来，真正犯法的是校方。

第二，当时的学生很有意思，居然已经调皮捣蛋到要迫使校方采取非法手段了。但他们调皮捣蛋的极致，不是反抗，不是上诉，而是把“监狱”变成了乐园。青春的力量实在无可压抑，即便是地狱也能变成天堂。

第三，这个地方按原样保存至今的想法很有意思，或者说把没意思变成了有意思。海德堡大学辉煌几百年却并不反对把这几间荒唐的陋房展示世人，各国游客可能完全不知道这所大学的任何学术成就，只知道有这么一个“学生监狱”。对此，没有一个教授声泪俱下地提出抗议，像我们常见的那样，批判此举有损于大学声誉。大学的魅力就在于大气，而大气的首要标志是对历史的幽默。

第四，远道而来的各国游客很有意思。他们来海德堡非得到这里看看不可，看了那么一个破旧、局促的小空间却毫不抱怨，只一味乐呵呵地挤在那里流连半天。尤其那些上了年纪的女士，戴着老花眼镜读完墙上那些污辱女性的字句一点儿也不生气，居然笑得弯腰揉肚。

按年龄算，她们只能是那些男孩子的孙女一辈。也许，她们正是因为在这里看到了祖父们的早年真相，而深感痛快。

她们的笑声使我突然领悟，顽皮的男孩子聚在一起怎么都可以，就怕被女孩子嘲笑。因此，他们拒绝女孩子进“监狱”，就是拒绝女孩子的笑声，而拒绝，正证明心里在乎。对于这个逻辑，今天这些上了年纪的女人全都懂得，因此笑得居高临下，颠倒了辈分。

战神心软了

这曾经是世间特别贫困的地方。

贫困容易带来战乱。但荒凉的中部山区有一位隐士早就留下遗言："只须卫护本身自由，不可远去干预别人。"

话是对的，却做不到。太穷了，本身的一切无以卫护，干预别人更没有可能。但是，别人互相干预的时候来雇佣我们，却很难拒绝。

结果，有很长一段时间，欧洲战场上最英勇、最忠诚的士兵，公认是瑞士兵。瑞士并没有参战，但在第一线血洒疆场的却是成批的瑞士人。更触目惊心的是，杀害他们的往往也是自己的同胞，这些同胞受雇于对方的主子。

瑞士人替外国人打仗，并不是因为人口过剩。他们人口一直很少，却紧巴巴地投入了这种以生命为唯一赌注的营生。说是"赌注"又于心不忍，因为赌注总有赢的可能，但他们却永远赢不到什么。即便打胜了，赢的是外国主子，还有作为中介商的本国官僚，自己至多暂时留下了一条性命。

这样的战争，连一点爱国主义的欺骗都没有，连一点道义愤怒的伪装都不要，一切只是因为雇佣，却不知道雇佣者的姓名和主张，也不知道他为什么要发动这次战争。为了一句话？为了一口气？为了一座城堡？为了一个女人？都有可能。

这是一场陌生人的对弈，却把两群瑞士人当作了棋子。

说起来这样的战争真是纯粹，只可怜那些棋子是有血有肉、有家有室的活人。杀喊和惨叫中裹卷的是同一种语言，与双方主子的语言都不相同。可能，侧耳一听，那喊声有点熟悉，但刀剑已下，喊声已停，只来得及躲避那最后的眼神——这种情景应该经常都在发生。

这段历史的正面成果，是养成了一种举世罕见的忠诚。忠诚不讲太多的理由，有了理由就有可能改变理由，不再是绝对的忠诚。因此，戒备森严的罗马教皇对贴身卫士的挑选只有一个要求：瑞士兵。

直到今天，罗马教廷的规矩经常修改，他们的多数行为方式也已紧贴现代，唯有教皇的卫士，仍然必须是瑞士兵。

但是，除了教皇那里，瑞士早已不向其他地方输送雇佣兵。这是血泊中的惊醒，耻辱中的自省。他们毕竟是老实人，一旦明白就全然割断，不仅不再替别人打仗，自己也不打仗，干脆彻底地拒绝战争。

于是他们选择了中立。

其实，他们原来也一直中立着，因为任何一方都可以雇用他们，他们没有事先的立场。如果有了立场就要因雇主的不同而一次次转变，多么麻烦，因此只能把放弃立场当作职业本能。

从接受战争的中立，到拒绝战争的中立，瑞士的民族集体心理，实在是战争心理学的特殊篇章，可惜至今缺少研究。

二十世纪的两次世界大战已经为它的中立提供了奇迹般的机会，而它，也成了世界的奇迹。

瑞士没有出现铁腕人物，也没有发现珍贵矿藏，居然在一百多年间由一个只能输出雇佣军的贫困国家跃上了世界富裕的峰巅，只因它免除了战争的消耗，还成了人才和资金的避风港。

中立是战争的宠儿，也是交战双方的需要。

也许，这是战神对他们的补偿？战神见过太多瑞士兵的尸体，心软了。

那年月，瑞士实在让人羡慕。我曾用这样几句话进行描述——

人家在制造枪炮，他们在制造手表，等到硝烟终于散去，人们定睛一看，只有瑞士设定的指针，游走在世界的手腕上。

阿勒河

在欧洲，可以佩服的人很多，其中包括一大批我不知道名字的城市设计者。

本来，现代和古典，是一对难以协调的矛盾。但是，欧洲很多城市却把两者协调得非常妥帖，甚至在两方面都逼近了极致，为人类的聚居方式建立了典范。

然而，聪明的欧洲设计者们知道，真正要让一座城市与众不同，更重要的是处理城市和自然的关系，这比现代和古典的关系更加难办。

城市的出现，本来是对自然状态的摆脱。但是，当它们发展到一定程度，必然走向“否定之否定”，把自然之美看作城市美学的最前沿。

这事早就开始努力，因此很多城市有山有河，有湖有林。可惜的是，时间一长，这些山河湖林也渐渐城市化，像威尼斯的那些河道、巴黎的塞纳河，都是如此。美则美矣，却承担太重，装扮太累，已不成其为自然。

这总于心不甘。有没有可能来一个倒置：让城市百物作为背景，作为陪衬，只让自然力量成为主题，把握局面？

闻名遐迩的“维也纳森林”很棒，可惜只围在郊外。柏林就不同了，活生生把森林的灵魂和气息引进市中心，连车流楼群也压不过它。

更叫我满意的便是瑞士首都伯尔尼。那条穿越它的阿勒河（Aare）

不仅没有被城市同化，而且还独行特立，无所顾忌，简直是在牵着城市的鼻子走，颐指气使，手到擒来。

伯尔尼把中心部位让给它，还低眉顺眼地从各个角度贴近它。它却摆出一副主人气派，水流湍急，水质清澈，无船无网，只知一路奔泻。任何人稍稍走近就能闻到一股纯粹属于活水的生命气息，这便是它活得强悍的验证。

它伸拓出一个深深的峡谷，两边房舍树丛都恭敬地排列在峡坡上，只有它在运动，只有它在挥洒，其他都是拜谒者、寄生者。由于主次明确，阿勒河保持住了自我，也就是保持住了自己生命的原始状态。与那些自以为在城市里过得热闹却早已被城市收服的山丘河道相比，它才算真正过好了。

这就像一位草莽英雄落脚京城，看他是否过好了，低要求，看他摆脱草莽多少；高要求，看他保留多少草莽。

突破的一年

那天我独自在伯尔尼逛街。由于早就摸清了路线，脚步就变得潇洒，只一味摇摇摆摆、东张西望。

克拉姆大街起头处有一座钟楼，形体不像别的钟楼那样瘦伶伶地直指蓝天，而是胖墩墩地倚坐街市，别有一番亲切。它的钟面大于一般，每小时鸣响时又玩出一些可爱的小花样，看的人很多。此刻正是敲钟时分，我看了一会儿便从人群中钻出，顺着大街往东走。

突然觉得右首一扇小门上的字母拼法有点眼熟，定睛一看居然是爱因斯坦故居。我认了认门，克拉姆大街四十九号，然后快速通知伙伴，要他们赶紧来看。

现代国际间各个城市的文化史，其实就是文化创造者们的进出史、留驻史。因此，在伯尔尼街头看到爱因斯坦踪迹，应该当作一回事。伙伴们一听招呼就明白，二话不说跟着走。

没有任何醒目的标记，只是沿街店面房屋中最普通的一间。一个有玻璃窗格的木门，上面既写着爱因斯坦的名字，又写着一家餐厅的店名。推门进去，原来底楼真是一家餐厅，顺门直进是一条通楼梯的窄道，上了楼梯转个弯，二楼便是爱因斯坦故居。

这所房子很小，只能说是前后一个通间。前半间大一点，二十平方米左右吧，后半间很小，一门连通，门边稍稍一隔又形成了一个可放一张书桌的小空间。那张书桌还在，是爱因斯坦原物。桌前墙上醒目地贴着那个著名的相对论公式：$E=mc^2$；上面又写了一行字：一九〇五年，突破性的一年。

故居北墙上还用德文和英文写出爱因斯坦的一段自述："狭义相对论是在伯尔尼的克拉姆大街四十九号诞生的，而广义相对论的著述也在伯尔尼开始。"

伙伴们很奇怪，英语并不好的我怎么能随口把"狭义相对论"和"广义相对论"这些物理学专用名词译出来，我说我很早就崇拜他了，当然关注他的学说。但自己心里知道，当初关注的起因不是什么相对论，而是一位摄影师。

那是二十世纪六十年代初我还在读书的时候，偶尔在书店看到一本薄薄的爱因斯坦著作，谁知一翻就见到一帧惊人的黑白照片。须发皆白，满脸皱纹，穿着一件厚毛线衣，两手紧紧地扣在一起，两眼却定定地注视着前方。侧逆光强化了他皱纹的深度，甚至把老人斑都照出来了。当时我们的眼睛看惯了溜光水滑、大红大绿的图像，一见这帧照片很不习惯，甚至觉得丑陋，但奇怪的是明明翻过去了还想翻回来，一看再看。他苍老的眼神充满了平静、天真和慈悲，正好与我们经常在书刊照片里看到的那种亢奋激昂状态相反。我渐渐觉得这是一种丑中之美，但几分钟之后又立即否定：何丑之有？这是一种特殊的美！——我一生无数次地转换过自己的审美感觉，但在几分钟之内如雷轰电击般地把丑转为美，却仅此一次。我立即买下了这本书，努力啃读他的狭义相对论和广义相对论。那时正好又热衷英文，也就顺便把扉页中的英文标题记住了。书中没有注明拍那张照片的摄影师名字，这便成了我的人生悬案。后来当然知道了，原来是二十世纪最杰出的人像摄影大师卡希（Karsh），我现在连他的摄影集都收集齐了。

人的崇拜居然起始于一张照片中的眼神，这很奇怪，在我却是事实。我仍然搞不清相对论，只对爱因斯坦的生平切切关心起来。因此站在这个房间里我还能依稀说出，爱因斯坦住在这里时应该还是一名专利局的技术员，结婚才一两年吧，刚做父亲。

管理故居的老妇见我们这群中国人指指点点，也就递过来一份英文资料，可惜她本人不大会说英文。接过资料一看，才明白爱因斯坦在这里真是非同小可，他的一九〇五年惊天动地：

三月，提出光量子假说，从而解决了光电效应问题；

四月，完成论文《分子大小的新测定方法》；

五月，完成了对布朗运动理论的研究；

六月，完成论文《论动体的电动力学》，提出了狭义相对论；

九月，提出质能相当关系理论；

……

这一年，这间房子里的时间价值需要用分秒来计算，而每个价值都指向世界一流、历史一流。

这种说法一点儿也不夸张。去年美国时代杂志评选世纪人物，结果整个二十世纪，那么多国家和行当，那么多英雄和大师，只留下一位，即爱因斯坦。记得我当时正考察完幼发拉底河—底格里斯河文明、印度河—恒河文明抵达尼泊尔，喜马拉雅山南麓加德满都的街市间全是爱因斯坦的照片，连世界屋脊的雪峰绝壁都在为他壮威。

二十世纪大事连连，胜迹处处，而它的最高光辉却闪耀在刚刚开始了五年的一九〇五年，它的最大胜迹却躲缩在这座城市、这条大街的这个房间，真是不可思议。难道，那么多战旗猎猎的高地、雄辩滔滔的厅堂、金光熠熠的权位都被比下去了？

正想着，抬头看到墙上还有他的一句话，勉强翻译应该是：

一切发现都不是逻辑思维的结果，尽管那些结果看起来很接近逻辑规律。

我当然明白他的意思，知道他否定逻辑思维是为了肯定形象思维和艺术思维，于是心中窃喜。

这便是我知道的那位爱因斯坦，虽然身为物理学家，却经常为人文科学张目。爱因斯坦的文集里边有大量人文科学方面的篇章，尤其是他对宗教、伦理、和平、人权、生活目标、个人良心、道义责任和人类未来的论述，我读得津津有味，有不少句子甚至刻骨铭心。

在故居里转了两圈，没找到卫生间，开始为爱因斯坦着急起来。怕他也像当初我们住房困难时那样，与别人合用卫生间。这种每天无数次的等待、谦让、道谢、规避，发生在他身上是多么不应该。但一问之下，果然不出所料，顺楼梯往下走，转弯处一个小门，便是爱因斯坦家与另外一家合用的卫生间。

正在这时，钟楼的钟声响了。这是爱因斯坦无数次听到过的，尤其是在夜深人静时分。

爱因斯坦在伯尔尼搬过好几次家，由于这间小房是相对论的诞生地，因此最为重要。但瑞士不喜欢张扬，你看这儿，只让一位老妇人管着，有人敲门时她就去开一下，动作很轻，怕吵了邻居。楼下那个嘈杂的小餐厅，也没有让它搬走，那就只能让它的名字在玻璃门上与爱因斯坦并立，很多旅人看到后猜测疑惑，以为那家餐厅的名字就叫“爱因斯坦故居”，终于没有推门而入。

伯尔尼以如此平淡的方式摆出了一种派头，意思是，再伟大的人物在这里也只是一个普通市民。比之于我们常见的那种不分等级便大肆张扬的各色“名人故居”，这种方式更让人舒服。

希隆的囚徒

一

瑞士小，无所谓长途。从伯尔尼到洛桑，本来就不远，加上风景那么好，更觉其近。

然而，就在算来快到的时候，却浩浩然、荡荡然，弥漫出一个大湖。这便是日内瓦湖，又叫莱芒湖，也译作雷梦湖。我们常在文学作品中看到这些不同的名字，其实是同一个湖。

瑞士有好几个语言族群，使不少相同的东西带有不同的名目，谁也不愿改口，给外来人造成不少麻烦。但日内瓦湖的不同叫法可以原谅，它是边境湖，一小半伸到法国去了，而且又是山围雪映、波谲云诡，丰富得让人不好意思用一个称呼把它叫尽。

忽然，我和伙伴们看到了湖边的一座古堡。在欧洲，古堡比比皆是，但一见这座，谁也挪不动步了。

先得找旅馆住下。古堡前有个小镇叫蒙特尔，镇边山坡上有很多散落的小旅馆，都很老旧，我们找了一家最老的入住，满心都是富足。

这家旅馆在山坡上，迎面是一扇老式玻璃木门，用力推开，冲眼就是高高的石梯。扛着行李箱一步步挪上去，终于看到了一个小小的柜台。办理登记的女士一见我们扛了那么多行李有点慌张，忙说有搬运工，便当着楼梯仰头呼喊一个名字。没听见有答应，这位女士一迭连声地抱歉着为我们办登记手续，发放钥匙。

我分到三楼的一间，扛起行李走到楼梯口，发现从这里往上的楼梯全是木质的，狭窄，跨度高，用脚一踩咯吱咯吱地响。我咬了咬牙往上爬，好不容易到了一个楼面，抬头一看标的是“一楼”。那么，还要爬上去两层。斜眼看到边上有一个公共起坐间，不大，却有钢琴、烛台、丝绒沙发、刺绣靠垫，很有派头。

天下万物凡“派头”最震慑人。别看这个旅馆今天已算不上什么，在一百年前应该是欧洲高层贵族的驻足之地。他们当年出行，要了山水就要不了豪邸，这样的栖宿处已算相当惬意。算起来，人类在行旅间的大奢大侈，主要发生在二十世纪。

很快到了三楼，放下行李摸钥匙开门，出现在眼前的是一个铺着地毯的小房间，家具全是老的。老式梳妆台已改作写字台，可惜太小；老式木床有柱有顶，可惜太高。难为的是那厕所，要塞进那么多现代设备，显得十分狼狈。雕花杆上缠电线，卷页窗上嵌空调，让人见了只想不断地对它们说“对不起”。

从厕所出来走到正房的窗口，想看看两幅滚花边的窗帘后面究竟是什么。用力一拉没有拉动，反而抖下来一些灰尘。这让我有点不愉快，又联想到当年欧洲贵族对卫生并没有现在这么讲究。特别讲究卫生的，应该是经常擦擦抹抹的小康之家，贵族要的是陈年纹饰、祖辈幽光，少不了斑驳重重、细尘漫漫。于是放轻了手慢慢一拉，开了。一开就呆住，窗外就是日内瓦湖和那个古堡。

我在这些事情上性子很急，立即下楼约伙伴们外出。但他们这时才等来一位搬运工，不知什么时候搬得完行李，便都劝我，天已渐晚，反正已经住下了，明天消消停停去看不迟，匆忙会影响第一感觉。这话有理，然而我又哪里等得及，二话不说就推门下坡，向古堡走去。

这古堡真大，猛一看像是五六个城堡挤缩在一起了，一挤便把中间一个挤出了头，昂挺挺地成了主楼。前后左右的楼体在建造风格上并不一致，估计是在不同的年代建造的，但在色调上又基本和谐。时间一久，栉风沐雨，更苍然一色，像是几个年迈的遗民在劫难中相拥在一起，打眼一看已分不出彼此。

这个古堡最勾人眼睛的地方，是它与岩石浑然一体，好像是从那里生出来的。岩石本是湖边近岸的一个小岛，须过桥才能进入，于是它又与大湖浑然一体了，好像日内瓦湖从产生的第一天起就拥有这个苍老的倒影。

面对这样的古迹是不应该莽撞进入的。我慢慢地跨过有顶盖的便桥，走到头，却不进门，又退回来，因为看到桥下有两条伸入水中的观景木廊。下坡，站到木廊上，抬起头来四处仰望。

这古堡有一种艰深的气韵。我知道一进门就能解读，但如此轻易的解读必然是误读。就像面对一首唐诗立即进入说文解字，抓住了局部细节却丢弃了整体气韵，是多么得不偿失。我把两条水上木廊都用尽了，前几步后几步地看清楚了古堡与湖光山色之间的各种对比关系，然后继续后退，从岸上的各个角度打量它。这才发现，岸边树丛间有一个小小的售货部。

与欧洲其他风景点的售货部一样，这里出售的一切都与眼前的景物直接有关。我在这里看到了古堡在各种气候下的照片，晨雾里，月色下，夜潮中。照片边上有一本书，封面上的标题是 CHILLON，下方的照片正是这个古堡，可见是一本介绍读物。连忙抽一本英文版出来问售货部的一位先生，他说这正是古堡的名字，按他的发音，中文可译作希隆，那么古堡就叫希隆古堡。

全书的大部分，是“希隆古堡修复协会”负责人的一篇长文，介绍了古堡的历史，此外还附了英国诗人拜伦的一篇作品，叫《希隆的囚徒》。修复协会负责人在文章中说，正是拜伦的这篇作品，使古堡名扬欧洲，人们纷纷前来，使瑞士成了近代旅游业的摇篮，而这个古堡也成了瑞士第一胜景。

又是拜伦！记得去年我在希腊海神殿也曾受到过拜伦刻名的指点，联想到苏曼殊译自他《唐璜》的那一段《哀希腊》。但今天在这儿却发蒙了，因为我对拜伦作品的了解仅止于《唐璜》。我手上这本书里的附文，并非诗体，大概是从他的原作改写的吧！这个问题已经超出了售货部那位先生的知识水平，我问了半天他永远是同样的回答：“对，拜伦！拜伦！一个出色的英国人！”

这本薄薄的书要卖七个瑞士法郎，很不便宜，却又非买不可。我找了一处空椅坐下粗粗翻阅，才知道，眼前的希隆古堡实在好生了得。

书上说，这个地方大概在公元九世纪就建起了修道院，十三世纪则改建成了现在看到的格局，是当时封建领主的堡垒式宅第。住在这里的领主曾经权盖四方，睥睨法国、意大利，无异于一个小国王。城堡包括二十多个建筑，其中有富丽堂皇的大厅、院落、卧室、礼拜堂和大法官住所，一度是远近高雅男女趋之若鹜的场所。底部有一个地下室，曾为监狱，很多重要犯人曾关押在这里。拜伦《希隆的囚徒》所写的，就是其中一位日内瓦的民族英雄波尼伐（Bonivard）。

幸好有这本书，让我明白了这座建筑的力度。最奢靡的权力直接踩踏着最绝望的冤狱，然后一起被顽石封闭着，被白浪拍击着，被空蒙的烟霞和银亮的雪山润饰着。踌躇满志的公爵和香气袭人的女子都知道，咫尺之间，有几颗不屈的灵魂，听着同样的风声潮声。

我知道这会让拜伦激动。他会住下，他会徘徊，他会苦吟，他会握笔。

至此，我也可以大步走进希隆古堡了。

当然先看领主宅第，领略那种在兵荒马乱的时代用坚石和大湖构筑起来的安全，那种在巨大壁炉前欣赏寒水雪山的安逸。但是因为看了拜伦，不能不步履匆匆，盼望早点看到波尼伐的囚室。

看到了。这个地下室气势宏伟，粗硕的石柱拔地而起，气象森森。这里最重要的景观是几根木柱，用铁条加固于岩壁，扎着两围铁圈，上端垂下铁链，挂着铁镣。

拜伦说，波尼伐的父亲已为自由的信仰而牺牲，剩下他和两个弟弟关押在这个地下室里。三人分别锁在不同的柱子上，互相可以看到却不可触摸……

这太让人震撼了。我跌跌撞撞地走出来，再找一处坐下，顺着刚才的强烈感觉，重新细读《希隆的囚徒》缩写本。

时已黄昏，古堡即将关门。黄昏最能体验拜伦，那么，就让我在这里，把它读完。

二

拜伦开始描写的，是波尼伐和两个弟弟共处一室的可怕情景。

三个人先是各自讲着想象中的一线希望，一遍又一遍。很快讲完了，谁都知道这种希望并不存在，于是便讲故事。

兄弟间所知道的故事大同小异，多半来自妈妈，却又避讳说妈妈。

讲最愉快的故事也带出了悲意，那就清清嗓子用歌声代替。一首又一首，尽力唱得慷慨激昂。

唱了说，说了唱，谁停止了就会让另外两个担心，于是彼此不停。终于发现，声音越来越疲软，口齿越来越不清。互相居然分不出这是谁的声音了，只觉得那是墓穴中嗫嚅的回声。

波尼伐天天看着这两个仅存的弟弟。大弟弟曾经是一位伟大的猎人，体魄健壮，雄蛮好胜，能够轻松地穿行于兽群之间，如果有必要与大批强敌搏斗，第一个上前的必定是他。谁知在这个黑牢里，这位勇士最无法忍受。他快速萎谢，走向死亡。波尼伐多么想扶住他，抚摸着他渐渐瘫软、冰冷的手，却不能够。

狱卒把这个弟弟的遗体浅浅地埋在波尼伐前的泥地下，波尼伐恳求他们埋到外面，让阳光能照到弟弟的坟地，但换来的只是冷笑。于是，那片浅土上悬着空环的柱子，就成了谋杀的碑记。

小弟弟俊美如母亲，曾经被全家疼爱。他临死时只怕哥哥波尼伐难过，居然一直保持着温和宁静，没有一声呻吟。他只吐露最快乐的几个句子，后来，句子变成了几个单字，以便让哥哥在快乐中支撑下去。当他连单字也吐不出来的时候，就剩下了轻轻的叹息，不是叹息死亡将临，而是叹息无法再让哥哥高兴，直到连叹息也杳不可闻。

两个弟弟全都死在眼前，埋在脚下，这使铁石心肠的狱卒也动了恻隐之心，突然对波尼伐产生同情，解除了他的镣铐，他可以在牢房里走动了。但他每次走到弟弟的埋身之地，便仓皇停步，战战兢兢。

他开始在墙上凿坑，不是为了越狱，而是为了攀上窗口，透过铁栅看一眼湖面与青山。他终于看到了，比想象的还多。湖面有小岛，山顶有积雪，一切都那么安详。

在不知年月的某天，波尼伐被释放了。但这时，他已浑身漠然。他早已习惯监狱，觉得离开监狱就像离开了自己的故乡。

他想，蜘蛛和老鼠这些年来一直与自己相处，自己在这个空间唯独对它们可以生杀予夺，可见它们的处境比自己还不如。但奇怪的是，它们一直拥有逃离的自由，为什么不逃离呢？

——读完这篇不知是否准确的缩写，我抬头看了看暮色中的湖面、小岛、青山、雪顶。我想，有了拜伦的故事，所有的游客都知道这湖山的某个角落，有过一双处于生命极端状态的眼睛，湖山因这双眼睛而显得更加珍贵。

如果真像人们说的那样，希隆古堡因拜伦的吟咏而成了欧洲近代旅游的重要起点，那么，我真要为这个起点所达到的高度而深深钦佩。

《希隆的囚徒》告诉人们：自由与自然紧紧相连，它们很可能同时躲藏在咫尺之外；当我们不能越过咫尺而向它们亲近，那就是囚徒的真正含义。

瑞士手表

在瑞士，不管进入哪一座城市，抬头就是手表店。橱窗里琳琅满目，但透过橱窗看店堂，却总是十分冷落。

从卢塞恩开始，很多手表店里常常端坐着一位中国雇员，因为现在一批批从中国来的旅游团是购买手表的大户。

原先瑞士的手表厂商经过多年挣扎已判定手表业在当今世界的衰败趋势，怎料突然有大批中国人成了他们滞销货品的大买家，他们一开始十分纳闷，后来就满面笑容了。

说起来，手表的起点还与中国有关，世界上最早的机械计时器还是要数中国东汉张衡制造的漏水转浑天仪，但是，如果说到普遍实用，我看还是应该归功于欧洲。古老的教堂原先都是人工敲钟的，后来改成机械钟，不知花费了多少天才工艺师的才智和辛劳。意大利人造出第一台机械打点的钟是十四世纪中叶的事，到十六世纪初德国人用上了发条，后来伽利略发明的重力摆也被荷兰人引入机械钟，英国人又在纵擒结构上下了很多功夫。反正，几乎整个欧洲都争先恐后地在为计时器出力。这与他们在工业革命和商业大潮中的分秒必争，互为因果。

至于瑞士的手表业，则得益于十六世纪末的一次宗教徒大迁徙。法国的钟表技术随之传了进来，与瑞士原有的金银首饰业相结合，使生产的钟表具有了更大的装饰功能和保值功能。

依我看，手表制造业的高峰在十九世纪已经达到。那些戴着单眼放大镜的大胡子工艺师，把惊人的创造力全都倾泻到了那小小的金属块上，凡是想得到的，都尽力设法做到。

二十世纪的手表业也有不少作为，但都是在十九世纪原创框架下的精巧添加。我想十九世纪那些大胡子工艺师如果地下有灵，一定不会满意身后的同行，那神情，就像最后一批希腊悲剧演员，或最后一批晚唐诗人，两眼迷茫。

手表业在二十世纪，更重要的任务是普及。其间的中枢人物不再是工艺师，而是企业家。

要普及必然引来竞争，瑞士手表业在竞争中东奔西突，终于研制出了石英表、液晶表。这对手表业来说究竟是喜讯还是凶兆？我想当时一定有不少有识之士已经看出了此间悖论，那就是：新兴的电子计时技术必然是机械计时技术的天敌，它的方便、准确、廉价，已经构成对传统机械表的嘲谑。

平心而论，现在不少电子表的外形设计，与最精美的机械表相比也不见得差到哪里去，然而它们又那么廉价，机械表所能标榜的其实只是品牌。品牌也算是一种装饰吧，主要装饰在人们的心理上。

其实，手表的装饰功能并没有人们购买时想象的那么大。购买时它被放置在人们的视线中心，放置在射灯的聚光点上，容易产生一种夸大了的审美预期。真戴上了一看，它只不过装饰在人体一个偏侧性、运动性的局部，很不起眼。在聚会中，一位太太为了引起人们对她的手表的注意，必须先去引起手表的话题，为了引起手表的话题，又必须先去赞扬别人的手表，然后渐渐把别人的视线吸引到自己手上。

至于男士们用手表来装饰，那就更吃力了。除了盛夏，男士的服装很难使手表毕露，广告里那些男士装腔作势地频频露出手表，终究不是正常男士的正常动作。我们常常取笑几位时髦的年轻朋友为了让大家看到他们的新表而早早地忍冻换上了短袖衬衫，或者在公众场合不断看表，使某个演讲者误会成是催促结束的信号。但是如果不这么做，一个刚刚工作的年轻人买一块昂贵的手表藏在暗无天日的衣袖里，也实在太委屈了。

现代人实际，很快在这个问题上取得了共识。于是瑞士表早在二十多年前就被日本和香港的石英表所打败，失去了世界市场。

瑞士的手表商痛定思痛，才在二十年前设计出了一种极其便宜的塑料石英走针表，自造一个英文名字叫 Swatch，中文翻译成“斯沃琪”吧，倒是大受欢迎，连很多小学生都花花绿绿戴着它，甩来甩去不当一回事儿。

就这样，瑞士手表业才算缓过一口气来，许多传统名牌一一都被网罗进了“Swatch 集团”。这相当于一个顽皮的小孙子收养了一大群尊贵的老祖宗，看起来既有点伤感又有点幽默。可惜中国旅游者怎么也明白不过来，一味鄙视当家的小孙子，去频频骚扰年迈的老大爷。

瑞士的 Swatch 主要是针对日本钟表商的。日本钟表商当然也不甘落后，既然瑞士也玩起了廉价的电子技术，那么它就来玩昂贵的电子技术，价钱可以高到与名牌机械表差不多，却集中了多种电子仪表功能，让 Swatch 在电子技术层面上相形见绌。

其实，电子技术的优势是把原本复杂的事情简便化，但有一些日本的钟表商没有这么做，他们用归并、组合的办法使复杂更趋复杂，让小小一块手表变成了仪表迷魂阵。在今天的高科技时代要这样做没有什么技术难度，却能吸引那些贪多求杂、喜欢炫耀的年轻人。

我在这里看到一种日本电子表，二百多美元一块，据厂方的宣传资料介绍是专为美国空军或海军设计的，其实也就是把各种电子仪表集中在一个表面上罢了。没有一个人能把它的那么多功能说明白，也没有一双眼睛能把它密密麻麻的数码、指针、液晶看清楚。我们的一位伙伴买了一块，同时买了一个高倍放大镜。手表扣在手腕上，放大镜晃荡在裤带下，看手表的时候还要躲着人，怕人家笑话。

在我看来，那种扯上美国空军、海军的宣传，分明是一个迷惑年轻人的圈套。空军、海军本来就生活在仪表堆里，居然还需要加添一堆？如果手表上的仪表是飞机、兵舰上所没有的，那就说不上重要；如果手表上的仪表是飞机、兵舰上原来就有的，那又何必重复？除非发生这样的事故：机坠、舰倾而人未亡，仪表全坏而其他设备正常，裤带下的放大镜也没有摔破，那么，这块手表可以代理业务了。

说笑到这里，我们应该回过来看看大批到瑞士来采购手表的中国游客了。他们中的大多数并不糊涂，知道手表的计时功能已不重要，装饰功能又非常狭小，似乎看重的是它的保值功能，但心里也明白按现代生活的消费标准，几块瑞士手表的价值于事无补。既然如此，为什么还那么热衷呢？我想这是昨日的惯性，父辈的遗传，乱世的残梦，很需要体贴和同情，而不应该嘲谑和呵斥。

在那兵荒马乱的年月，大家都想随身藏一点值钱的东西。王公贵胄会藏一点文物珍宝，乡绅地主会藏一点金银细软，平民百姓会藏一点日用衣物，而大城市里见过一点世面的市民，则会想到手表。因为藏手表比藏文物、金银安全，也容易兑售。我小时候就见到过一对靠着一些瑞士手表度日的市民夫妻，就很有历史的概括力。

那时我十三岁，经常和同学们一起到上海的一个公园劳动，每次都见到一对百岁夫妻。公园的阿姨告诉我，这对夫妻没有子女，年轻时开过一个手表店，后来就留下一盒子瑞士手表养老，每隔几个月卖掉一块作为生活费用。但他们万万没有想到，自己能活得那么老。

因此，我看到的这对老年夫妻，在与瑞士手表进行着一场奇怪的比赛。他们不知道该让手表走得快一点还是慢一点。瑞士手表总是走得那么准，到时候必须卖掉一块，卖掉时，老人是为又多活一段时间而庆幸，还是为生存危机的逼近而惶恐？“铮铮铮铮”的手表声，究竟是对生命的许诺还是催促？我想在孤独暮年的深夜，这种声音很难听得下去。

他们本来每天到公园小餐厅用一次餐，点两条小黄鱼，这在饥饿的年代很令人羡慕；但后来有一天，突然说只需一条了，阿姨悄悄对我们说，可能是剩下的瑞士手表已经不多。

我很想看看老人戴什么手表，但他们谁也没戴，紧挽着的手腕空空荡荡。

我不知道老人活了多久，临终时是不是还剩下瑞士手表。不管怎么说，这是瑞士手表在中国留下的一个悲凉而又温暖的生命游戏，但相信它不会再重复了。

第三辑 西欧

河畔聚会

一

一路行来，最可爱的城市还是巴黎。

它几乎具有别的城市的一切优点和缺点，而且把它们一起放大。你可以一次次赞叹，一次次皱眉，最后还会想起波德莱尔的诗句：“万恶之都，我爱你！”

它高傲，但它宽容，高傲是宽容的资本。相比之下，有不少城市因高傲而作茧自缚，冷眼傲世，少了那份热情；而更多的城市则因宽容而扩充了污浊，鼓励了庸俗，降低了等级，少了那份轩昂。

一个人可以不热情、不轩昂，一座城市却不可。这就像一头动物体形大了，就需要有一种基本的支撑力，既不能失血，又不能断骨，否则就会瘫成一堆，再也无法爬起。热情是城市之血，轩昂是城市之骨。难得它，巴黎，气血饱满，骨肉匀婷。

它悠闲，但它努力，因此悠闲得神采奕奕。相比之下，世上有不少城市因闲散而长期无所作为，连外来游人也跟着它们困倦起来；而更多的城市，尤其是亚洲的城市，则因忙碌奔波而神不守舍，失去了只有在暮秋的静晤中才能展现的韵味。巴黎正好，又闲又忙，不闲不忙。在这样的城市里多住一阵，连生命也会变得自在起来。

二

巴黎的种种优点，得力于它最根本的一个优点，那就是它的聚合能力。不仅仅是财富的聚合，更是人的聚合，文化的聚合，审美气氛的聚合。

法国人，从政治家、军事家、艺术家到一般市民，多数喜欢热闹，喜欢显示，喜欢交会，喜欢交会时神采飞扬的前呼后拥，喜欢交会后长留记忆的凝固和雕铸。结果，不管在哪儿发达了，出名了，都想到巴黎来展现一下，最好是挤到塞纳河边。

这情景，我觉得是法国贵族沙龙的扩大。当年朗贝尔侯爵夫人和曼恩公爵夫人的沙龙，便是一种雅人高士争相跻入的聚会，既有格调享受，又有名位效应，又有高层对话。马车铃声一次次响起，一个个连我们都会一见脸就知道名字的文化巨人从凄风苦雨中推门而入。女主人美丽而聪明，轻轻捡起贵族世家的旧柴火，去加添法兰西文明的新温度。

这种沙龙文化，提升了法兰西的集体心理，从人的聚合变成了建筑的聚合、历史遗迹的聚合，热热闹闹地展示在塞纳河畔。圣母院、卢浮宫、协和广场、埃菲尔铁塔都是这个庞大“沙龙”的参加者。因而连路易王朝每一位君主的在天之灵，包括那个最爱出风头的路易十四，也都想争做这种聚合的主持人，让挑剔的巴黎市民有点为难。正在这时，从遥远的海岛传来一个声音：

> 我愿躺在塞纳河边，躺在我如此爱过的法兰西人民中间……

这是拿破仑的声音。柔情万种的巴黎人哪里受得住这种呼喊？他们千方百计地把呼喊者遗体从海岛运回塞纳河边。当拿破仑落脚住下，塞纳河畔反倒安静了，因为这个庞大“沙龙”不会再有第二个主人，不必再争。

三

面对精彩的聚合，巴黎人一边自豪一边挑剔。挑剔是自豪的延伸。

当年埃菲尔铁塔刚刚建造，莫泊桑、大仲马等一批作家带头怒吼，领着市民签名反对，说这个高高的铁家伙是在给巴黎毁容。这相当于沙龙聚会的参加者，受不住新挤进来一个瘦骨伶仃的胄甲人。

想想也有道理，聚会讲究格调和谐，当埃菲尔铁塔还没有被巴黎习惯的时候，无论在造型还是在材质上都显得莽撞和陌生。但它偏偏赖着不走，简直有一点中国“青皮”的韧性。一会儿说它是世界博览会的标志，等到世界博览会闭幕后又说要纪念一阵，不能拆；一会儿说是战争需要它发射电波，战争结束后仍然会有战争，还是不能拆。磨来磨去找借口，时间一长竟被巴黎人看顺眼了。

它刚顺眼，又来了新的怪客，蓬皮杜艺术中心。揭幕那天巴黎人全然傻眼，这分明是一座还没有完工的化工厂，就这么露筋裸骨地站着啦？从此哪里还会有巴黎的端庄！

接下来的，是卢浮宫前贝聿铭先生设计的玻璃金字塔。当时竟有那么多报刊断言，如果收留了这个既难看又好笑的怪物，将是卢浮宫的羞辱，巴黎的灾难。

那么多巴黎人，全都自发地成了塞纳河畔这场聚会的遴选委员会成员，其情感强烈程度，甚至超过政党选举。这种情况，在世界其他城市很少看到。

对此，我们有不少切身感受。

昨天下午，我们在卢浮宫背面的地铁站入口处想拍摄几个镜头，因为今年是巴黎地铁的百年纪念。两位文质彬彬的先生，站在不远不近的地方看着我们，最后终于走过来，问清了我们的国籍，然后诚恳地说：“我们是巴黎的普通市民，恳求你们，不要再拍什么地铁了，应该让中国观众欣赏一个古典的巴黎。”

我们笑着说：“地铁也已经成了古典，今年是它百岁大寿。”

他们说：“中国应该知道一百年是一个小数字，巴黎也知道。”

这时，我们请的一位当地翻译走了过来，告诉我们，巴黎有很多这样的市民，爱巴黎爱得没了边，有机会就在街上晃悠，活像一个市长，就怕外来人看错了巴黎，说歪了巴黎。

我觉得这样的人太可爱了，便通过这位翻译与他们胡聊起来。我说：“你们所说的古典我们早拍了，就是漏了雨果小说中最让人神往的一个秘密角落。”

这下他们来劲了，问：“巴黎圣母院？”

我笑了，说：“这怎么会漏？我说的是，巴黎的下水道。从小说里看，那么多惊险的追逐竟然在市民脚下暗暗进行，真有味道。”

他们说：“其实只要办一点手续，也能拍摄。”

我说：“现在我们更感兴趣的是下水道的设计师。据说他们早就预见到巴黎地下会有一个更大的工程，竟然为地铁留出了空间。”

他们有点奇怪：“你们中国人连这也知道？”

这么一来，他们就赞成我们拍摄地铁了。

我想这就是我们一路见到的各种痴迷者中的一种。迷狗、迷猫、迷手表、迷邮票、迷钥匙挂件、迷老式照相机，他们两位迷得大一点，迷巴黎。

但是他们没有走火入魔，一旦沟通便立即放松。这历来是巴黎人的优点，所以塞纳河畔的聚会越来越密集，也越来越优秀。那些曾经抵拒过埃菲尔铁塔、蓬皮杜艺术中心、贝聿铭金字塔的市民，并没有失去自嘲能力。他们越是不习惯，越是要去多看。终于，在某一天黄昏，他们暗自笑了，开始嘲讽自己。

四

这种聚会也有毛病。

在塞纳河畔，聚会得最紧密的地方，大概要数卢浮宫博物馆了吧，我已去过多次，每次总想，这种超大规模的聚会究竟是好事还是坏事?

对保管也许是好事，对展现则未必;对观众也许是好事，对作品则未必;对几件罕世珍品也许是好事，对其他作品则未必。

这虽然是说博物馆，却有广泛的象征意义，不妨多说几句。

卢浮宫有展品四十万件，色色都是精品杰作，否则进不了这个世界顶级博物馆的高门槛。但是，各国游客中的大多数，到这里主要是看三个女人:维纳斯、蒙娜丽莎、胜利女神。宫内很多路口，也专为她们标明了所在方位，以免万里而来，眼花缭乱，未见主角。

这并不错，却对四十万件其他杰作产生很大的不公平。维纳斯站在一条长廊深处，一排排其他杰作几乎成了她的仪仗。蒙娜丽莎在一个展室里贴壁而笑，有透明罩盖卫护，又站着警卫，室内还有不少大大小小的杰作，也都上得了美术史，此刻也都收编为她的警卫。

像维纳斯、蒙娜丽莎这样的作品确实有一种特殊的光芒，能把周围的一切全然罩住。周围的那些作品，如果单独出现在某个地方，不知有多少人围转沉吟，流连忘返，但挤到了这儿，即便再细心的参观者也只能匆匆投注一个抱歉的目光。

由此我想，这种超大规模的聚会得不偿失。当年世界各地兵荒马乱，由一些大型博物馆来收藏流散的文物也算是一件好事。但这事又与国家的强弱连在一起，例如拿破仑打到意大利后把很多文物搬到了巴黎，引起意大利人的痛苦，这又成了一件坏事。时至今日，很多地方有能力保存自己的文物了，那又何必以高度集中的方式来表达某种早已过时的权力象征？

记得去西班牙、葡萄牙一些不大的古城，为了参观据说是全城最珍贵的文物，我们转弯抹角地辛苦寻找，最后见到了，才发现是三流作品。为什么不让这些城市重新拥有几件现在被征集到国家博物馆里的一些真正杰作呢？当那些杰作离开了这些城市，城市失去了灵魂，杰作也失去了空间，两败俱伤。这事在我们中国也值得注意，与其集中收藏不如分散收藏，让中华大地处处都有东西可看，而不是只在某个大型博物馆里看得头晕目眩、腰酸背疼。

文物是如此，别的也是如此。超大规模的高浓度聚集，一般总是弊多利少，不宜轻试。

悬念落地

咖啡馆在一条热闹大街的岔路口，有一个玻璃门棚。玻璃门棚中的座位最抢手，因为在那里抬头可见蓝天高楼，低头可见热闹街景。今天玻璃门棚正在修理，中间放着架梯，有两位工人在爬上爬下。因此，只得侧身穿过，进入里屋。

里屋人头济济，浓香阵阵，多数人独个儿边看报纸边喝咖啡，少数人在交谈，声音放得很轻。因此，坐了那么多人，不觉得闹心。

进门左首有一个弯转的小楼梯，可上二楼。我们的目标很明确，在二楼，因此走楼梯。楼梯沿壁贴着一些画，看了便心中嘀咕：贴了多久了？他们有没有看过？

上楼，见一间不大的咖啡室，二三十平方米吧，已坐着八位客人。问侍者，弄清了他们常坐的座位，居然正好空着，便惊喜坐下，接过单子点咖啡。咖啡很快上来，移杯近鼻，满意一笑，然后举目四顾，静静打量。

窗外树叶阳光，从未改变。室内沙发几桌，也是原样。突然后悔，刚才点咖啡时忘了先问侍者，他们常点哪一种，然后跟着点，与他们同享一种香味。

我说的“他们”，是萨特和波娃。

这家咖啡馆，就是德弗罗朗咖啡馆（Cafe de Flore），一切萨特研究者都知道，巴黎市民都知道。

今天，我来索解一个悬念。

早就知道萨特、波娃常在这家咖啡馆活动。原以为是约一些朋友聚会和讨论，后来知道，他们也在这里写作，不少名著就是在咖啡馆写出来的。

既然是萨特写作的地方，咖啡馆里一定有一个比较安静的单间吧？但是法国朋友说，没有，就是一般的咖啡座。

这就让我奇怪了。一般的咖啡座人来人往，很不安静，能写作吗？萨特很早成名，多少人认识他，坐在这样的公共场所，能不打招呼吗？打了招呼能不一起坐坐、聊聊吗？总之，名人、名街、名店撞在一起，能出得来名著吗？

另外，一个连带的问题是，即使在咖啡馆里可以不受干扰，总比不上家里吧？家里有更多的空间和图书资料，不是更便于思考和写作吗？像萨特这样的一代学者、作家，居住环境优裕舒适，为什么每天都要挤到一张小小的咖啡桌上来呢？

这么多问号的终点，就是这个座位。在法国，这样一家出了名的店铺就基本不会再去改建了，总是努力保持原样，保持它昔日的气氛，这为我的寻找带来了便利。

这时，其他几个伙伴也赶到了，他们带来了摄像设备，准备好好地拍摄一下这个“萨特工作室”。导演刘璐、节目主持人温迪雅也来了，决定请温迪雅对我做一个采访性的谈话节目，这儿成了采访现场。

拍摄谈话节目需要有两台摄像机，当然也就要有两名摄像师，又要有人布光、录音，算起来一共要挤上来七八个人。本来房间就小，已经坐了八位客人，再加七八位，自然气氛大变。这倒罢了，问题是，这七八个伙伴要找电源插头、拉电线、打强光灯、移桌子、推镜头、下命令、做手势……简直是乱成一团。当然，还要温迪雅在镜头前介绍这个现场，还有我关于萨特的谈话。

我想，今天这个房间算是彻底被我们糟蹋了。最抱歉的是那八位先我们而来的客人，他们无异突然遭灾，只能换地方。临时找不到一个懂法语的人向他们说明情况，我只能在座位上用目光向他们致歉。

但是，让我吃惊的情景出现了——

居然，他们没有一个在注意我们，连眼角也没有扫一下。空间那么狭小，距离那么接近，但对他们而言，我们好像是隐身人，对我们而言，他们倒成了隐身人，两不相干。

我不由得重新打量这些不受干扰的人。

从楼梯口数起，第一张桌子是两个中年男子，他们一直在讨论一份设计图，一个坐着，一个站着，在图纸上指指点点。过了一会儿换过来了，站着的坐下了，坐着的站了起来，又弯腰在图纸上修改。

往里走，是一位上了年纪的女士，靠窗而坐，正在看书，桌上还放着一本，打开着。她看看这本，放下，再看那本，不断轮替，也显得十分忙碌。

再往里就是我们对面了，三位先生，我一看便知，一位是导演，一位是编剧，一位是设计，桌上放着剧本、设计图和一叠照片。导演络腮胡子，是谈话的中心，有点像印第安人。他们似乎陷入了一种苦恼，还没有想出好办法。

转弯，还有几个座位，那里有一对年纪较轻的夫妻，或者是情人，在共同写着什么。先是男的写，女的微笑着在对面看，看着看着走到了男的背后，手搭在他肩上，再看。她讲了什么话，男的便站起来，让她坐下，请她写。她握笔凝思，就在这一刻，她似乎发现了我们，略有惊讶，看了一眼，便低头去写了。

重数一遍，不错，一共八人，不仅丝毫没受到我们干扰，甚至我们要干扰也干扰不进。他们的神态是，异香巨臭，无所闻也，山崩河溢，无所见也。但他们不聋不盲，不愚不痴，侍者给他们加咖啡，总是立即敏感，谢得及时。

这种情景，我们太不熟悉。

我们早已习惯，不管站在何处，坐在哪里，首先察看周围形势，注意身边动静，看是否有不良的信息，是否有特殊的眼神。我们时刻准备着老友拍肩，邻座寒暄；我们时刻准备着躲开注意，避过目光；我们甚至，准备着观看窗下无赖打斗，廊上明星作态。因此，我们完全无法想象，别人对于拍摄现场如此彻底漠然，视而不见，形若无人。

这究竟是怎么回事？

我开始有点明白。也许，人们对周际环境的敏感，是另一些更大敏感的缩影。而这些更大的敏感，则来自对个体自立的怀疑，来自对环境安全的低估。

街边路头的平常景象是地域文化的深刻投影，今天就把我们自己也深刻在一种对比中了。

这八个人，自成四个气场，每个气场都是内向、自足的，因此就筑成了一圈圈的“墙”——这个比喻萨特用过，但含义有所不同。我们七八个人进来忙忙碌碌，其实也只是增加了一个气场而已。他们可以如此地不关注别人的存在，其实恰恰是对别人存在状态的尊重。

尊重别人正在从事的工作的正当性，因此不必警惕；尊重别人工作的不可干扰性，因此不加注意；尊重别人工作时必然会固守的文明底线，因此不做提防。

问题是，既然在咖啡馆自筑气场之墙，为什么不利用家里的自然之墙呢？

其实，他们的气场之墙是半透明的。他们并不是对周围的一切无知无觉，只不过已经把这种知觉泛化，泛化为对城市神韵的享受。这种泛化的知觉构不成对他们的具体干扰，却对他们极其重要，无迹无形又有迹有形，成了他们城市文化活动的背景。

这里就出现了一种生态悖论：身居闹市而自辟宁静，保持高贵而融入人潮。

这种生态悖论又让我联想到另一种与之完全相反的悖论。中国文人历来主张“宜散不宜聚”，初看好像最讲独立，但是，虽散，却远远窥探；虽散，却单一趋同。法国文人即便相隔三五步也不互相打量，中国文人即便迢迢千里、素昧平生，也要探隐索微、如数家珍。

至此，萨特和波娃经常来这里的理由已经明白。他们坐在这里时的神态和心情，与这八位客人如出一辙。于是，我悬念落地。

站起身来去上了一回厕所。厕所极小，只能容一个便器，墙上有一些涂画，我想萨特曾无数遍地辨认过。

从厕所出来，我便对着镜头开始讲述：“今天这儿除了我们，还有八位客人，我想说一说他们的工作状态……”

有人提醒：“萨特！萨特！”

我说，我就是在讲萨特。

法国胃口

十五年前，在新加坡，我和高行健先生从下榻的京华饭店步行很长的路去动物园游玩，一路听他在讲法国美食。后来还是在新加坡，当时在法国大使馆工作的陈瑞献先生请我到一家法国餐厅吃饭，但他自己却只用素食。他原是一个有资格的美食家，闲坐在一旁慢悠悠地讲述着法国餐食的精义。

法国文化部在一九九〇年发动了一个“唤醒味觉运动”，而法国教育部也批准向小学生开设烹饪艺术的系列讲座。这架势，无疑是要以国家力量把美食文化推到主流文化的层面上。

从历史看，罗马人战胜高卢（古代法兰西和周边地区），实在是把欧洲的胃口狠狠地撑大了。高卢人强蛮尚武，胃口之好把罗马人吓得不轻。罗马那时已经讲究奢华的排场，于是排场和胃口融为一体，后果不难想象。有时宴会上推出的蛋糕之大，居然藏得下乐师、雕得出喷泉。十分壮观却十分粗蛮，那口味当然很难说得上好。

在这里又要提到我以前在意大利仔细查访过的美第奇家族了。十六世纪这个家族与法国王室通婚，带来了佛罗伦萨的优秀厨艺，巴黎的饮食开始从排场上升到精致。巴黎人聪明，很快就超过了老师，逐渐形成更讲究滋味的法国美食。

当然胃口还是好，排场还是大。例如那个路易十四，宫中为他安排饮食的侍从多达三百余人，吃的时候各种亲信大臣围坐，看他如何用优雅的风度把大量的食品吞咽下去。我在一本书里读到过他一次吞咽的食物数量，简直难以置信，可称之为“非人的胃口”。

路易十六被革命法庭宣判死刑之后，居然还当场吃下了六块炸肉排、半只鸡、一堆鸡蛋，胃口好得真可谓“死而后已”了。

对于太好的胃口，美食文化其实有点浪费。一顿吃得下那么多东西，哪里还会细细品尝呢？不会品尝，就无所谓美食。

法国美食的兴起，倒是要感谢革命。那场革命使王室贵族失去了特权，随之也使大量厨师失去了工作，只能走向社会，开起店来。在这之前，法国民间也像中国古代，有一些行旅中的小酒馆和点心铺罢了。

厨师们原以为走出宫廷将面对一个杂乱无章的低俗世界，谁知真的出来后情况要好得多。在餐饮市场上，一切竞争都变成了厨师的竞争，他们被老板们抢来抢去，地位和报酬大大提高。时间一长，自我感觉也越来越好，再也不必像在宫廷里那样低眉顺眼、唯唯诺诺。厨师中有些人还动笔写作，把烹饪经验上升到哲学和艺术，坚信自己与罗丹、毕加索不相上下。

法国厨师有时还表现为一种极端化的“专业名节”。在某个重要宴会上失手做坏了一个菜，或者在美食家的品评中被降低了等级，他们愿意杀身谢罪。但在我看来，法国厨师的这种“专业名节”，只是由过度骄傲所造成的过度脆弱。

法国美食的高度发展，与法国文化的质感取向有关。质感而不低俗，高雅而不抽象，把万般诗书沉淀为衣食住行，再由日常生态来校正文化。这种温暖的循环圈，令人陶醉。

然而法国人在美好的事情上容易失控，缺少收敛。连一些著名的文化人也有惊人的好胃口，而且愿意在书中大谈特谈。谈得特别来劲的有巴尔扎克、雨果、莫泊桑、大仲马、福楼拜、左拉，而胃口最大的，可能是巴尔扎克和雨果。其实文人胃口好，很可能是世界通例。记得以前在学校聚餐，总发现老教授们的那几桌很快就风卷残云，而工人的那几桌反而期期艾艾。但中国文人可以谈美食而不愿意夸自己的胃口，似乎有什么障碍，没有法国文人坦率。

在我看来，只有一个问题需要引起法国朋友的注意，那就是他们每天在吃的问题上花费的时间实在太长。法国很多餐馆，上菜速度极慢，让人等得天荒地老，这几乎成了我在法国期间不得不经常放弃法国美食的主要原因。但所有的法国朋友好像都没有我这么心急，只要在餐馆里一落座就全然切断了时间概念。据可靠统计，法国人每天的有效工作时间远远少于美国人，时间被吃饭吃掉了。

马赛鱼汤

马赛鱼汤徒有虚名。

马赛鱼汤的正式名称应该叫普罗旺斯鱼汤，读到过太多的赞誉文章。有人说这鱼汤是马赛第一美食；有人说马赛没有太多名胜古迹，幸好还有这鱼汤；有人说不管走多远的路，来马赛喝口鱼汤都值得。

这些称赞都见之于文字，有法国人自己说的，也有外国人说的，还能不相信吗？如果这种“第一美食”的说法产生于别的国家，还有迟疑的余地，而法国是堂堂美食大国！于是憋足了劲，就等着到马赛喝普罗旺斯鱼汤。在戛纳时伙伴们听说当地一座海边山头的鱼汤不错，摸着去喝了，我却不去，心想喝鱼汤只到马赛，哪能先让戛纳喧宾夺主？

到马赛后到处打听，哪一家普罗旺斯鱼汤最正宗。因为马赛这座城市比较杂乱，饮食行业良莠并存，坑害顾客的事情时有发生。经反复查证核对，知道老港附近一家最好，而且很快在两本当地餐饮指南中得到了印证。于是二话不说，预先订座，准时赶去。

这家餐厅面对港口，坐在座位上就可看到桅樯林立、海浪闪耀。渔船上正在忙着卸落刚刚捕捞的海鲜，岸边的鱼市非常热闹。我们一看，对于鱼汤的新鲜，是可以彻底放心了。

鱼汤上得很快，先是一桌一大海碗，由服务员一勺勺分到每人的浅盆上。汤呈浑褐色，趁着热气先喝一口，便立即皱起了眉。不能说难吃，但又腥又咸，是一种平庸的口味，以前在海边一些贫困的农家都可以喝到。我喜欢吃鱼，不怕腥，但对这种完全不做调理的腥，还是不敢恭维。

第二道是正菜，其实与第一道汤出于同锅，只不过把熬汤的实物盛起来罢了。样子不错，红色的是小龙虾，黑色的是蛤蜊壳，白色的是鱼肉，两三块黄色是土豆，与汤合成一盆，一人一份。先喝一口汤，与头道汤完全相同，于是吃实物。小龙虾肉要剔出来十分费事，终于剔出，小小一条，两口咽下，不觉鲜美。然后吃鱼，一上口才发现又老又柴，原来这些水产在一个大锅里不知熬了多久，鱼怎么经得起这样熬呢？只得叹一口气，夹一块土豆，揪半片面包入口，算是用完了马赛鱼汤。

那么，问题究竟出在哪里呢？

从资料上看，原来当地渔民出海捕鱼时，妻子习惯于把这两天卖剩的杂碎鱼虾煮在一锅等丈夫回来喝，这就是马赛的普罗旺斯鱼汤。此间情景，温馨感人，而杂碎鱼虾一锅煮确实也有一种特殊的厚味，因而快速传开。但平心而论，吃腻美食的人偶尔喝喝可能不错，而按正常标准它还没有从原始饮食的层面走出。

美食需要有一些基本条件，需要一代代厨师不断在探索中创建规范，并不断接受美食家们的检验。土俗饮食一成不变，制作简陋，不应与美食混为一谈。

美食发展到一定阶段也会返璞归真，再挑剔的美食家也无法轻视家常菜。这种现象常常产生一种文化误会，以为越是土俗就越具有推广价值，这就否定了文明的等级、交融的意义。一个人在遍尝世间美味之后再度钟爱家常菜，其实已经经过严格的重新选择。

重新选择出来的东西也未必值得推广。任它们离开条件四处张扬，只能让它们四处狼狈。

远年琥珀

我不知道这位王子的来历，据说祖上在中世纪时就是意大利的一位王公。祖上是什么名号？分封于意大利什么地方？以后如何流徙繁衍？最后一个王位出现于何时何地？既称王子他父亲拥有何种头衔？……这些问题全然不知。

只知道他开在巴黎卢浮宫附近的园艺店确以王子命名，园艺店出售的各种物品都饰有王子标志，定价颇高。卢浮宫附近寸金宝地，他的园艺店占据很宽大的三间门面，安安静静地经营着并不热门的园艺，展览的意义多于销售，没有足够的经济实力很难支撑。

前些天我在图尔还到了他的庄园。庄园占地辽阔，整修考究，城堡中安适精致，品位高雅，还放置着大量的家族画像和照片。这一切绝不是摆给我们看的，我们去时他根本不在。由此可以判断，他的贵胄血缘可信，并不是一个弄虚作假的骗局。

他本人也给我留下了良好印象：并不英俊，却轻松自如，颇有风度。他在谈吐中没有丝毫装腔作势，由此可推知他确实接受过良好的早期教育。

他的生存状态在巴黎很有代表性。

也许果真是神脉，是龙种，但神龙见首不见尾，完全不清楚具体来源。世系家谱一定是会有的，但他不愿意显示，别人也不方便查询。神秘地留着一份可观的家产和名号，自足度日。他年岁不大，但晋升既无必要，沦落也无理由，因此无所事事，虚泛度日。园艺云云，一种自我安慰的说法，一种朋友圈里的谈资，如此而已。

法国大革命把贵族冲击了一下，但欧洲式的冲击多数不是消灭，而是搁置。因此在巴黎，多的是这种懒洋洋、玄乎乎的神秘庭院，起居着一些有财富却不知多少、有来头却不知究竟的飘忽身影。

不应该把他们的身份背景一一厘清。厘清了，就失去了巴黎的厚度和法国的广度，失去了历史的沉淀和时间的幽深，那会多么遗憾。

文化如远年琥珀，既晶莹可鉴又不能全然透明。一定的沉色、积阴，即一定的浑浊度，反而是它的品性所在。极而言之，彻底透明，便没有文化的起点。因此，一座城市的文化，也与这座城市的不可透析性有关。

这种想法，可能会与很多中国文化人的想法不同，他们总是花费很大的力气去探测别人的事情，还以为这就是文化的追踪性、监视性和批判性。当然那也是一种文化，只不过属于另一个层面，属于坐在村口草垛上咬着耳朵传递邻居动静的老妇女，属于站在阳台上装出高雅之态却以眼角频扫对街窗户的小市民。

诺曼底血缘

从巴黎去伦敦，先要穿越诺曼底地区，再渡海。

自从一〇六六年诺曼底公爵威廉渡过海峡征服英格兰，有好几百年时间那里的统治语言是法语，直到亨利三世才第一次在发表公告时用英语。现在如此显赫的英语，在当时是一个可怜的土著。后来由于姻亲关系，英国王位还专请德国汉诺威王室来继承，这个王朝的开头两任君主也不会说英语，只会说德语，到第三世才慢慢改口，但还叫汉诺威王朝。直到第一次世界大战时德国形象太坏，英国人一气之下改用行宫温莎的名字来称呼王朝，直到今天。但即使英国还在称呼汉诺威王朝的时候，代代君主还都是威廉的后裔。

如果要查威廉的血缘，本来也不在诺曼底，而是来自北方。我想，大概是斯堪的纳维亚半岛吧，多半与海盗有关。

记得英国作家笛福有过这样几句话：

纯种英格兰人？

——我才不信！

字面上是笑话。

实质上是幻影。

笛福的说法无可怀疑。他的《鲁滨孙漂流记》，我一直看成是一个寓言作品，大家都是漂流者。

其实岂止是英国，德国、法国、意大利和欧洲其他许多国家，不高兴的时候打来打去，高兴的时候嫁来嫁去，而很多打的结果也是嫁。千百年下来，在血缘上可说是互相交融、难分难解，而信仰、语言也不一定以国界为界。因此过于强调“民族国家”的概念，实在缺少依据，有点勉强。

今天从欧洲大陆去英国的英吉利海峡风急浪高，后来还下起了漫漫大雨，透过雨幕，却能看到凄艳的晚霞。我和伙伴们在船舱里跌跌撞撞、前仰后合，心想多少历史传奇正是在这种颠荡中写就。于是趁风浪稍稍平缓，赶快取出纸笔写这篇文章。

两位英国老太太扶着一排排椅背走过来，在我身边停下了。她们平生第一次看到中国字是怎么写出来的，见我写得这样快更是新鲜万分，不断赞叹。她们没有问我在写什么，我朝她们一笑，心里说，老太太，我现在正用你们不懂的文字，写你们的诺曼底。

突然想起了坐海底列车的旅客，真为他们可惜。此刻他们正在我们脚下，全然不知风急浪高、晚霞凄艳，只听火车呼啸一声，已把所有的历史穿过。

扼守秋天

一

伦敦以西三十多公里处，有著名的温莎堡。

这个城堡，至今仍是英国王室的行宫，女王经常拖家带口在这里度周末，有时还会住得长一点。我们去那天女王刚走，说过几天就会回来。

花岗石的建筑群，建在一个山岗上，一眼看去，果然是“江山永固”的要塞气派。但是，作为要塞又太讲究、太宏大了，就像宴会上白发老将们的金边戎装，用想象的剑气来装点排场。

千年前的征服者威廉在这里修筑城堡倒真是为了从南岸扼守泰晤士河，但当时这个城堡是木结构。谁知后代君主把城堡改建成坚固的石结构，并一次次扩大之后，它的原始职能反倒完全废弃。如今只扼守着一个秋天，与密密的树丛安静对晤。

与它一起扼守在这里的，还有那个王室。秋天很安静而王室很不安静，枫叶寒石看过太多的故事，最后还记得戴安娜焦灼的脚步和无法扑灭的熊熊大火。

未进城堡，先到北边的一所附宅里办手续，然后在一个大厅里等着。

忽然满眼皇气熠熠，一位高大的女士出现在我们面前。只见她身穿长长的黑色风衣，风衣的宽领却是大红，红领上披着一头金发。这黑、红、金三色的搭配那么简明又那么华贵，一下子把我们引入了古典宫廷故事，却又有一种现代的响亮。

这位女士把我们领进了城堡。城堡里边还有好几层门，每一个门口都由皇家警卫把守。这些警卫也一律黑风衣、红宽领，却全是挺拔男子，而且都上了年纪，垂着经过精心修剪的银白胡子。于是构成了黑、红、银的三色系列，比女士的黑、红、金更加冷傲。这两种强烈色系被秋阳下花岗石一衬，使我们不能不自惭服饰，连昂然迈步的自信心都不大有了。

忘了进入第几个门之后，由一位穿着灰色连衫长裙的女士来接引我们。这位女士戴着眼镜，像一名中学教师，胸前有一枚标号，应该是城堡中更高一个层次的人物，所以已经不必在外表上雕饰皇家气象。她带我们看女王起居的一些场所，轻声柔气地做一些介绍，但不是“讲解”。你不问，她不说，主要是推门引路、指点楼梯，要我们注意脚下。

终于来到屋外，那里有一个很大的平台，可以俯瞰南边的茫茫秋色。秋色中的森林、草地，秋色中的湖泊、河流，远远看去不见一人，一问，原来是王室贵族狩猎的御苑。

背后响起一排整齐的脚步声，扭身一看，是皇家巡逻队经过。我因迷恋秋色不想细看，谁知巡逻队不久又绕了过来，等过来三次后我索性静下心来认真观察。

巡逻兵都很年轻，头戴黑鬃高帽，肩挂红金绶带，其中帽子上黑鬃竖得特别高的一位，想必是队长。他们面无表情、不言不笑、目光直视，但这直视的目光让我觉得奇怪，因为这不是巡逻队的目光而是仪仗队的目光。过几个小时后天黑地暗，皇家城堡又是盗贼们觊觎的目标，他们的目光也是这样吗？上次大火，世界舆论已有质问，戒备森严的温莎堡为什么没有及时发现，快速扑灭？

城堡本为四方安全而建，现在却成了让四方担忧的地方。

二

离温莎堡不远，便是赫赫有名的伊顿公学。

英国人崇拜贵族的传统，几乎被伊顿公学五百多年的历史做了最漂亮的概括。对此，伊顿公学自己有一个很低调的介绍，我记住了其中的一句话，那是在滑铁卢打败了拿破仑的威灵顿将军说的：“滑铁卢战场的胜利，是伊顿公学操场的胜利。”

这句话，也许会使不少只从字面上理解“贵族”的中国人吃惊。其实，从根子上说，欧洲贵族集团本来就形成于艰苦的血战之中，最早的成员多是军事首领和立功勇士，因此一代代都崇尚勇猛英武，并由此生发出诸如正直、负责、好学等一系列素质，经由权力、财富、荣誉的包装，变成了贵族集团的形象标榜。

贵族集团在整体上因不适应现代社会而变得保守和脆弱，但其中也有一批优秀人物审时度势，把自己当作现代规则和贵族风度的结合体，产生了独特的优势，受到尊重。现在欧洲的一些开明王室如西班牙王室、丹麦王室、瑞典王室，便是如此。他们有时甚至还奇迹般地成为捍卫民主、恢复安定的力量。因此我们这一路曾多次听那些国家的民众说，如果改为总统制，他们也极有可能当选。

当然，贵族传统在今天欧洲，主要还是作为一种行为气质而泛化存在的，特别是泛化为绅士风度。例如，面对法西斯的狂轰滥炸还能彬彬有礼地排队，让妇女儿童先进防空洞，丘吉尔首相在火烧眉毛的广播演讲中还动用那么优美无瑕的文辞，都是绅士风度在现代的闪光。相比之下，法国更偏重于骑士风度，从拿破仑到戴高乐，都是这方面的代表。

骑士风度也是贵族传统的派生物，比绅士风度更接近贵族集团的起点。

无论是英国的绅士风度还是法国的骑士风度，都在追求一种生命的形式美。但这些美都属于古典美学范畴，呈现于现代常常显得劳累。伊顿公学则想以大批年轻的生命证明，古典并不劳累。

由此联想到前些年中国国内产生的一个有趣现象，很多人把收费昂贵一点、宿舍环境考究一点、录取分数降低一点的私立学校称之为贵族学校，校方也以这个名号来做广告，而学生的家长则因收入较高而被称作“贵族阶层”。

对于这种现象，文化人进行过讽刺，他们的理论是一句名言：没有三代培养不出一个贵族。但这话我听起来有点不大舒服，因为它无法解释第一、第二代贵族出现的事实。正是这第一、第二代贵族，奠定了贵族的根基，但他们的脚上，却是一双双粘满泥污的马靴。

中国历史和英国历史千差万别，因此我们完全不必去发掘和创造什么贵族。把“盗版”来的概念廉价享用，乍一看得了某种便宜，实际上却害了很多本来应该拥有确切身份的人。例如有些文化人硬要把曾祖父比附成贵族，老人家必然处处露怯，其实一个中国近代史上的风霜老人，完全可以不加虚饰地成为一个研究典型。

当前一些新型的富裕人群也是如此，本来他们还会在未知的天地中寻找人生的目标，一说是贵族，即便是说着玩玩，也会引诱其中不少人装神弄鬼起来。中国很多人富裕起来之后很快陷入生态紊乱，不知怎么过日子了，文化人批评他们缺少文化，其实在我看来，更多倒是受了那些看起来挺文化的概念的毒害。

三

英国贵族是很难被“盗版”的，不要说中国，即便是近邻法国也不行。

法国贵族受到大革命的冲击，又经历过拿破仑战争，已经不成气候。贵族庄园还有不少，但据我所见，都是余韵无限，景况寥落。除了几座还在种葡萄酿酒的庄园外，多数是坐吃山空，不知今后如何维持。当然也可以拍卖庄园，或借庄园做其他生意，却又怕身份顿失、家史中断，被其他贵族笑话。

英国就不同了，不仅王室还在热闹，新老贵族还能成为上议院成员，尽管他们未必来开会。英国贵族为什么能够如此长久地享受荣华？我想这与他们存在的方式有关。他们当然看重世袭原则，但同时更看重财富原则，一贯重商。早在十三世纪，英国贵族就与国王签订了《大宪章》，从根本上避开了被推翻的危险。

前些天在法国经常想起伏尔泰，记得他在《哲学通信》中高度赞扬英国的宽容、自由、和平、轻松，而当时在法国，宗教迫害还是太多。但是在我看来，伏尔泰在这里遇到了一个深刻的悖论：正是法国的不自由呼唤出了一个自由斗士的他。他赞扬英国却很难长住英国，因为正是他所赞扬的那些内容，决定了这样的地方不需要像他这样峻厉的批判家。

英国也许因为温和渐进，容易被人批评为不深刻。然而细细一想，社会发展该做的事人家都做了，文明进步该跨的坎人家都跨了，现代社会该有的观念人家也都有了，你还能说什么呢？

较少腥风血雨，较少声色俱厉，也较少德国式的深思高论，只一路随和，一路感觉，顺着经验走，绕过障碍走，怎么消耗少就怎么走，怎么发展快就怎么走——这种社会行为方式，已被历史证明，是一条可圈可点的道路。

当然，英国这么做也需要有条件，那就是必须有法国式的激情和德国式的高论在两旁时时提携，不断启发，否则确实难免流于浅薄和平庸。因此，简单地把英国、法国、德国裁割开了进行比较是不妥的，它们一直处于一种互异又互补的关系之中，遥相呼应、暗送秋波、互通关节、各有侧重。在这个意义上看，欧洲本应一体，无法以邻为壑。

四

长久的温和渐进，长久的绅士风度，也使英国人失去了发泄的机会，结果就产生反常爆发。我一直觉得温文尔雅的英国竟然是足球流氓的温床，便与此有关。

据在这里生活的朋友说，为什么英国政府下了极大的决心整治足球流氓而未见成效？主要是由于这些足球流氓在日常生活中多是绅士打扮，举手投足可能还有贵族遗韵，很难辨认。但到了某天的某场比赛前就换了一个人，浑身强蛮，满口脏话，连上公共汽车也不买票了。及至寻衅捣乱、制造伤亡之后，可能转眼又变得衣冠楚楚、彬彬有礼，融入正常人群。

我看到一位学者对足球流氓的现象做了这样的解释：

> 自滑铁卢之后，英国人体内的野性已憋得太久。

又是滑铁卢。参照威灵顿将军的那句话，事情可能真与贵族有点关系。

于是，只好让本来就近在咫尺的贵族与流氓、绅士与无赖快速转换，角色共享。

与足球流氓异曲同工的，是伦敦的低级小报。它们也与严谨的英国传统媒体构成了两极。英国传统媒体承袭了客观、低调、含蓄的绅士风度，路透社报道恐怖分子，一般也只说是“持枪者”，因为还没有定案。这种风度的力量，可以从德国人战败之后的叹息中感受到，他们说：“出语谨慎的路透社，比英国海军还要厉害！”但是出乎意料，近几十年来伦敦那种捕风捉影、耸人听闻的小报，居然也浊浪突起，风靡全英，波及国际，这些年也终于传染到中国，只不过加上了东方式的道貌岸然。

也许这是对绅士风度的一种报复？

庄园里的首相和公爵

布伦海姆庄园（Blenheim Palace）成为丘吉尔的出生地，有点偶然。

一八七四年的一天，丘吉尔的父母应邀到兄长的这个庄园里来游玩。欧洲贵族的先祖都是马背上的立功武士，因此狩猎是一种贵族风尚，连女宾也乐于参与。丘吉尔的母亲可能是在户外观看狩猎吧，本来她分娩的日期还有六星期，但不知什么原因这天突然早产。人们把她送回这座府第，进大门便扶进了右首最近的一个房间，这便是丘吉尔出生的地点。

现在这个房间精心布置过了，中心地位放着一张大床，床头墙上挂着丘吉尔母亲的油画像，出自丘吉尔自己的手笔。大床对面，有一个玻璃柜放着一件白色绣花的婴儿背心，注明是丘吉尔出生后穿的。

婴儿背心总是小的，但丘吉尔的背心竟然这样小过，任何人一看都笑出声来。巴掌内抱持的小躯体，将以自己的力量震动世界。

从丘吉尔出生房往里走，一条长廊上陈列着丘吉尔的照片和遗物，虽然布置粗糙，却也反映出了他气吞山河的辉煌岁月。

但是，与这些简单的陈列相比，府第里主要呈现的，是主人马伯勒公爵家族的数百年荣耀。丘吉尔的陈列就像是一头大象尾巴上挂了一点小装饰，实在是微不足道。

庄园的主人一方面“收留”了丘吉尔，另一方面又要告诉参观者：

丘吉尔只是我们的亲戚，重要的不是他，而是我们嫡系一脉；丘吉尔只活跃在百年之内，而我们家族的历史则山高水远。细看之下果然也真了不得，仅从他们宽大的书房窗口望出去，居然是一个仿造法国凡尔赛宫的花苑，花苑以丛树莽林做背景，深邃而绵远。书房里有女王塑像，有钢琴和管风琴，至今还笔挺地站着仆役。这种架势，确实没有哪一个现代首相的故居能够望其项背。

丘吉尔偶然在这里出生，却把现代政治和封建政治纠缠在一起了。什么是封建贵族最好的出路？什么是现代政治最佳的渊源？这里似乎在做着英国式的回答。

现在庄园的主人是第十一代公爵，一个瘦瘦的老人，七十多岁了，腿有一点瘸。他出现前，一位高个儿的年轻女秘书要求我们务必对他使用尊称，而且以无法控制的崇敬口气一遍遍赞叹："一个多有魅力的人！"

他出现后，我们倒是没有看出什么魅力，只觉得他非常热情，讲述着丘吉尔的出生。

我们听完，细问几句，他便有点不耐烦，再问，他终于恼火："怎么老是丘吉尔？这儿是马伯勒公爵的布伦海姆庄园！你们应该对这个庄园的管理有点兴趣吧？"

出于礼貌，我们问了几句庄园管理的问题，老人才兴奋起来。但在这时我却看出了老人的悲哀。他本来是想以丘吉尔的出生来轻轻装点一下庄园的，但任何进来的人几乎都"本末倒置"，只对丘吉尔感兴趣，问长问短。

一位导游在一旁轻声告诉我，老人差不多天天都会遇到同样的麻烦，因此每次都要由热情而恼火，由恼火而提示，最后获得一点心照不宣的安慰。

可以理解，一座女王赏赐的庄园居然被一个小孩的偶然降生占尽风光，不管这个小孩以后怎么有出息，他们也受不了。我相信这位老人一定曾经多次产生过拆除有关丘吉尔陈列的打算，但如果这样，干扰没有了，参观者也没有了。

其实，再过些年，连丘吉尔也很少有人知道了。这些府第园林还会存在，它们将负载什么人物和内容，什么烦恼和叹息呢？谁也无法预料。

这次在欧洲看了太多的贵族庄园，每一座的起点都是英雄史诗，中间既可能是风情剧，也可能是哲理剧，而现在，几乎无一例外，全都成了悲喜剧。

牛津童话

一

一出门就后悔了，天那么冷，还起得那么早。

起个大早，是要去攀登牛津大学最高的圣玛丽教堂。起个大早，是贪图整个牛津还在沉睡时的抽象性，便于我们把许多有关它的想象填补进去。如果到了处处都是人影晃动的时刻，它就太具体了。

他们说，教堂的大门当然不会那么早就开，但背后有一个小侧门，里边有一个咖啡馆，供应早餐，即便未到开门时间也应该有人在忙碌了。如果能够叫开这个小侧门，就能找到登高的楼梯，他们从前就从那里上去过。

找到那个小侧门很容易，但要敲开它却不容易。一遍重，一遍轻，接连敲了几十遍，都没有人答应，只好缩着脖子在寒冷中苦等。我几乎冻得站不住了，就在石路上一圈圈跑步。好久终于等来了一个瘦瘦的中年男人，见我们已经冻成了脸青鼻子红的模样，连忙掏出钥匙开门。问明我们不是来喝咖啡而是要来登高，便把我们引到了一个陈旧的内门口。

那里有一个木梯，我带头往上爬。木梯一架架交错着向上，转了两个大弯换成了铁梯。铁梯很长，哐当哐当地攀踏了好久终于变成了仅能一人挤入的石梯。石梯跨度大、坡度高，塔楼中间悬下一根粗绳，供攀援者抓手。

终于攀到了教堂的塔顶，很狭，仅可容身。冷风当然比底下更加尖利，我躲在一堵石壁凹进处抬眼一看，昨夜重霜，已把整个牛津覆盖成一片银白。百窗垂帘，教授和学生都还没有苏醒。

这个塔顶，我在很多年前就闭眼想象过。那时正在写作欧洲戏剧理论史，知道伊丽莎白女王曾到牛津大学看莎士比亚的戏剧，随之也知道这所大学曾与周围居民一再发生冲突，而这座圣玛丽教堂，一度还是冲突的堡垒。

好像每次冲突都是从小酒馆里的口角开始的，快速发展到拳脚。然后两方都一呼百应，酿成大规模斗殴。当时的学生都是教会的修士，穿着学袍，殴斗起来后只见市民的杂色服装与学生的黑色学袍扭打在一起，形成英语里一个对立组合的专门词汇："市袍"（town and gown），两个只差一个字母的冤家。

这两个冤家因文化观念截然不同而完全无法调解，冲突最激烈时数千市民涌入大学进行围攻，互相使用弓箭，两方都有伤亡。我猜这座圣玛丽教堂的功用，一是以"一夫当关，万夫莫开"的险隘之势卫护学生，二是以钟声发出战斗号令，三是射箭。当时站在这里的，应该是战斗的指挥者。

大学生与市民打架，大学校长管不了，市长也管不了，只能一次次请国王仲裁。本来英国的学生大多渡海去巴黎上学，到十二世纪中叶，英国、法国成了对头，国王就召回自己国家的学生，在牛津办学。因此，牛津的大事确实关及国家痛痒，也只有国王才能处理。不同的国王处理时有不同的偏向，直到十四世纪中叶那次大斗殴后，爱德华三世才下令在这座教堂追悼殴斗致死的学生，并把斗殴开始的那一天当作纪念日。

每年都要在这个教堂举行纪念仪式，规定牛津市的市长和士绅必须参加。

那场延绵久远的冲突也有一个正面成果。有一批牛津的师生想离开这个一触即发的环境，便东行八十公里，在那里继续教学事业。这便是剑桥的雏形。

很多年后，一位剑桥校友又在美国办了哈佛。

这么一想，不禁对眼下的一片银白愈加虔诚起来。牛津，这个朴素的意译名词，正巧表明这里是真正意义上的渡口。它的一切存在，只为了彼岸。

二

一切高度，都是以叛离土地的方式出现的；一切叛离，都是以遭到围攻的事实来证明的；一切围攻，都是以对被围攻对象的无知为共同特征的；一切无知，都是以昂贵的时间代价来获得救赎的。

当年一次次斗殴的引起，主要责任在市民。他们把自己保守、落后的生态看成是天下唯一，因而产生了对他们不熟悉生态的极度敏感和激烈抗拒。

历史总是以成果来回答大地的。先是昂昂然站出了牛顿和达尔文，以后，几乎整个近代的科学发展，每一个环节都离不开牛津和剑桥。地球被“称量”了，电磁波被“预言”了，电子、中子、原子核被透析了，DNA 的结构链被发现了……这些大事背后，站着一个个杰出的智者。直到现代，还络绎不绝地走出了凯恩斯、罗素和英国绝大多数首相，一批又一批。

身在大学城，有时会产生一种误会，以为人类文明的步伐全然由此踏出。正是在这种误会下，站出来一位让中国人感到温暖的李约瑟先生，他花费几十年时间细细考订，用切实材料提醒人们不要一味陶醉在英国和西方，忘记了辽阔的东方、神秘的中国。

但愿中国读者不要抽去他著作产生的环境，只从他那里寻找单向安慰，以为人类的进步全都笼罩在中国古代的那几项发明之下。须知就在他写下这部书的同时，英国仍在不断地制造第一。第一瓶青霉素，第一个电子管，第一台雷达，第一台计算机，第一台电视机……即便在最近，他们还相继公布了第一例克隆羊和第一例试管婴儿的消息。英国人在这样的创造浪潮中居然把中国古代的发明创造整理得比中国人自己还要完整，实在是一种气派。我们如果因此而沾沾自喜，反倒小气。

三

我问两位留学生："在这里读书，心里紧张吗？"他们说："还好，英国人怎么着都不缺乏幽默，三下两下把压力调侃掉了一大半。"

我要他们举几个例子。他们有一搭没一搭地说着，终于又一次证实了我多年前的一个感觉：幽默的至高形态是自嘲。

例如，他们说起的十六世纪某个圣诞日发生在牛津的故事。那天一名学生拿着书包在山路上行走，遇到一头野猪，已经躲不开了，只能搏斗。野猪一次次张开大嘴扑向学生，学生灵机一动，觉得必须找一个嚼不碎、吞不下的东西塞到野猪嘴里，把它噎住。什么东西呢？学生立即醒悟，从书包中取出一本刚才还读得头昏脑涨的亚里士多德著作，往野猪嘴里塞去。

野猪果然消受不了亚里士多德，吞噎几下便憋死了。学生回到学校一讲，同学们上山割下那个野猪头，把它烤熟了，当夜就端到了教师的圣诞餐桌上。意思不言自明：尊敬的老师，你们教的学问真了不起，活生生把一头野猪给憋死了。

教师们哈哈一笑，便去享受那喷香的美味。

从此，这道美味成了圣诞晚餐上的招牌菜。

我想，这是教师的自嘲，也是学生们对自己学业的自嘲，更是牛津的总体自嘲。

自嘲出于幽默，但当师生们把它付诸行动，年年延续，也就变成了游戏和童话。

想到这里我不能不感念吴小莉。前些天她托人远道带给我英国当代童话《哈利·波特》(*Harry Potter*)，还在书的扉页上写了一封信，说不仅供我在旅途中解闷，而且要证明在繁忙的劳务中读点童话好玩极了。

这话，使我昨天在牛津的一家书店里看到《爱丽丝漫游奇境记》时会心而笑。这个童话小时候就熟悉，后来才知道它的作者居然是牛津大学的数学教师查尔斯·道奇森。

这位数学教师也正是在一次旅行中，给一位小女孩讲了这个自己随口编出来的童话。讲完，无论是小女孩还是他自己都觉得有意思，他便用刘易斯·卡罗尔的笔名写了出来。他当然没有预料到，这将成为一部世界名著。

维多利亚女王也读了这本童话，爱不释手，下令这位作者下次不管出什么书都必须立即呈送给她。于是，她不久就收到了一本作者的新著：《行列式——计算数值的简易方法》。

女王当然很吃惊，但我想她很快就能领悟：越是严肃的人群越是蕴藏着顽皮和天真，否则无法解释她自己为什么政事繁忙、威权隆重还会着迷于童话。

领悟于此，也就领悟了牛津大学一种隐秘的风范。

奇怪的日子

一

欧洲文化大师中，出生的屋子最狭小的，一是贝多芬，二是莎士比亚。好像上帝故意要把房间、楼梯、门窗一一缩小、压低，然后让未来的大师“哗啦”一声破墙而出，腾身而去。两人是在同样的年岁离去的：二十二岁。

贝多芬的出生地在波恩，安静地嵌在一条窄街的边沿，粗心人走过两次都不一定找得到。莎士比亚的出生地是一个小镇，埃文河边的斯特拉福，那就不得了啦，现在几乎是把全部名声、经营、生计都靠到了莎士比亚身上。好像整个村子的存在就是为了等候他的出生，等候他的长大、离开、回来、去世，然后等候世人来纪念。

天气已经很冷，风也很大，我穿着羽绒衣在街道上行走，走一程便躲进一家纪念品商店烤火，烤暖了再出来，继续走。

莎士比亚是我的专业之一，也是多年来的讲课内容。今天走在他家乡的街道上，我想得最多的是：他生前身后遭受的种种非议，甚至连他存在的真实性也受到责难，多半是由于这座小镇。

二

小镇终究是小镇，而且是四百多年前的小镇，它凭什么输送出一个莎士比亚？

那个叫作莎士比亚的孩子不可能在这里受到良好教育，他进过一所文法学校，十三四岁时因家里交不起学费就辍了学。他二十二岁离开这里去伦敦很可能是一次逃跑，原因据说是偷猎了人家的鹿。到伦敦后，家乡有人听说他在一个剧场前为观众看马，后来又一步步成了剧场的杂役和演员。他每年都会回来一次，后来经济情况渐渐好转，还在家乡购置了房产和地产，最后几年在家乡度过。五十二岁去世时没有引起太多重视，当地有送哀诗的习俗，但当时好像没有人为他写哀诗。他留下了遗嘱，讲了一些琐事，没有提到自己有什么著作。连他做医生的女婿霍尔，也没有在日记中提到岳父会写剧本。

这些情况，引出了一系列问题。

首先，为什么家乡完全不知道他的功业？这种情形对于一些离乡太久和太远的文人来说并不奇怪，但小镇离伦敦并不太远，莎士比亚又几乎每年都回来一次，而且晚年又回乡居住，怎么会对他已经产生的巨大影响这样木然？

其次，一个仅仅受过乡镇初级教育的人，怎么成了人类历史上的伟大文豪？他辍学时才十三四岁，以后八九年都在这个小镇里谋生，他凭什么填补了自己严重的文化欠缺？如果他后来只是一名表述自己主观感受的艺术天才倒也罢了，但是举世皆知，莎士比亚知识渊博、无学不窥，不仅悠闲地出入历史、政治、法律、地理等学科，而且熟知宫廷贵族生活，这难道是这个小镇能够给予他的吗？

与此相关，还有不少琐碎的问号。例如小镇所保留的莎士比亚遗嘱中，几处签名都由别人代笔，拼法也不统一。这可能被解释是生病的原因，但在其他一些登记文件上，他的签名似乎也不是自己的笔迹。这些做法，很像当时千千万万个文盲。怎能设想，这个不肯签名的人不仅亲笔一字一句地写出了三十几部世界经典巨著，而且奇妙地动用了两万多个英语单词，是历史上词汇最为丰富的作家之一！

这些问题，终于使人产生怀疑：世人所知的莎士比亚，难道真是从这个小镇走出的人？这样的怀疑在十九世纪中叶开始集中发表，文化界就像发生了一次地震。

怀疑论者并不怀疑从这个小镇走出的莎士比亚的存在，他们只怀疑，一个受过高等教育、具有学者身份和上层地位的人，借用这个人的名字作为自己发表剧本的笔名。

这么说来，这个躲在笔名背后的作者，才是真正的文化伟人。既然是文化伟人，总会有多方面的光亮泄漏，他也应该是那个时候伦敦的重要人物。那么，他究竟是谁？

怀疑论者按照他们的文化逻辑，分别“考订”了好几个人。

有人说是那位十二岁就进了剑桥大学读书，后来成了大哲学家的培根。

有人说是“牛津伯爵”维尔。

有人说是另一位剧作家马洛，他与莎士比亚同龄，获得过剑桥大学的硕士学位。

还有人更大胆地断言，真正的作者是伊丽莎白女王，因为只有她才能体验那些宫廷悲剧的深刻心境，而且有那么丰厚的学识和词汇……

顺着这条思路，有人认为，女王周围的一些著名贵族，可能都参与过这些剧本的创作。

明眼人一看就清楚，怀疑论者选定的对象不同，但隐藏在背后的理由却惊人地统一，那就是，大文豪只能来自大学，若说有例外，除非是女王和贵族。

他们的考证文章很长，也有大量注释和引证，完全符合大学的学术规格。只可惜，一年年过去，被他们吸引的人很多，被他们说服的人很少。莎士比亚的戏一直在世界各地上演，没有哪个观众会认为，今天晚上买票去欣赏哲学家培根爵士或伊丽莎白女王的才华。

在他们拟定的名单中，真正懂创作的只有一个马洛，因为他本人确实也是杰出的剧作家，尽管怀疑论者看中的是他的剑桥学历。结果，时间一长，稍稍懂点事理的怀疑论者便放弃了别人，只抓住他不放。

恰恰马洛这个人，有可能参加过当时英国政府的情报工作，二十九岁时又在伦敦附近的一家酒店被人刺杀。于是二十世纪五十年代就有一个叫卡尔文·霍夫曼的美国人提出一个构想：可能那天被刺杀的不是马洛，情报机构玩了一个“调包计”，真的马洛已经逃到欧洲大陆，隐姓埋名，写了剧本便用“莎士比亚”的笔名寄回英国，因此莎士比亚剧本的发表也正巧在马洛被刺之后不久。

这个构想作为一部小说的梗概听起来不错，却带有明显的低层推理性质，即只求奇险过渡，不问所留漏洞。例如：马洛要隐姓埋名，为什么不随便起一个笔名，偏偏要找一个真实存在的同行的名字？如果真实的莎士比亚写不出这样的剧本，他剧团里的大批同事怎么会看不出破绽？

其实，按照学术的逻辑，有两个事实足以驳倒那些怀疑论者：一是莎士比亚的剧本是在剧团里为演出赶写的，后来收集起来的是同一剧团里的两位演员，莎士比亚本人也在剧团之中，整个创作行为处于一种“群体互动的透明状态”；二是莎士比亚的同代同行、剧作家本·琼森为那两位演员收集的莎士比亚全集写了献诗。

那么，既然从小镇走出的莎士比亚没有冒名，为什么会出现本文前面提出的一些问题？我想这与那个时代英国强大的贵族统治所造成的普遍社会心态有关。

莎士比亚当然明白环境的不公，偶有吐露，又遭嘲谑，于是他也就无话可说。今天的读者早已熟知莎士比亚的内心世界，因此也充分理解他在那个环境里无话可说的原因，也能猜测他为什么正当盛年就回到了小镇。

可以想象，莎士比亚回到小镇的心态非常奇特。自己在伦敦的种种冤屈，都与出生于这么一个小镇有关，似乎只有小镇最能体谅自己，但是，当自己真的决定在这里度过余生时，突然发现竟然比在伦敦更加无话可说。

乡民能够拥戴的一定是水平基本与他们相齐的人，莎士比亚没有本事把自己降低成这样，因此也就很快被他们淡忘。

一个伟人的寂寞，没有比这更必然、更彻底的了。

于是，今天一切热爱莎士比亚的人都不难理解，他在这样一个小镇里面对着几双木然的眼睛口述临终遗嘱，不会有一个字提到自己的著作。

而且，我们也会理解，要他在记录的遗嘱前签名，他却轻轻摇头。Shakespeare，他知道这些字母连贯在一起的意思，因此不愿最后一次，亲笔写在这页没有表述自己灵魂的纸张上。

这个样子，确实很像一个文盲。

在同一个小镇，他又回到了出生的状态。

他觉得这个结尾很有戏剧性，可以谢幕了。

但是在我的想象中，他还是会再一次睁开眼睛，问身边的亲属，今天是几号。

回答是：四月二十三日。

他笑了，随即闭上了眼睛，永远不再睁开。

这个结尾比刚刚想的还要精彩，因为这正是他的生日。他在四月二十三日来到这个世界，又在四月二十三日离开，一天不差。这真是一个奇怪的日子。

也许，这是上帝给一位戏剧家的特殊恩惠，上帝也学会了编剧。

三

还需要说一说怀疑论者。

我走在斯特拉福的街道上想，这个小镇，后来终究以数百年的热闹、忙碌和接待，否定了一切怀疑论者。

怀疑永远是允许的，但同时也应该允许“反怀疑”。我们已经看到了怀疑论者内心的轨迹，因此也不妨对他们怀疑一番。

时至今日，他们那种嫌贫爱富、趋炎附势的可笑心态就不必再做剖析了，我剩下的最大怀疑是：他们有没有研究莎士比亚的资格？

资格，这是他们审核莎士比亚的基本工具。我们现在反过来用同一个词汇审核他们，里边包含的内容却完全不同。不讲身份，不讲地位，不讲学历，只讲一个最起码的资格：是否懂得艺术创作。

当他们认为没有进过牛津、剑桥的门就不可能成为莎士比亚，我就肯定他们不懂得艺术创作；

当他们永远只着眼于莎士比亚在知识领域的涉猎，完全无视他在美的领域的构建，我就肯定他们不懂得艺术创作；

当他们想象不到一个处于创造过程中的天才人物有无限的生命潜力，一个灵感勃发的智者可以从自己有限的生活经历中领悟辽阔的时空，我就肯定他们不懂得艺术创作。

不懂艺术创作也不是什么大问题，世界上有很多别的事情可做，然而他们偏偏要来研究莎士比亚，而且对他的存在状态进行根本否定，那就不能不质疑他们的资格了。

然而他们名义上又有一种资格，譬如，大学教师，那就容易混淆视听了。

大学是一种很奇特的社会构建，就其主干而言，无疑对人类文化的发展作用巨大，但也有一些令人厌烦的侧面。例如在贵族统治构架的边上，它衍生出另一种社会等级，使很多创造能力薄弱的人有可能在里边借半官方、半学术之名，凭群体之力，沾名师之光，获得一种社会认定。其中，越是勉强获得这种认定的人总是越要摆出一副学者架势，指手画脚，最后甚至自以为也懂得艺术创作，着手否认莎士比亚。这一来，连原先热爱莎士比亚的人也开始混乱，因为莎士比亚背后没有任何东西支撑，而这些人背后却是一所大学。

其实，所有怀疑论者的真心动力，是嫉妒。莎士比亚在很年轻的时候，就已经被嫉妒所包围。

例如，一五九二年，莎士比亚二十八岁，伦敦戏剧界有一篇文章流传，其中有一段话，针对性十分明确，而声调却有点刺耳：

> ……有一只暴发户式的乌鸦，用我们的羽毛装点自己，用一张演员的皮，包起他的虎狼之心。他写了几句虚夸的无韵诗就自以为能同你们中最优秀的作家媲美，他是个地地道道的打杂工，却恬不知耻地以为举国只有他能震撼舞台。

这篇文章是署名的，作者是被称作“大学才子”的罗伯特·格林。他当时在伦敦文化界地位不低，发现突然冒出一个莎士比亚并广受欢迎，便恼羞成怒。

这篇文章因格林死后被编入他的文集，才被后人看到，让后人知道莎士比亚活着时身边的真实声浪。可以推想更多真实的声音比这篇文章更其恶劣，真不知道莎士比亚是如何在这样的环境中创造杰作并创造伟大的。听说他有时还会与别人在某个啤酒馆里打架，那我想，真是忍不过去了。

大师的处境，即使在四百年后听起来，也仍然让人心疼。

四

在欧洲当时，比莎士比亚更让人心疼的人还有一位，那就是西班牙的塞万提斯，《唐·吉诃德》的作者。

他的生平，连随口讲几句都很不忍心。

他只上过中学，无钱上大学，二十三岁当兵，第二年在海战中左手残废。他拖着伤残之身仍在军队服役，谁料四年后遭海盗绑架，因交不出赎金被海盗折磨了整整五年。脱离海盗后开始写作，后因父亡家贫，再次申请到军队工作，任军需，即因受人诬陷而入狱。出狱后任税吏，又第二次入狱，出狱后开始写《唐·吉诃德》。但是就在此书出版的那一年，他家门前有人被刺，他因莫名其妙的嫌疑而第三次入狱，后又因女儿的陪嫁事项再一次出庭受审……

总之，这位身体残废的文化巨人有很长时间是在海盗窝和监狱中度过的，他的命运实在太苦了。

我一时还想不出世界上还有哪位作家比塞万提斯承受更多的苦难。他无法控诉了，因为每一项苦难来自不同的方向，他控诉哪方？

因此，塞万提斯开始冶炼苦难。一个作家，如果吞入多少苦难便吐出多少苦难，总不是大本事，而且这在实际上也放纵了苦难。塞万提斯正恰相反，他在无穷无尽的遭遇中摸透苦难的心窍，因此对它既不敬畏也不诅咒，而是凌驾于它的头上，俯视它的来龙去脉。

于是，他的抵达正是另一个人物的出发，那就是骑着瘦马、举着长矛的唐·吉诃德。

唐·吉诃德一起步，世界破涕为笑。

前一段时间我在马德里看到了塞万提斯的纪念雕像，雕像的下前方，就是唐·吉诃德的骑马像，后面还跟着桑丘。堂堂一国的首都在市中心以群雕方式来纪念他，而且把这个纪念广场以国名相称，叫作西班牙广场，我看在规格上已超过莎士比亚。

这片土地以隆重的骄傲来洗刷以往的无知，很可理解。但遗憾的是，唐·吉诃德和桑丘的雕像过于写实，就像是用油画的笔法描摹了一幅天才的漫画，成了败笔。德国美学家莱辛在《拉奥孔》中曾娓娓论述，由史诗转换成雕塑是一种艰难的再创造。可惜，西班牙历来缺少莱辛这样等级的理论家。

塞万提斯晚年看到了别人伪作的《唐·吉诃德》第二卷，于是赶紧又披挂上阵与文化盗贼搏斗，方式也就是赶写真的第二卷。真的第二卷出版次年，他因水肿病而去世。

说莎士比亚是一个假人，给塞万提斯一本假书，做法不同，目的相同：都想否定他们的真实存在。他们太使周围垂涎，太使周围不安。

直到两百多年后，德国诗人海涅指出：

> 塞万提斯、莎士比亚、歌德成了三头统治，在叙事、戏剧、抒情这三类创作里分别达到登峰造极的地步。

在海涅眼里，只有这三头统治，只有这三座高峰。但是歌德出生太晚，并世而立的只有两头，同在欧洲，却隔着大海。当时，两个国家还对立着。

我前面已经说过，似乎是上帝的安排，戏剧家莎士比亚戏剧性地在自己的生日那天去世，使四月二十三日成为一个奇怪的日子。谁知还有更奇怪的事情，似乎又是上帝，也只能是上帝，觉得两座高峰不能独遗一座，居然把塞万提斯的去世也安排在同一天！

那么，一六一六年的四月二十三日，也就变得更加奇怪。

当时，无论是英国的斯特拉福，还是西班牙的马德里，都没有对他们的死亡有太大的惊讶。人类，要到很多年之后，才会感受到一种文化上的山崩地裂，但那已经是余震。真正的坍塌发生时，街市寻常，行人匆匆，风轻云淡，春意阑珊。

五

当时东方也站立着一位文化大师，那就是中国的汤显祖。

二十世纪前期，一位叫青木正儿的日本学者第一次把汤显祖与莎士比亚相提并论，他庆幸东西方的戏剧诗人同时活跃在世界，而让他奇怪的是，在莎士比亚去世的次年，汤显祖也去世了，追得很紧。

但是，青木正儿先生把中国纪年推算错了。不是次年，而是同年。汤显祖也是在一六一六年去世的，离莎士比亚去世未满百日。

中国与欧洲毕竟路途遥远，即便是冥冥中的信息传递，也需时日。如果我们设想有一双神秘的巨手让莎士比亚、塞万提斯同日离开世界，那么，让东方的汤显祖稍晚百日离开，也算是同时。

他们一起，走得何其整齐，又何其匆匆。

文化，在它的至高层次上绝不是江水洋洋，终年不息，而是石破天惊，又猛然收煞。最美的乐章不会拖泥带水，随着那神秘指挥的一个断然手势，键停弦静，万籁俱寂。

只有到了这时，人们才不再喧哗，开始回忆，开始追悔，开始纪念，开始期待。

一六一六年，让人类惊悚。

两方茶语

这两天伙伴们驱车北行，我独居曼彻斯特，需要自己安排吃喝，于是想起了英国人在这方面的习性。

在吃的方面，意大利有很好的海鲜，德国有做得不错的肉食，法国是全方位的讲究，而英国则有点平淡。英国菜的最大弊病，是单调。

记得很多年前在香港大学讲课，住在柏立基学院。这是一处接待各国客座教授的住所，有一个餐厅。当时香港大学完全是英国做派，正巧那学期客座教授也以英国教授为主，我就在那个餐厅里领略了英国式的吃。

每次用餐，教授们聚坐一桌，客气寒暄，彬彬有礼，轻轻笑语，杯盏无声，总之，气氛很好。但我毕竟俗气，从第二顿开始就奇怪菜式为何基本重复。以后天天重复，到第四天，我坚持不下去了。

我很想从那些教授之中找到一个共鸣者，但每天阅读他们的脸色眼神，半点痕迹都找不到，一口口吃得那么优雅而快乐，吃着每天一样的东西。我看他们久了，他们朝我点头，依然是客气寒暄，彬彬有礼，轻轻笑语，杯盏无声。

我终于找到了管理人员，用最婉和的语气说："怎么，四天的菜式，没有太大变化？"

那位年老的管理人员和善地对我说："四天？四十年了，也没有太大的变化。"

第二天，我就开始到学生食堂用餐。

这件事，让我惊讶的，是英国教授优雅快乐的表情。

因为我看出来了，四十年不变，正是这种表情诱导的结果。

这次来英国后，我们已经吃过好几次英国菜，确实说不上什么，于是仍然去找中餐馆。

事事精细的英国，对于如此重要的吃，为何不太在乎？

他们比较在乎喝。

但这也是三百年来的事。在十七世纪中期之前，当咖啡还没有从阿拉伯引进，茶叶还没有从中国运来，他们有什么可喝呢？想想也是够可怜的。

据记载，英国从十七世纪中期开始从中国进口茶叶，数量很少。但一百年后，就年进口两千多吨了，再加上走私的七千多吨，年耗已达万吨。到十九世纪，他们对茶叶的需要已经到了难于控制的地步，以致只能用鸦片来平衡白银的进出。后来他们又试验在自己的属地印度种茶而成功，去年冬天我到印度大吉岭和尼泊尔，就看到处处都卖当地茶，便是那个时候英国人开的头。

英国人在印度、尼泊尔和锡兰种的茶，由于地理气候的独特优势，品质很高，口感醇洌，我很喜欢。现在英国每天消耗茶的大部分，还是来自那里。

相比之下，中国的绿茶清香新鲜，泡起来满杯春意，但加两回水就淡然无味。口感可以延绵较长时间的是乌龙茶，制作最讲究的是台湾。"冻顶乌龙"，听这名字就有一种怪异的诗意。不过这些年我又渐渐觉得，台湾茶的制作有点过度，香味过于浓郁。因此，我渐渐迷上了普洱茶，连我的妻子，也踏遍了云南八大茶山，成了品评普洱的高手。

一位专家告诉我，茶文化最精致的部位最难保存，每每毁于兵荒马乱之中，后来又从解渴的原始起点上重新种植和焙制，不知断了多少回，死了多少回。但是每次复苏后总能把最精致的部位找回，那就是诗意之所在。

英国进口了中国茶，没有进口中国茶的诗意。换言之，他们把中国茶文化的灵魂留下了，没带走。因此同样是茶，规矩的中国喝法与规矩的英国喝法完全是两回事。

当初英国贵族请人喝茶，全由女主人一人掌管，是女主人显示身份、财富及风雅的机会。她神秘地捧出了那个盒子，当众打开，引起大家一阵惊叹。杯盏早就准备好了，招呼仆人上水。但仆人只有提水的份，与茶叶有关的事，都必须由女主人亲自整治。中国泡茶有时把茶叶放在茶壶里，有时则把茶叶分放在每人的茶杯里。英国当时全用茶壶，一次次加水，一次次倾注，一次次道谢，一次次称赞，终于，倾注出来的茶水已经完全无色无味。

到此，事情还没有完。女主人打开茶壶盖，用一个漂亮的金属夹子把喝干净了的茶叶——中国说法也就叫茶渣吧——小心翼翼地夹出来，一点点平均地分给每一位客人。客人们如获至宝，珍惜地把茶渣放在面包片上，涂一点黄油大口吃下。

他们这样喝茶，如果被陆羽他们看到，真会瞠目结舌。既不是中国下层社会的解渴，也不是中国上层社会的诗意，倒成了一种夸张尊贵的仪式，连那茶渣也鸡犬升天。

茶被英国广泛接受之后，渐渐变成一种每日不离的生活方式，再也不是贵族式的深藏密裹了。至今英国人对茶的日消费量，仍是世界之冠。人们已经无法想象如果没有茶，英国人的日子怎么过。

通过茶来做文化比较，可以产生很多有趣的想头。例如：英国从中国引进茶叶才三百多年，却构成了一种最普及的生活方式，而中国人喝茶的历史实在太久了，至今还彻底随意，仍有大量的人群与茶完全无缘，这是为什么？

在英国很难找到完全不喝茶的人，但在中国到处都是。我在台湾的朋友隐地先生，傍着那么好的台湾茶却坐怀不乱，只喝咖啡。哪天如果咖啡馆里轻轻的音乐与咖啡的风味不谐，他耳朵尖如利刺，立即听出，而且坐立不安，一定要去与经理交涉。那次他知道我爱喝茶而瞒着我到茶叶店买好茶，回来对我的惊讶描述使我确知他是第一次那么近距离地接触茶叶。看着这位年长的华文诗人，我简直难以置信。另一个特例就是这次与我一起考察欧洲的同伴邱志军先生，晚饭前在餐厅只要喝一口那种淡如清水的茶水，只一口，他居然可以整夜兴奋得血脉偾张，毫无睡意，直到旭日东升。

写到这里我笑了，因为又想起一件与茶有关的趣事。四川是中国茶文化的重地，我在那里有一位朋友天天做着与茶有关的社会事务，高朋如云，见多识广，但他的太太对茶却一窍不通。春节那天有四位朋友相约来拜年，沏出四杯茶招待，朋友没喝就告辞了，主人便出门送客。他太太收拾客厅时深为四杯没喝过的好茶可惜，便全部仰脖喝了。但等到喝下才想起，丈夫说过，这茶喝到第三杯才喝出味道，于是照此办理，十二杯下肚。那位主人后来告诉我，送客回家才片刻时间，只见太太两眼发光，行动不便，当然一夜无眠，只听腹鸣如潮。我笑他夸张，谁知他太太在旁正色告诉我："这是我第一回也是最后一回喝茶。"

英国人思维自由而生态不自由，说喝下午茶便全民普及，同时同态，鲜有例外；中国人思维不自由而生态自由，管你什么国粹、遗产，诗意、文化，全然不理，各行其是，就连最普及的事情也有大量的民众不参与、不知道。

都柏林

一

横穿英格兰是一大享受。在欧洲，这里的田野风光可以直追奥地利和瑞士，比德国农村放松，比法国农村整齐，更不待说意大利、西班牙这些国家了。

几百公里看下来，未见一处艳俗，未见一处苟且。草坡、树丛、溪谷、泥路，像是天天在整修，又像是从来未曾整修；像是处处要引起人们注意，又像是处处要躲开人们注意。在我看来，这便是田野的绅士风度。绅士优雅而又稍稍有点作态，这儿也是。

一到威尔士地区，绅士风度有点守不住了，丘陵起伏，大海在前。从大岛渡到一个小岛，再从小岛渡到一个更小的岛，那儿有码头，穿海去爱尔兰。

爱尔兰不再是绅士。浑身是质朴的力，满脸是通俗的笑。

二

都柏林的市中心并不热闹，狭窄的街道里却有很多酒吧。年轻人天天晚上挤在一起狂舞畅饮，他们创作和演奏的现代派音乐，在世界各地都有知音。

伙伴们一直疑惑：爱尔兰是一个偏僻岛国，为什么青春生态如此前卫，文化艺术如此新锐？

我想，文化未必取决于经济，精神未必受控于环境，大鹏未必来自高山，明月未必伴随着繁星。当年爱尔兰更加冷落，却走出了堂堂萧伯纳、王尔德和叶芝，后两位很有今日酒吧的波俏风情。更出格的是荒诞派戏剧创始人贝克特和《尤利西斯》的作者乔伊斯，石破天惊，山鸣谷应，一度使全世界的前卫文化，几乎弥漫着爱尔兰口音。

三

都柏林的乔治北街三十五号是一幢三层老楼，现在是“乔伊斯中心”。

乔伊斯没有在这个屋子住过。他离开都柏林时二十二岁，境况潦落，留不下什么遗迹。祖上有点财产，但父亲酗酒成性，把家喝穷了，不断变卖家产，又成天搬家逃债，家人散住各处，这个地方是其中之一。

中心的负责人是乔伊斯的外甥，从未见过乔伊斯。他妈妈，也就是乔伊斯的亲妹妹，曾一再悄悄叮嘱：不要多提舅舅，以免影响前程。

这位外甥今年已经七十五岁，红脸白发，气色很好，慈祥友善。他能背诵《尤利西斯》的一些片段，但细问之下，他并不理解这部作品，不知道它究竟好在哪里，为什么会引起全世界的注意。

作为一个纪念中心的主人，坦诚表示自己对纪念对象隔膜的，我第一次遇到，因此对他刮目相看。不妨对比一下，世间各种名人博物馆中那些能够滔滔不绝讲解的管理人员虽然也可佩服，但静心一想总觉得不是味道。明明是巨峰沧海，怎么可能被你们如此轻松地概括了？乔伊斯外甥眼中流露出来的那种自己无力解读的羞涩，那种不能回答我们问题时的惶恐，那种对自己舅舅竟然会写下这么多“荒唐”的句子而表现出的尴尬，让我感受到一种文化意义上的真诚。尽管按照一般意义，他算不上一个合格的主人。他没有利用血缘身份和今天的职务，去填埋伟大与庸常之间的距离。他站在大河的彼岸照拂着远去的舅舅，知道自己游不到舅舅所在的对岸。

他反复告诉我的是这样一个事实：爱尔兰不喜欢乔伊斯，乔伊斯也不喜欢爱尔兰；乔伊斯离开都柏林以后很少回来，但所有的作品都以爱尔兰为题材。这几句简单的话让我震动，一个孤独的灵魂与土地的关系竟是那样缠绵。

据我所知，直到晚年，乔伊斯艰难地谋求定居地却故意避开了家乡。有一次叶芝和萧伯纳筹建爱尔兰文学院，诚恳邀请他参加，他也拒绝了。他不想进入与家乡有关的任何派别。

记得我以前在《乡关何处》一文中曾分析过中国文人与家乡的复杂心理关系，相比之下，这位爱尔兰文人显然有着更凄楚的诀别心态。

这幢楼整整装修了十四年，一九九六年才开张，连总统都来参加了开幕式。可见爱尔兰真的想拥抱自己别离多年的游子了，以这幢楼，以那炉炽热的火，以那些好不容易收集到的旧照片。但究竟拥抱到乔伊斯的游魂没有？把握不大。真正可靠的是，拥抱住了世界各国出版的乔伊斯著作的各种版本，以及每年来自近百个国家的参观者。

在二楼阅览室里，埋头工作的研究者坐满了各个角落，使匆忙的参观者们有点惶愧。我轻步在那里逡巡，整理着自己心中对《尤利西斯》的印象。记得写的仅仅是一天的时间，一对夫妇的心理遭遇紧凑而肆洋，真实得难以置信，却又与荷马史诗《奥德赛》构成遥远的平行，于是成为一部现代史诗。

它会使习惯于传统小说的读者不习惯，但一旦有了它，人们也就渐渐对传统小说不习惯起来。

爱尔兰一度拒绝他，也是因为不习惯。而现在，谁也不再习惯一个没有乔伊斯的爱尔兰。

由此可知，习惯是一支魔杖，总是要去驱赶一切创造物。如果赶来赶去赶不走，它就回过头来驱赶创造物的对立面。

记得《尤利西斯》一九一八年在美国报纸连载后就于一九二〇年被控上法庭，法庭判乔伊斯败诉，书籍停止发行，罚款五十美元，理由是此书有伤风化，会诱惑很多过于敏感的人。一九三三年第二次上法庭时社会观念已经大变，美国法官这次宣判乔伊斯无罪，为《尤利西斯》恢复名誉，理由是法律不照顾那些时时等待着被诱惑的过于敏感者，法律只考虑正常人。

——这句判词真让人高兴。历史上许多罪名，是不正常人对于正常人的宣判，而不正常人总会以超强度的道义亢奋，来掩饰自己的毛病。因此，仅仅引进一个“正常人”的概念，便全局点醒。

《尤利西斯》在美国的两度宣判，也说明即使是进入了近代的美国，法律也有一个自我完善的过程。

因此，我觉得乔伊斯对《尤利西斯》有三项贡献：第一，写出了它；第二，让它输在法庭；第三，让它赢在法庭。有此三段论，这个作品不再仅仅是现代文学经典，而且成了文化法律经典。在它之后，世界各地的现代派作品全都获得了法律上的安全。

都市逻辑

在国土上，卢森堡是一个小国。在金融上，它却是一个大国。我们想拍摄一下他们的银行街，却立即受到了阻拦。

阻拦者不是警察，而是一家银行的职员。他见到我们拿起摄像机，便像触电似的箭步朝我们跑来，边跑边举手示意我们停止拍摄。

这让我们很奇怪，因为我们站立的街口离银行大门还有不少距离，哪有大街上不准摄影的？

那位职员已经到了眼前，讲的是德语，我们听不懂，他又用英语说，这里不准拍摄。我们问他为什么，他摇头不想回答。这使我们有点生气，说我们刚才在他们的政府大厦和高等法院门口拍摄，都没有受到阻拦。

这时，快步走过来一位戴眼镜的先生，自称是总经理，态度非常客气，用法语和我们交谈。我们希望他说英语，但他用生硬的英语所讲的一切过于复杂，我们听不明白。

于是，由一位伙伴与他们做语言上的厮磨，我和别的伙伴让过一边，猜测他们禁止我们拍摄的理由。

猜测的第一个理由是，银行有自己的尊严，我们未经他们许可就擅自拍摄，对他们不礼貌。

猜测的第二个理由是，现今世界上有很多银行抢劫犯，因此，来了几个不明身份的人把银行的大门、窗户远远近近地拍摄一遍，谁能担保这与今后某些抢劫案无关?

正待再想几条理由，突然来了一位我们前天认识的当地朋友，他在几种语言上都娴熟无碍，只与总经理聊了一会儿便笑着转过身来告诉我们:“只有一个理由，他们是为了保护出入银行的顾客，不让他们摄入镜头。”

初一听有点奇怪，但不到几秒钟便立即领悟。

按照西方的观念，个人财产的提存往来，是一个人的重要隐私。

这一点，是现代金融业的信誉基座，也是各国同行间的竞争平台。小小的卢森堡能在三四十年内快速发展成一个举世瞩目的金融王国，也与它严密的银行保密法规有关。

卢森堡银行向世界许诺，一切客户的资料不仅对他人保密，而且也对国家机构保密。即便是国家财政机关，也不能以征税之类的目的了解客户的情况。除了刑事诉讼，银行拒绝在民事诉讼中出面做证。银行如果违反了这些规定，反而要承担刑事责任。

我觉得，这样的事情，触及了欧洲文明的经络系统，蕴藏着人身权、私有财产权等一系列社会大原则。只要一着破损，就会牵动全局。因此，他们小心翼翼地来设置种种禁忌。

这种禁忌，最通俗地表现在交通规则上，在我们中国也已逐渐普及。但是，蕴藏在交通规则背后的逻辑，我们却未必能领会。

很多人认为，遵守交通规则一是为了人身安全，二是为了交通畅达，还会有别的什么逻辑呢?

有一天我和一位德国学人在斯图加特的一个路口等红灯，顺便说起，在这人口稀疏、交通冷清的城市，极目左右都没有车辆的影子，即便冲着红灯直穿过去也没有任何危险，但人们还是规规矩矩地等着。从社会学的角度看，究竟出于一种什么制约？

他说，规则后面有一个严密的逻辑。

我请他把那种逻辑演绎一下，他就顺势推衍了以下几点：

一、据统计，城市的街道穿行者中，受交通事故伤害最大的群落，是孩子。

二、据统计，对孩子们最有效的教育，来自他们的自身观察。

三、据统计，孩子观察世界的一个重要地点，是自家的窗口。因此，当你四顾无人无车，放心穿越红灯的时候，根本无法保证路边排排高楼的无数窗口，没有孩子在观看。

四、于是你进入了一个逻辑悖论：当你安全地穿越了红灯，等于给孩子们上了一课，内容是穿越红灯无危险。只有当你遭受伤亡的时候，才能给孩子们正确的教育。

五、面对这样的悖论，唯一正确的方法是放弃穿越，既不让孩子们看到穿越的安全，也不让孩子们看到穿越的危险，一见红灯就立即停步。

这番推衍，虽是从孩子的角度，却是严丝合缝，很难辩驳。

我想，仅从上述金融规则和交通规则两端，已大致可以说明现代的“都市逻辑”是怎么一回事了。

这些事情让人不能不深深感念启蒙运动。康德说，欧洲启蒙运动的巨大功效，是让理性渗透到一切日常生活中。

可惜，中国文化人接受西方文明，总是停留在一些又大又远的概念上，很少与日常生活连接起来。结果，他们所传播的理性往往空洞干涩，无益于具体生活，也无法受到生活的检验。

其实我们生活中有太多的集体行为需要疏通逻辑，又有太多的行业性逻辑需要获得整体协调。这本是文化人应该站立的岗位，然而奇怪的是不少文化人不喜欢做这些事情，也不希望别人来做，反而乐于在一些最不合乎逻辑的情绪中异想天开。

在我的幻想中，文化人最好静下心来，细细研究国内外的各种文明规范，对照现实社会的反面例证，写出一本本诸如《行为理由》《必要禁忌》《都市契约》这样的书来。

公共空间，需要一整套被集体公认的逻辑。如果一时没有，就需要赶快建立。

谁的滑铁卢

一

我终于来到了滑铁卢。一八一五年六月十八日下午，一头雄狮在这里倒下。欧洲的王室松了一口气，重新从这里抬起骄傲的脚步。

古战场的遗址上堆起一座山丘，山丘顶上铁狮威武。但这头铁狮并非纪念那头雄狮，而是相反，纪念对他的制服。

山丘的泥土全部取自战场，这小小的两公里拥挤过十几万厮杀的人群，每一寸都浸泡过鲜血。当时刚刚获胜的威灵顿将军长长一叹，说："胜利，是除了失败之外的最大悲剧！"

山丘由列日市的妇女背土筑成，因为她们支持过拿破仑，这是惩罚性的劳役。

为什么独独要让妇女们来承担这个劳役？说是她们的男人正在接受更大的惩罚。但在我看来，那是出于胜利者们对那个失败者的嫉妒。男人间的嫉妒往往与女人有关，因此必然会让支持过他、崇拜过他的她们，来确认他的失败，这可能是对他最大的羞辱。

女人们用柔软的双手捧起泥土，哪里还分得清什么胜方败方？只知道这是男人的血，这是不干的土。加几滴我们的眼泪进去拌一拌吧，至于这座山丘的含义，我们心里清楚。

二

滑铁卢战场遗址，自然由当年的胜利者保存和修复。但奇怪的是，几乎所有的游人在心中祭拜的，都是那位骑着白马的失败者。那座纪念山丘，两百多级高高的台阶，连小孩也在那里步步攀登。一队比利时的小学生全部爬到了顶部，一问，他们只知道拿破仑，不知道威灵顿。他们是小孩，而且并不是法国的。因此，当年垒筑这座山丘的意图，已经全部落空。

以往我们习惯于把战争分作正义和非正义两种，说起来很明快，其实事情要复杂得多。像第二次世界大战这样是非分明的战争比较好办，第一次世界大战分起来就有一点麻烦了。如果分不清就说成是“狗咬狗”，那么，多数古战场就成了一片狗吠，很少找得到人的踪影。

滑铁卢的战事成了后代的审美对象。审美一旦开始，双方的人格魅力成为对比的主要坐标，胜败立即退居很次要的地位。即便是匹马夕阳、荒原独吼，也会笼罩着悲剧美。由此，拿破仑就有了超越威灵顿的巨大优势，正好与胜败相反。

审美心理曲线是一条长长的抛物线。人们关注拿破仑由来已久，尤其是他从放逐的小岛上直奔巴黎抢回皇位的传奇，即使不喜欢他的人也会声声惊叹。滑铁卢，只是那个漂亮生命行程的一个终点。与拿破仑相比，可怜威灵顿，虽然胜利，却只有点而没有线。因此难怪连比利时的小学生也不知道他，反而爬着他的胜利高坡，来怀念他的手下败将。

其实岂止是今天的小学生，即便是战事结束不久，即便不是法国人，大家说起滑铁卢，也已经作为一个代表失败的词汇而不是胜利的词汇。

可见，人们都把拿破仑当作了主体，不自觉地站到了他的一边。

世界上各个文化群落，都有不同的人格范型。荣格说，一切文化最终都沉淀为人格，一点不错。随便一数，就能举出创世人格、英雄人格、先知人格、使徒人格、苦寂人格、绅士人格、骑士人格、武士人格，以及中国人所追求的君子人格。拿破仑虽败犹荣，也与他所代表的人格范型有关，在我看来，是六分英雄人格，加上四分骑士人格。

蓝旗和孩子

在布鲁塞尔欧盟总部大堂门口，一束灯光照射着那面静静垂落的蓝旗。在它后面，一排排国旗相拥而立，做它的后盾。这些国旗，原先高高地飘扬在各自的国界前。

几十里外滑铁卢人仰马翻、旗起旗落。究竟谁是最终的胜利者？滑铁卢比谁都疑惑，不知道该竖哪面旗。现在，终于有了这面旗，这才是结论。

对此我们似乎还缺少关心。昨天晚上我请教中国驻比利时大使宋明江先生：当前欧洲什么事情最应该引起中国人重视？

大使说：欧盟。

以经济的联合为基础，防务、外交、内政、司法等各个方面都一一呼应起来。当然麻烦不少，欧盟也步履谨慎，但一直没有后退。从未后退的小步子，日积月累，总会跨上一个大台阶。

我的很多读者预期我到欧洲旅行一定会醉心于它的历史文化，其实我倒是特别留心当前的发展。到了布鲁塞尔就像提纲挈领，看着欧洲如何脱胎换骨，挥别昨天。

记得在斯特拉斯堡欧盟的另一个办公处，我曾联想到都德在《最后一课》中刻画的小弗朗士，并由他进一步联想到那个后来为欧洲联合做出过巨大贡献的女士路易·韦丝，他们都是生长在欧洲冲突拉锯地带的男孩和女孩。我因此感叹，人类的一切崇高理念，也许都来自麻烦之地男孩和女孩痴想的眼神。

没想到来到布鲁塞尔欧盟的最高总部一看，门口铁栅栏上真的爬着一大群男孩女孩的雕塑。看上去他们都是那样调皮、泼辣，大大咧咧爬到欧盟大门口来了，而且都抬头仰天、说说笑笑，几年都不下来。

我真佩服雕塑家们的设计。成人们最大胆的政治构思，无一不暗合孩子们的幻想；大凡孩子们无法理解的弯弯曲曲，成人们迟早也会摆脱出来。

这些孩子没有一点小绅士或小骑士的老成姿态。头发不理、衣服不整，全然拒绝旧时代对自己的打扮，扭头只顾新世纪。不知是由他们来塑造新世纪，还是让新世纪来塑造他们。

因此，欧盟总部大门口的这些孩子，是雕塑，是装饰，是门卫，更是理念。

海牙的老人

一

海牙的清晨，湿漉漉的广场上摆满了旧书摊。很多老年人把毕生收集的书籍、古董陈列在那里，让人选购。

在博物馆前的那个角落，一位年迈的摄影师摆出了自己拍摄的数千张旧照片，按年份日期排列。边上还摆放着三台老相机，足可把他的一生概括。而他，又能从自己的角度把荷兰的历史概括。

见我仔细翻阅，老人两眼放光。他用英语向我嘟哝：全拿走吧，实在不贵。

我暗自责备自己翻阅得太久了，使他产生误会，因此躲避着他的目光。但我还是抬起头来看着他，向他道谢。我想他应该认出，我是中国人。中国流落在外面的历史符号就更多了，我们怎能不先捡拾自己的旧信息，反而带走人家的老图像？

中国人也许做过很多不该做的事情，但从来没有把别人的历史藏在自己家里。

老人见我要离开，又说了一句："也可以拆开了买走，譬如，先生出生的那一年……”

这话使我心里一动。因为曾经听说，一些企图申请奥运会主办权的城市，想送一些像样的小礼物给国际奥委会委员，最聪明的是一份某委员出生那天的《泰晤士报》，让他看看，在他走到世界的那一天，世界发生了一些什么事。那么，照老人的提议，我也可以在这里找到自己生命出现时的某些远地风景？

我连忙回头再看那些照片排列，找到我出生那一年，厚厚一沓。但我再看前前后后，每一年都齐整无缺，可见至今没有人零拆买走。从老人的生活状态看，他未必拥有复印的技术设备。我笑着向他摇摇头，心想，我算什么呢？一个如此平凡的生命，一个在湿漉漉的早晨偶尔驻足的过客，岂能为了比照自己的存在，抽散这位老人的平生劳作？

我相信，在他的同胞中，会出现一个更负责的收藏者，将这些照片保存得更完整、更有意义。再等一年半载吧，老大爷。

二

国与国之间的关系出现了麻烦，能不能不要打仗，而由一个法律机构来仲裁？这是人类的理性之梦，结果便是海牙国际法院的出现。

和平宫就是国际法院的所在地，由美国企业家卡内基捐款修建，竣工于一九一三年。第二年就爆发了第一次世界大战，好像冥冥中加重了这栋楼屹立在世界上的必要性。

这栋楼造得庄严、大气，但更漂亮的是环绕着它的巨大庭院。因此，从铁栅栏到主楼还有很长的距离，中间是葱茏的草地，远处林木茂密。

我们找到了第一层门卫，说我们来自何方，两天前曾来过电话，承蒙同意入内参观。门卫立即向里边打电话，然后态度变得非常客气，要我们等一等，说很快就会有人出来接引。

出来的是一位女士，讲法语，让我们每个人把护照交给门卫。门卫一一登记了，一并归还。女士一笑，摊开手掌往里边一让。

走到主楼的正门，那里站着两位警卫。领路的女士与他们说了一阵，警卫拿出一本登记簿让她写了一些东西，然后她转身向我们挥手。原来她已完成任务，要离开了。主楼里边，已有一位年轻的小姐等着我们。

我们跟着这位小姐轻步前行，绕来绕去，居然从主楼的后门绕到了一座新楼。那里有几排椅子，她叫我们坐下休息，说过一会儿会有一位官员来接我们。

等了十来分钟，听到一声热情的招呼，是一位戴眼镜的中年女士，说一口流利的英语。显然她比较重要，因为她讲话很多，无拘无束。

从她口里越来越多听到一个人的名字，说他要破例接待我们。我们问那人是谁，她一怔，然后笑了，说："我以为你们都知道呢。他是国际法院副院长，今天特地让出时间来等你们。我现在领你们去他的办公室。"

这条路有点复杂，上二楼，走过一条长长的玻璃走廊，又回到了主楼。她先领我们看了看各位大法官审案前开会的会议室，再看隔壁的审判庭。这两个地方今天都空着，一派古典贵族式的庄严肃穆。

从审判庭出来，又走了一些路。她向我们先做了一个手势，然后在一个灰色的门前屏息站定，抬起左手看了看手表，抬起右手轻轻地敲了两下。

才两下，门就开了，站在我们眼前的是一个老人，而且是一个中国老人！"你们来了？请进！请进！"——这更让我吃惊了，居然满口浓重的上海口音！

这便是堂堂海牙国际法院副院长史久镛大法官。

国际法院的法官由联合国会议选举产生。史先生在这里很具威望，是国际法院的灵魂人物，但他并不代表中国。

他的办公室分两大间，外面一间堆着各种文件和电脑。里面一间有他的大写字台。宽宽的落地窗前有一个会客的空间，我们在那里坐下了。窗外，是法国式的园林，却又带有英国园林的自然风味。

我们尽管经常在媒体上看到国际法院，但对它的了解实在太少。因此，一开始就有许多最浅显的问题期期艾艾地提了出来，他一听就笑了。例如——

问：你们有事干吗？国与国，不是打仗就是谈判，怎么会想着打官司？

答：我们这儿忙极了，堆满了案件。你看，积压在手边的就是几十宗。

问：你们判决以后，那些败诉的国家会遵照执行吗？

答：几十年来只有一个例外，美国。我们判它输，但它不执行，事情递交到安理会，它作为常任理事国投了否决票。国际法院是联合国的下属机构，这样一来就没办法了。

由此开始，我们的问题越来越多。他没有固定的国家立场，全然是一种国际式的平正。我们听起来句句入耳，却又有一点陌生。

就像过去一个大家族里各个门户的对峙，人们早已听熟他们各自的立场，不知哪天突然来了一位“老娘舅”，他没有立场，只有规矩，大家一时有点吃惊。

他是一个国际公民，现在住在海牙，但要经常回上海省亲。以前他长期居住在上海，我问他住在上海何处，他说原来住在华山路淮海路口，最近又往西动迁了。

我又问，既然经常回上海，会不会与国内法律界的朋友，谈谈国际法律精神？

这位国际大法官淡淡地说：“我不善于交际，也不喜欢交际。每次回上海，只通知家人。”

我略微有点走神，思路飘忽到了上海的淮海西路一带：踩踏着秋天的落叶，漫步着一位极普通的老人，谁也不知道他是谁。

过些日子，他又要回上海了。当然上海不会知道，除了家人。

上海青年小心了，当你们坐在街边长椅上对于刚刚听来的国际新闻高谈阔论的时候，也许，背后有一道苍老而淡然的目光移过。

自己的真相

一

阿姆斯特丹说得上是一个色彩之都。

鲜花出口量全世界第一，又拥有最会摆弄色彩的伦勃朗和梵高。如果再加上橱窗里赤裸裸站立的各种色情女郎，太让人眼花缭乱了。

我们到阿姆斯特丹之后，两辆车停在不同的停车场。一小时后传来消息，一辆被砸，一辆被撬。我的一台新买的数码相机，以及两个伙伴的手提电脑均不翼而飞。我从希腊开始拍摄的照片，全都贮存在那台数码相机里，这下算是全完了。

停车场是收了管理费的，但管理员却说这样的事情他们管不着。其实两个停车场都不大，里边发生的任何事都能一眼看到。

到达才一小时就已经这样，这个平静的下马威使我们对这个色彩之都纳闷起来。

到处都在修路，又是阴雨绵绵，几个肥胖的黑人在小街中狂奔乱叫，似极度兴奋，又似极度愤怒。

吸食大麻的苍白青年坐在露天木阶上手足无措，独自傻笑。

木阶下面是河道，有不少船停泊，又有一大堆废弃的脚踏车在水里浸泡。

二

在西方大画家中，平生境遇最悲惨的恰恰是两个荷兰人，伦勃朗和梵高。但梵高在阿姆斯特丹的时间不长，暂且不论；而伦勃朗碰到的实在是一件群体性的审美冤案，而且与这座城市密切相关。

这件事，略知西方美术史的人都不陌生。但我站在阿姆斯特丹的伦勃朗故居前，忍不住还想复述几句。

事情发生时伦勃朗三十六岁。但是，直到他六十三岁去世还没有平反昭雪。这件事几乎中断了他靠艺术创作来维持生计的正常生活，去世时只花费了一个乞丐的丧葬费用。因此，这是通贯一代艺术大师终身的严重事件。

那年有十六个保安射手们凑钱请伦勃朗画群像，伦勃朗觉得要把这么多人安排在一幅画中非常困难，就设计一个情景：似乎接到了报警，他们准备出发去查看，队长在交代任务，有人在擦枪筒，有人在打旗帜，周围又有一些孩子在看热闹。

这幅画，就是人类艺术史上的无价珍品《夜巡》。任何一本哪怕是最简单的世界美术史，都不可能把它漏掉。任何一位外国游客，也要千方百计挤到博物馆里看上它一眼。

但在当时，这幅画遇上了真正的麻烦。那十六个保安射手认为没有把他们的地位摆平均，而且明暗、大小都不相同。他们不仅拒绝接受，而且上诉法庭，闹得纷纷扬扬。

整个阿姆斯特丹不知有多少市民来看了这幅作品，看了都咧嘴大笑。这笑声不是来自艺术判断，而是来自对他人遭殃的兴奋。这笑声又有传染性，笑的人越来越多，人们似乎要用笑来划清自己与这幅作品的界限，来洗清它给全城带来的耻辱。

最让人惊讶的，是那些艺术评论家和作家。他们不可能感受不到这幅作品的光辉，他们也有资格对愚昧无知的保安射手和广大市民说几句开导话，稍稍给无端陷于重围的伦勃朗解点围，但他们谁也没有这样做。他们站在这幅作品前频频摇头，显得那么深刻。市民们看到他们摇头，就笑得更放心了。

有的作家，则在这场可耻的围攻中玩起了幽默。“你们说他画得太暗？他本来就是黑暗王子嘛！”于是市民又哄传开“黑暗王子”这个绰号，伦勃朗再也无法挣脱。

只有一个挣脱的办法，当时亲戚朋友也给他提过。那就是再重画一幅，完全按照世人标准，让这些保安射手穿着鲜亮的服装齐齐地坐在餐桌前，餐桌上食物丰富。

伦勃朗理所当然地拒绝了。

那么，他就注定要面对无人买画的绝境。他一直在画，而且越画越好，却始终贫困。

直到他去世后的一百年，阿姆斯特丹才惊奇地发现，英国、法国、德国、俄国、波兰的一些著名画家，自称接受了伦勃朗的艺术濡养。

伦勃朗？不就是那位被保安射手们怒骂、被全城耻笑、像乞丐般下葬的穷画家吗？一百年过去，阿姆斯特丹的记忆模糊了。

那十六名保安射手当然也都已去世。他们，怒气冲冲、骂骂咧咧地走向了永垂不朽。

三

他的故居，这些年重新装修了，看起来他晚年不太贫困。但我记得在一本传记中读到，这房子当年因伦勃朗无力还债，被公证处拍卖掉了，伦勃朗不得不搬到一处极其简陋的犹太人的房子里去居住。这一点，故居的解释词中没有说明。里边反复放映的一部影片，主要是介绍这些年修复故居的认真和艰难。

对此我有点不大高兴。记得早年曾经读过一本德国人写的伦勃朗传记，其中有一个情节一直让我无法释怀。

好像是在去世前一年吧，大师已经十分贫困。一天，磨磨蹭蹭来到早年的一个学生家。学生正在画画，需要临时雇用一个形貌粗野的模特儿，装扮成刽子手的姿态。大师便说："我试试吧！"随手脱掉上衣，露出了多毛的胸膛……

这个姿态他摆了很久，感觉不错。但谁料不小心一眼走神，看到了学生的画框。画框上，全部笔法都是在模仿早年的自己，有些笔法又模仿得不好。大师立即转过脸去，满眼黯然。他真后悔这一眼。

记得我当初读到这个情节时心头一震，泪如雨下。不为他的落魄，只为他的自我发现。

低劣的文化环境可以不断地糟践大师，使他忘记是谁，迷迷糊糊地沦落于闹市，求生于巷陌——这样的事情虽然悲苦却也不至于使我下泪，因为世间每时每地都有大量杰出人物因不知自己杰出，或因被别人判定为不杰出而消失于人海；不可忍受的是他居然在某个特定机遇中突然醒悟到了自己的真相，一时如噩梦初醒，天地倒转，惊恐万状。

此刻的伦勃朗便是如此。他被学生的画笔猛然点醒，一醒却看见自己脱衣露胸，像傻瓜一样站立着。更惊人的是，那个点醒自己的学生本人却没有醒，正在得意洋洋地远觑近瞄、涂色抹彩，全然忘了眼前的模特儿是谁。

作为学生，不理解老师是稀世天才尚可原谅，而忘记了自己与老师之间的基本关系却无法饶恕。

学生画完了，照市场价格付给他报酬。他收下，步履蹒跚地回家。

这个情节，今天稍稍回想还是心里难受，便转身来到故居底层，买了一条印有大师签名的红领带，找一个无人的角落戴上。

今天，他的名字用各种不同的字体装潢在大大小小的门面上，好像整个城市几百年来都为这个名字而存在，为这个名字在欢呼。但我只相信这个印在领带上的签名，那是大师用最轻微又最强韧的笔触在尘污中争辩：我是谁。

荷兰水

第一次听到荷兰这个地名，我六岁，在浙江余姚（今慈溪）乡下。

我读书早，六岁已二年级。那天放学，见不少人在我家里，围着正在写字的妈妈。原来河西老太病重，妈妈写信通知她在上海的儿子快速回乡。

突然，妈妈手下的笔停住了，河西老太这两天一直念叨要吃一种东西，大家几番侧耳细听都没有听明白。

“等到她儿子回来后再说吧。”大家说。

“不，”妈妈说，“也许她要吃的东西只有上海有，问明白了我写给她儿子，让他带来。不然就来不及了。”

妈妈说得有道理，大家都沉默了。

“我去听听看！”这是祖母的声音。祖母和河西老太早年曾生活在上海，是抗日战争后期一起回乡的。

祖母是小脚，按她的说法，小时缠脚时痛得直流泪，她母亲不忍心，偷偷地放松了，所以是“半大脚”，但走路还是一拐一拐的。她除了去庙里念经，很少出门，更不会去河西，因为那里有一座老石桥，石板早已打滑。这天，我扶着她，她把我当拐杖，一步步挪到了河西。

河西老太躺在床上，见到祖母很高兴，想伸手却抬不起来。祖母连忙俯下身去，轻声问她想吃什么。

河西老太似乎有点不好意思，但终究喃喃地说了。

祖母皱了皱眉，要她再说一遍。一听笑了，抬起头来对众人说：“她要喝荷兰水。”

这是我第一次听到这种奇怪的水名，回到家里问妈妈。妈妈只说荷兰是一个很远的国家，却也不知道荷兰水是什么，就要祖母描述一下。等祖母简单地说了荷兰水的特征，母亲“哦”了一声：“那就是汽水！”

原来，在祖母一代，汽水还叫荷兰水。

上海的第一代汽水是从荷兰传入的吗？还是汽水本由荷兰制造，然后别国的汽水也叫了荷兰水？

对此我从未考证。

只知道妈妈写完信后，由一位后生快速跑到北边道林镇去寄出。妈妈特地关照他寄“快信”，不可延误。

几天以后，河西老太的儿子回来了，一到就从旅行袋里摸出一个玻璃瓶，上面封着小铁盖。他又从口袋里取出一个开关，轻轻一扳，铁盖开了，瓶里的水冒着密密的气泡。也不倒在杯子里了，直接凑上了河西老太的嘴。

河西老太喝了两口，便摇头，不想再喝。她儿子把那大半瓶汽水放在一边，也不再说话。

我当时不明白，是河西老太不想喝了，还是她觉得儿子买错了。

当天晚上，老太就去世了。

这事早就遗忘，今天到了荷兰，轻轻地念一声国名，才如沉屑泛起，突然记得。

上几代中国的普通百姓对于西方世界茫然不知，偶有所闻，大多是由于那时开始传入中国的西方器物，包括衣食享用。这就像，西方普通人对中国的了解也长期局限于丝绸、瓷器和茶叶。这种充满质感的生态交流，看似琐碎，却直接渗透到生活底层，甚至远远超越政治、军事、外交领域的各种大命题。你看这位只在上海住过一段时间的老妇人，生命中最后念叨的居然是一个西欧小国的国名。

我猜想河西老太在上海第一次喝到汽水时一定不会适应，但很快就从不适应中找到了一种舒鼻通喉的畅快。这个短暂的转变过程包含着两种生态文化的愉快对接，后来失去了对接的可能，就成了一种思念。

思念中的一切都比事实更加美好。离开上海很久的老太其实已经重新适应了传统风俗，因此她对于那瓶好不容易来到嘴边的汽水，第一口失望，第二口摇头。她终于没有了牵挂，撒手尘寰，也就这样丢弃了荷兰。

她以生命的结束，完成了一场小小的两种生态文明的拉锯战。

玲珑小国

一

一个主权国家的全部面积不到两平方公里，摩纳哥实在太小了。但是，这个袖珍小国却浓缩着四个隐形大国：赌博大国、邮票大国、赛车大国、旅游大国。

这四个隐形大国都具有俯视世界的地位。

就说赌博大国吧，蒙特卡洛赌场那种地毯厚厚、灯光柔柔、家具旧旧的老式贵族派头，连美国的拉斯维加斯也要鞠躬示敬，更不待说墨尔本、吉隆坡、澳门的那些豪华赌场了。全世界的赌场选“大佬”，看来还是非蒙特卡洛莫属。

更让人惊异的是赛车。那么小的国家，不可能另选赛车场地，这些蜿蜒于山坡上的真实街道就是赛车跑道。到时候街道边人山人海，拥挤着来自世界各国的观众，而跑道上则奔驰着五光十色的各种赛车。我们没有赶上赛车季节，只是顺着赛车的路线绕了两圈，奇怪的是每辆车的驾驶员似乎都认得路线。一问，原来都是从每次赛车的电视转播中看熟了的。

其实在摩纳哥，最能冲击游人感官的，是海滨山崖上的一排排豪宅。这是世界各地大量超级富豪选择的终老之地。据我历来读到的资料，很多绑匪、巨盗、毒枭疯狂敛财，都是为了达到一个目标，能在摩纳哥舒舒服服地隐居。

为此，我每次来摩纳哥都会看着这些房子出神，心想多少人终于没有拿到钥匙而只能永久地待在监狱里傻想了，而拿到了钥匙的，大概也有不少人不敢出门。一扇扇花岗岩框的木门紧锁着，脚下碧波间，白色的私家游艇也很少解缆。偶尔解缆于没有风浪的月夜，如贴水而飞的白鸥，只把全部秘密倾吐给地中海。

这次去，我还发现了摩纳哥的另一个秘密。它就躲藏在那幢最宏伟的公共建筑——海洋学博物馆里。

如果有时间把这个博物馆看得细一点，就会发现大量展品都出自一种长年累月的出海考察。而这一切的指挥者，就是摩纳哥的国家元首阿尔贝一世。

这位国家元首亲自以专家的身份率队出海，整整二十八次，成了世界近代海洋学的创始人。

可以看到当年拍摄的无声电影纪录短片，我连看两段就很感动。阿尔贝一世在颠簸的海船上完全不像一个国家元首，而是一名不辞辛劳的科学家。夜晚来临，他们只能栖宿荒岛，狂风袭来，他慌忙去捡拾吹落的风帽。

那是一百年前的事了。欧洲大地当时正兵荒马乱，他统治的小国哪有周旋之力，于是干脆转身，背对战尘面对大海。就在他捡拾风帽的时刻，多少欧洲君主也在为捡拾皇冠而奔忙。

作为小国之君他无足轻重，但在人类探索自然的领域，他做过真正的君王。

二

比摩纳哥大一点的小国，是圣马力诺。所谓“大一点”却大了三十多倍，总共六十平方公里吧，大约是上海市的百分之一。

圣马力诺嵌在意大利中部，进出要经过意大利海滨小城里米尼，那我们干脆就在里米尼住下了。

里米尼的海滩很棒，碧海蓝天间最出风头的是皮肤晒得黝黑的苗条女子和身材健硕的光头男子。奇怪的是，苗条女子身边总有一个男友，而光头男子背后却没有女性，只跟着几个小伙子。

靠近海滩的街道上，有一种营生很热闹，就是替刚刚从海水里钻出来的年轻旅客描绘皮肤花纹。只是描绘，不是刺青。皮肤已经晒黑，描上金线银线，花草摇曳、鱼虫舞动，描得多了就像绷了一件贴身花衫。

圣马力诺是一座山城，道路盘旋重叠。据说公元三世纪一个叫马力诺的石匠为逃避宗教迫害从亚得里亚海的对岸来此藏身并传教，因而有了这个地名。看来看去，这真是一个藏身的好地方。

这位石匠留下了一些淳朴的政治遗嘱，使这个小国成了欧洲最早的共和国。

当年拿破仑纵横欧洲，把谁也不放在眼里，有一天突然发现，在意大利的国土之内居然还有如此一个芥末小国。他饶有兴趣地吩咐部下，找这个小国的首领来谈一谈历史。

谁知一谈之下，他渐渐严肃起来，双目炯炯有神，立即宣布允许圣马力诺继续独立存在，而且可以再拨一些领土给它，让它稍稍像样一点。

但是，圣马力诺人告诉拿破仑，他们的国父说过：“我们不要别人一寸土地，也不给别人一寸土地。”国父，就是那位石匠马力诺。

我相信这个回答一定使拿破仑沉默良久。他连年夺城略地，气焰熏天，没想到在这最不起眼的地方碰撞到了另一个价值系统。他没有发火，只是恭敬地点头，同意圣马力诺对加拨领土的拒绝。

与拿破仑对话的人，是圣马力诺的最高行政长官，也叫执政。他的出任方式，不仅与拿破仑不一样，也与全世界各国的行政长官不一样，是一种特别原始又特别彻底的民主选举办法。

简单说来，全国普选产生六十名议员，不识字的选民由年轻的女学生代为投票，因为女学生洁净无瑕；由这六十名议员在普通公民中选择二十名最高行政长官的候选人，再投票从中选出六人；最后，从民众中挑出一个盲童，让他从六人中抽出两人的名单，作为最高行政长官。

最高行政长官的国际地位，相当于各国总统，但只任期半年，不得连任。每月薪金只有五美元，因此也很难连任。如果被选出的人拒绝上任或半途离任，却要承受巨额罚款。上任时仪式隆重，当任长官长袍圆帽，佩戴勋章，在鼓号乐队的簇拥下全城游行。

这些奇怪的规定，体现了一种朴素的民主政治理念，保存在一个小国中就像保存一种标本，值得珍惜。

我最感兴趣的是在全国最高领导人选举中女生和盲童的作用。圣马力诺的民众早早地懂得，越是处理复杂事务，越是需要动用孩童般的单纯。

三

再大一号的小国是列支敦士登，夹在瑞士和奥地利中间，一百六十平方公里，大约是北京市的百分之一。

列支敦士登的首都叫瓦杜兹。最明显的标志是山巅危崖上的一个王子城堡，当今皇家住处。其实这个首都只是干干净净一条街，齐齐整整两排楼，在热闹处有几十家店铺。

一进店就知道这里富裕，价格说明一切。

小国多是邮票大国，列支敦士登也不例外，很多商店都有卖。刚一打眼就看上了，印得实在精美。连对集邮兴趣不大的我，也毫不犹豫地买下了王室成员婚礼和王室收藏的鲁本斯绘画各一套，又配上几套杂票。结算时价格不菲，才知轻重。

我很想用步行方式把整个首都快速走完。路上新旧建筑都有，相比之下，邮票大厦最有派头。大厦廊厅边上见到一些信箱，联想到列支敦士登为了吸引外资，制定了极其方便的公司注册的规则，甚至连住房地址都不要，只须申请一个邮政信箱即可。这事对我有点诱惑，心想何不轻轻松松开办一家注册在列支敦士登的文化传播公司，然后再在国内找个公司搞中外合资。但一想山高水远，也就算了。

我终于找到了做过首相府的那栋楼，现在是一家老式旅馆。做首相府那些年，法院也在里边，而且我还知道，地下室是监狱。

这些知识，都来自一个未被查证的传说。

那天晚上，副首相被一要事所牵，下班晚了，到大门口才发现门已被锁，无法出去。他敲敲打打，百般无奈。地下室上来一个人，拿出钥匙帮他开了门。副首相以为是开门人住在地下室，一问，谁知这是关在下面的囚徒。

囚徒为什么会掌握大门钥匙？是偷的，还是偷了重铸后又把原物放回？这不重要，副首相认为最重要的问题是：囚徒掌握了钥匙为什么不逃走？

于是他就当面发问。

囚徒说："我们国家这么小，人人都认识，我逃到哪儿去？"

"那么，为什么不逃到外国去呢？"

囚徒说："你这个人，世界上哪个国家比我们好？"

于是他无处可逃，反锁上门，走回地下室。

四

这些袖珍小国中最大的一个是安道尔，四百多平方公里，不到北京市的三十分之一。

都德曾经说过："你没有去过安道尔？那还算什么旅行家？"这样的口气我们都知道要反着听。表面上好像在说安道尔是非去不可的国家，其实是用夸口的方式提出了要成为旅行家的至高标准。因此反而证明，安道尔在他的时代很难到达。

当然很难。从法国到安道尔，必须翻越比利牛斯山。这中间要穿峡谷、爬山顶、跨激溪，即便是被称为"山口"的地方也要七转八拐地旋上去。我去时，已在下雪。

安道尔挤在法国和西班牙之间，一直被这两个大国争来夺去，没办法，只能从十三世纪开始向它们进贡。

我对于七百年不变的进贡数字很感兴趣。

安道尔每逢单数年向法国进贡九百六十法郎，相当于一百多美元；双数年则向西班牙进贡四百三十比塞塔，相当于两三美元。同时各附火腿二十只，腌鸡十二只，奶酪十二块。直到今天仍是这个数字，就像一个山民走亲戚。不知作为发达国家的法国和西班牙，以什么仪式来迎接这些贡品？

我觉得应该隆重。因为现代社会虽然富有，却缺少原始政治的淳朴风味。唯淳朴才能久远。

进入安道尔国土之后，到首都安道尔城还有一段路。路边有一些房子，以灰色石块为墙，以黑色石片做瓦，很好看。城市的房舍就没有这么好看了，但在市中心有水声轰鸣，走近一看竟是山溪汇流，如瀑如潮。壮观在不便壮观的地方，因此更加壮观。

在安道尔的商店里我看着每件商品的标价牌就笑了。

安道尔小得没有自己的货币。旅游是它的第一财政收入，而旅游者来自世界各国。因此需要在每件商品上标明以各国货币换算的各种价格。但用哪一种文字来标呢？想来想去采用了一个办法，那就是用各国的国旗代表各国货币，一目了然。

这一来，事情就变得非常有趣。你即使去买一双袜子，拿起标价牌一看就像到了联合国总部门口，百旗并列，五光十色，一片热闹。每个国家，尤其是领头的那些发达国家，全都庄严地举着国旗在为安道尔的一双袜子而大声报价，而且由于那么多国家挤在一起，看上去还竞争激烈。

这真是小商品的大造化，小国家的大排场。

夜宿安道尔，高山堵窗，夜风甚凉。读书至半夜，想到窗外是被重重关山包围着的小空间，这个小空间又藏在欧洲腹地深处，觉得有点奇怪。

近处山峦的顶部已经积雪。这还只是秋天，不知到了严冬季节，这儿的人们会不会出行，又如何出行？甚至，是否会出现因某次雪崩而消失了一个国家的新闻？

第四辑　北欧

北欧童话

一步跨进北欧，立即天高地阔。

就在刚才，德国的树林还在以阴郁的灰绿抗击寒风，转眼，丹麦的树林早已抖尽残叶，只剩下萧萧寒枝。天无遮蔽，地无装饰，上下一片空明。

这是我第一次来丹麦，满目陌生。

我惊愕地看着周围的一切，因为我不能容忍这般陌生，就像不能容忍一位曾经长年通信的长者初次见面时一脸冷漠。

我童年时的精神陪伴者是安徒生，青年时的精神陪伴者是勃兰兑斯，中年时的精神陪伴者多了，其中一个是克尔恺郭尔，他们全是丹麦人。

我想更多地端详这片土地，但明明是下午时分，天已黑了。北欧的冬夜如此漫长，如此绝望，那些陪伴我一生的精神食粮，难道都是在黑暗中产生？

第一天夜宿日德兰半岛上的古城里伯市。天下着雨，夜色因湿濡而更加深沉。熬夜不如巡夜，我们在路口跟上了一位更夫。

更夫左手提一盏马灯，右手握一根戟棒，一路上用丹麦话吟唱着类似于“火烛小心”之类的句子。走到河边特别警惕，弯下腰去观察水情。岸边有一枚石柱刻明，一六三四年的洪水曾使小城灭顶。

更夫离开河边又回到街道，我看到，街边偶尔有一两只苍老的手轻撩窗帘，那是长夜的失眠者听到了他的脚步声。

与更夫聊天，他说，在丹麦过日子，要学会如何度过长夜。连当今的玛格丽特女王，也在试着适应。她说过：“在冬季王宫的长夜里，我把优美的法国散文翻译成丹麦文，作为消遣。”果然，她成了一位杰出的文学翻译家。她以女王之尊，道出了长夜与文学的关系。

第二站便是奥登塞，安徒生的家乡。我起了个大早，穿过市场去找他出生的那间红顶房。圣诞节又临近了，特意浏览了一下市场，卖火柴的小女孩心中的圣诞树和烤鹅，依然在这里碧绿焦黄。

一转弯就看到了街那头的红顶房。急速赶去，快步踏入。房间非常狭小，当年这里是贫民窟，住了很多人家。安徒生家更是贫困，祖母做过乞丐，父亲是个木匠，母亲替别人洗衣……哪种愁苦他没有受过？他把这一切都囫囵咽下，终于明白这个世界上唯一可以倾心的，只有孩子。

孩子们的眼睛没有国籍又最善于寻找，很快从世界各地教室的窗口，盯上了这间红顶房。

但是，哪怕是全世界儿童的眼睛集合起来也帮不了安徒生，安徒生还是久久地缺少自信。不仅出身贫寒，而且是小语种写作，是否能得到文学界的承认？他一直想成为当时比较有名的奥伦斯拉格（Adam Oehlenschlager）这样的丹麦作家，却受到各方面的嘲笑。不止一位作家公开指责他只会讨好浅薄浮躁的读者，连他的赞助人也这样写信给他：

> 你认为自己将成为伟大的诗人——我亲爱的安徒生！你怎么就不觉得，你所有这些想法都将一事无成，你正在误入歧途。

他很想获得丹麦之外的欧洲文学界支持，努力结交文化名人，结果反让人家觉得有“摇尾乞怜的奴态”。即便他后来终于受到广泛承认，人们也只认为他是一个善于编织童话的作家，并不认为他是文学巨匠。因此，直到他临死之时，还渴求会见任何访问者，希望在他们的话语中找到赏识自己的点滴信息。

他不知道，自己早已成为一个文学巨匠。那些他所羡慕、拜访、害怕的名人，没有一个能望其项背，更不必说像奥伦斯拉格这样的地区性人物了。

对此，世界各国的读者都是证据，包括早已不年轻的我们。眼前的证据是，很少悬挂国旗的丹麦，把一面国旗端端正正地升起在那幢红顶房上。

一个不太在乎标志的国家，终于找到了国家标志。这也是一个童话，由所有的童话集合而成。

漫漫长夜

我们到达哥本哈根才下午三点半，天已黑了。当地朋友说，到明天早晨八点，它才亮。

终于知道，什么叫漫漫长夜。

下着雨，不想出门。看街边住家窗口，都幽光神秘，隐隐约约，而饭店和咖啡座里，点的是蜡烛。应该有老式的火炉在暗暗燃烧吧？北欧的长夜，真是一个深不见底的世界。

哥本哈根没什么高楼，一般都是四五层，我们下榻的旅馆算是高的了。从窗口看出去，其他高一点的建筑，就是那些教堂尖顶。

黑暗和寂寞能够帮助深思。一个只有五百万人的小国在世界科学界成果卓著，尤其在电磁学、光学、天文学、解剖学、医学、核物理学等方面甚至大师辈出，这大概与长夜有关吧？

然而，黑暗和寂寞还有大量的负面效应。本来，全世界的忧郁大多在阳光中消遁，在朋友中散发，这种可能在这里大大减少。因此，忧郁也就越积越厚，越焖越稠，产生广泛而强烈的自杀欲望。教堂的钟声会起一点心理舒缓作用，但这种作用也正在渐渐减弱。

我相信在这种心理挣扎中一定有人游到对岸，并向即将沉溺的同伴们招手。

我想起了克尔恺郭尔。

哥本哈根对他来说几乎是一个天生的地狱。父亲的惊恐苦闷和行为失检，几乎打碎了他整个童年。家里灾祸不断，自己体质很差。为从地狱解脱，他选择了神学；而选择神学，又使他不得不放弃初恋。“她选择了哭泣，我选择了痛苦。”

从此，他在黑暗中思考。他最为大家熟悉的思考成果是把人生境界划分为三个阶段，一为感性阶段，二为道德阶段，三为宗教阶段。由浅入深，层层否定，而终点便是第三阶段。

感性阶段也就是追求感官满足的阶段。很多人终其一生都停留在这个阶段，但也有一些人领悟到其间的无聊和寡德，便上升到道德阶段。人在道德阶段是非分明、行为完美、无懈可击，但更多地出自一种外在规范，一种自我克制，因此必然因压抑天性而陷入痛苦。能够意识到这种痛苦并愿意从更高层面上获得解脱的人，就有可能进入宗教阶段。克尔恺郭尔认为在那个阶段一个人就会不受物质诱惑，不怕舆论压力，挣脱尘世网络，漠然道德评判，只是单独站在旷野上与上帝对话，在偿还人生债务的剧痛中感受极乐。

最值得我们珍视的，是克尔恺郭尔指出了人们在这三个阶段面前的“可选择状态”。三个阶段不是对每个人都依次排列、循序渐进，它只供选择。而且这种选择时时存在，处处存在。一个人因选择的差异而跳跃性地进入不同的人生境界，其间距离，可以判若天壤。不难看出，他的这种主张，已经有了存在主义哲学的萌芽，因此后世的存在主义哲学家们总要把克尔恺郭尔尊为前辈，甚至称他为“精神上的父亲”。历史上把哲学、神学融于一炉的学者很多，克尔恺郭尔却在这种融合中把人生哲学推到了新时代的边沿。

可惜，这位伟大的哲学家只活到四十二岁。在他生命的最后也最重要的几年里，真可谓心力交瘁。他是虔诚的基督徒，但越虔诚越厌倦丹麦教会的诸多弊端，因此终于与教会决裂。一般市民只相信教会就是信仰所在，于是也就随之引起了亲朋好友与他的决裂，使他空前孤独。

另一件事情是，这位大哲学家不幸与哥本哈根一家谁也惹不起的攻陷性小报发生了摩擦。哲学家当然寸步不让，小报则恨不得有这么一个学者与他们纠缠，于是一片混战。遗憾的是，一般市民只相信小报起哄式的谣言和诽谤，于是反倒是他，成了市民们心目中的“第一流恶棍”。

我对着窗下黑黝黝的哥本哈根想，克尔恺郭尔遇到的对手很多，一是教会，二是小报，但最后真正成为对手的却是广大市民。市民们总也不会站在大师一边，因此我要说，这座城市对自己的大师实在不公。

一八五五年十月二日，身心疲惫的哲学大师散步时跌倒，下肢瘫痪，却拒绝治疗，拒绝探望，也拒绝领圣餐，十一月十一日去世。这样的结束，实在让人不敢回想。

十九世纪最耀眼的哲学星座，熄灭于哥本哈根这过于漫长的黑夜。

瑞典小记

一

在挪威和瑞典的边境我问同车的伙伴今天的日期，伙伴的回答正如我的预感，果然是今天，正巧。

二百八十二年前的今天，瑞典发生了一件大事：年仅三十六岁的国王卡尔十二世率兵攻打挪威，夜间在这里巡视战壕，被一颗子弹击中死亡。这颗子弹究竟出于谁手？至今历史学家们众说纷纭。但无可置疑的是，一段穷兵黩武的扩张史，在这个晚上基本终结。

我们既然在无意中撞到了这个日子，这个地方，那就应该祭拜一下那位年轻的军事天才，同时纪念瑞典早早地走出了“波罗的海大帝国”的血火泥潭。

一个天才人物的死亡，很可能是一种历史的福音。

二

哥德堡人的自豪让人哑然失笑，他们居然那样嘲谑首都：斯德哥尔摩的最大优点，是还有一条铁路可以回哥德堡。

然而哥德堡确实不错。半夜海风浩荡，港口的路灯全部用航海器具支撑。日本式的亭座卫护着它们，一眼看去便是万里之遥。只遗憾临水的歌剧院造得大而无当，可能出自航海人的粗糙和狂放。

在这冷雨之夜我最喜欢的，是每家每户的灯。大家都拉开窗帘，让点燃着十几支蜡烛的灯座紧贴着窗，烛光下全是当日的鲜花。数里长街万家灯火，连接成了一个缥缈的梦境。

自己入梦之前先把整个城市推入梦境，即使半夜惊醒也还在梦中，这个主意真好。

我趁他们全都梦着，悄悄地起个大早，去他们瞧不起的斯德哥尔摩。

三

早晨从哥德堡出发时昏天黑地，恰似子夜，接近中午才曙光初露。

还没有来得及寻找太阳，只见路边所有黑色的树枝全部变成了金枝铜干，熠熠闪光。一路行去延绵不断，好像此刻整个世界都会是光柱的仪仗。

但是，这个仪仗是那么短暂，不到一百公里光辉渐淡，树干转成灰白，树冠皆呈酡红。那酡色又越来越浑，越来越深，终于一片昏昏沉沉。

大雾不知从何升起，路上不再有别的图像，只能隐约看到车尾昏黄的雾灯。车窗上又噼噼啪啪响起雨点，从此这雾再也不散，这雨再也不停。

我知道，一个白天就这样匆匆打发了。

路旁似乎有一些小屋闪过，立即为它们担忧起来。如此漫长的冬季，它们能否在愁云惨雾中找到一个可以结交的信号，哪怕是留住其中某一辆的昏黄的雾灯？

今天终于明白，寂寞是可以被观察的，而且以天地间最隆重的仪式。以隆重仪式观察来的寂寞，让人不寒而栗。

四

他未必算得上世界名人，但是我走在斯德哥尔摩大街上总也忘不了他的身影。

他叫贝纳多特，本是拿破仑手下的一名法国战将，长得特别英俊伟岸，曾被拿破仑指派，骑着高头大马到维也纳大街上慢慢通过，作为法国风度的示范。就这样，他被瑞典人选作了国王。这位连瑞典话也不会说的瑞典国王倒是没有辜负瑞典，他审时度势，不再卷入拿破仑的战略方阵，反而参与了反法联盟，但又不大积极。

拿破仑兵败滑铁卢，他一言不发。他已明白像瑞典这样的国家如果陷身于欧洲大国间的争逐，胜无利，败遭灾，唯一的选择是和平中立。

于是，他被很多法国人看作“忘本”之人。他的妻子一直住在巴黎，处境尴尬，却向人痴痴地回忆着他们初次见面的情景。

那年她十一岁，一个被分配来住宿的士兵敲开了她家的门，父亲嫌他粗手笨脚就把他打发走了。“这个士兵，就是后来娶了我的瑞典国王。”她说。

这种政治传奇得以成立，一半得力于浪漫的法国，一半得力于老实的北欧，两者的组合变成了一段有趣的历史。

五

斯德哥尔摩其实是一堆大大小小的岛。岛与岛之间造了很多桥，这些桥没有坡度，形同平路，让旅人不知岛之为岛。只是行走街头耳边突然有水声轰鸣，伸头一看脚下水流奔腾，海涛滚滚。

王宫、议会、老街、大教堂，全挤在一个岛上。老街壁高路窄、门多店小，点点滴滴都是百年富庶的记号。

王宫任人参观，凛冽寒风中年轻卫士的制服显得有点单薄。议会大厦底楼正在开会，隔着一层玻璃任何路人都能旁观。

忽听得一群青年高喊口号向议会示威，因不懂瑞典语连忙问身旁一对老夫妻。老太太摇着火鸡般的脖子连声抱怨："谁知道呢，都圣诞了，还这么吵吵闹闹！"

六

欧洲许多城市都患有一种隐疾：它们现在隆重推出一个个已经去世的文化名人，仔细一查，当年它们对这些文化名人都非常冷漠。

对此，斯德哥尔摩可以心地敞亮地莞尔一笑。

它对自己最重要的作家斯特林堡，很够情义。

至少有三个方面，使这座城市对斯特林堡的尊重显得难能可贵：

一、斯德哥尔摩市民并不熟悉斯特林堡的主要创作成就。他的戏剧作品，不管是早期的自然主义心理写实，还是后来的象征主义和表现主义，斯德哥尔摩市民都不容易接受。

二、他们知道他是一位散文大师，但他的散文曾经猛烈批判斯德哥尔摩市民身上保留的种种陈规陋习，而且连续不断。

三、他与斯德哥尔摩不辞而别，浪迹天涯，晚年才回来。

——就凭这三点，斯德哥尔摩有充分的理由给他冷脸。但他怎么也没有想到，在他生日那天，市民们居然举着无数火炬，聚集在他寓所前面向他致敬，还募集了大笔资金供他使用。

他没有获得过诺贝尔文学奖，但人们说，他获得了"另类诺贝尔"。

七

离开瑞典之前，突然想起几个北欧国家对自己的评价，很有意思。

刚到丹麦，就听当地人说："由于气候地理原因，我们北欧人与其他欧洲人不同，比较拘谨，不善言辞。"

到了挪威，又听他们说："我们挪威人比不上丹麦人开朗健谈，有点沉闷。"

到了瑞典，听到的居然是："我们瑞典人不如挪威人热情。"

……

这是怎么啦，北欧各国好像都在做一种奇怪的自我谴责，看谁更冷、更酷、更漠然无情。

其实据我看，北欧人不是没有热情，而是缺少那种快速点燃又快速转移的灵敏。他们感应较慢，选择较迟，不喜宣讲，很少激愤，但一旦选定却不再改变。选择和平中立，制定福利政策，设立诺贝尔奖，即使有再大的麻烦也一意孤行。

说自己冷的人不可能真冷，因为真冷无感于冷。

终极关怀

斯德哥尔摩并不繁荣，也不萧条。它的建筑偏向于陈旧，却又拿不出罗马、巴黎那种把世界各国旅行者都能镇住的著名古迹。街道没有英雄气概，充满了安适情调，却又安适得相当严肃，这在欧洲其他城市不容易看到。

今天，我想稍稍花点笔墨，谈点瑞典的福利体制。

瑞典在历史上也是战火不断，但从十九世纪初期开始，它吸取了过去的教训，一门心思发展工业，并进行了以民主、人权为核心的社会改革。它在二十世纪的两次世界大战中由于严守中立而幸免于难，富裕程度已是世界领先。

在这个基础上瑞典推行了比较彻底的社会福利政策。开始是为了救济失业工人，扶持农村经济，解决劳资纠纷，后来，便以政府的力量扩展公共工程，广泛发行公债，提高税收幅度，增加人民福利。这些政策居然全部奏效，促进了经济的发展，社会的安定。

顺着这条道路，瑞典渐渐建立起了一个被称之为“从摇篮到坟墓”的人生全程福利保障体制。这不仅把邻近的东欧、苏联比得十分狼狈，而且也超越了自由资本主义。北欧的邻国如丹麦、挪威竞相仿效，一时蔚然成风。

但是，问题出来了。

就像一个家庭，家长认真治家，家产平均分配，人人无须担忧，看似敦睦祥和，却滋长了内在的惰性，减损了对外的活力，可谓合家安康而家道不振。

大凡平均主义，常常掩盖着某种根本性的不公平。例如，一九七〇年到一九七一年，瑞典国营企业里的高薪阶层曾为抗议政府的平均主义政策而举行了长达六星期的罢工。高福利、高税收所带来的生产成本提高、竞争能力降低、大批资金外流，则以一种无声的方式在天天发生。更严重的是，社会福利的实际费用是一个难以控制的无底洞，直接导致了赤字增大和通货膨胀。最后连瑞典皇家科学院诺贝尔经济奖委员会主席阿·林德贝克先生都叹息了：福利国家的体制带来的是低效率。

除此之外，传统工业的生产费用越来越高，国营企业的无效开支越来越大，结果效益倒退、失业增加。失业有福利保证，但福利却无法阻止颓势。应该有一批敢于冒险的闯将来重整局面，但平均主义的体制又压抑了这种可能。

于是，一场静悄悄的衰退，暴露了瑞典社会经济体制骨子里的毛病。

几十年前西方学者喜欢把瑞典的社会经济体制，说成是介乎资本主义和社会主义之间的中间道路。现在世界局势发生变化，但瑞典仍然是一个世界坐标，大家企图在它和美国之间，找一条新的中间道路。

我想其间原因，就在于瑞典的社会经济结构体现了一种对理性秩序、社会公平的追求，而这一切在自由市场经济中很容易失落。瑞典做得过头了，尝到了苦果，但是如果完全没有这种追求，面临的危机更大。

在这里读到美国《外交政策》季刊上一位叫阿塔利的学者写的文章，集中表达了这种担忧。他说，不管人们如何把自由市场经济原则看成是西方文明的普遍真理，至今仍然没有一个西方国家愿意在司法、国防、教育和通信事业上全然实行自由市场经济，也没有一个正常的西方人愿意生活在一个可以用金钱买卖法院判决、私人护照、无线电波、生化技术、饮用水源、核武器和毒品的国家。自由市场经济固然是西方文明的支柱，但它与西方文明的另一个支柱民主政治体制就有很尖锐的矛盾。

例如——

市场经济重在人与人的差距，民主政治重在人与人的平等；

市场经济重在人的使用价值，民主政治重在人的人格权利；

市场经济重在流浪者，民主政治重在定居者；

市场经济重在个体自由行为，民主政治重在少数服从多数；

……

阿塔利悲观地预言，在这两者的矛盾中，胜利的一方一定是自由市场经济，市场专制终究会取代民主政治。因此，社会公平、公共道义将难于留存。但这样一来，等于一个重要的支柱倒塌，西方文明的大厦也有可能因此而崩溃。

我觉得这位阿塔利显然是把市场经济和民主政治之间的矛盾磨削得过于尖锐了。但是他对自由市场经济所包含的内在悖论，表现出了一种清醒。

现在，人类的自然生态和社会生态面临着牵一发而动全身的危险处境，一系列全球性法规的制定已不可拖延。以自由市场经济为最终驱动的发展活力，以民主政治体制为理性基座的秩序控制，能否在全球范围内取得协调并一起面对危机？时至今日，各国热衷的仍然是自身的发展速度，掩盖了一系列潜在的全球性灾难。

正是在这种情况下，北欧和德国的经济学家们提出的以人类尊严和社会公平来评价经济关系的原则，令人感动。

我学着概括了他们这里的一系列逻辑关系——

社会安全靠共同福利来实现；

共同福利靠经济发展来实现；

经济发展靠市场竞争来实现；

市场竞争靠正常秩序来实现；

正常秩序靠社会责任来实现；

社会责任靠公民义务来实现。

因此，财产必须体现为义务，自由必须体现为责任，这就是现代经济的文化伦理。

其实，这已触及人类的终极关怀。

砰然关门

一

对中国文化界来说，知道挪威，首先是因为易卜生。

《玩偶之家》里的那个娜拉，因无法忍受夫权而离家出走，易卜生以她的砰然关门来结束全剧。人们说，正是那声音，关闭了十九世纪。

这声音当年也震动过中国。那时中国的思想者们正在呼吁妇女解放，娜拉的出走，既是乐观的信号，又是悲观的信号。鲁迅说，娜拉出走后会到哪里去呢？一是堕落，二是回来，三是饿死，都不好。

鲁迅说，娜拉们的出路，在于经济权的获得，因此要以韧性的奋斗，来改革经济制度。

挪威在二十世纪的社会改革历史，我不太了解。但这么多天看下来我惊异地发现，娜拉的后代已彻底翻身，挪威几乎成了一个“女权国家”。匆匆百年，真可谓天翻地覆。如果易卜生和鲁迅再世，一定瞠目结舌。

你看，这次接待我们的几个重要机构，最高负责人全是女性，站起来致辞口若悬河、风度翩翩。从她们自信的眉眼间可以推断，在她们自己的小家庭中，也必定是指挥若定、操纵自如。

到街上看看，竟有那么多挪威姑娘边走路边抽烟，姿态潇洒，旁若无人。

看到一项社会调查，令我哑然失笑。在文化消费上，挪威的女性喜欢去书店和图书馆，挪威的男性喜欢去电影院。外人调笑说，女性一厉害，男性只敢躲在黑暗里消磨时间了。

另一项调查看起来也很有趣，那些男人一再表示：选择女友和妻子，不要美貌，只要贤惠。

这么说来，娜拉出走时的砰然关门声，果真是切断了一个时代。

二

鲁迅所说的经济权，不仅需要女人在小家庭中争取，也需要整个挪威在世界大家庭中争取。

从这个意义上说，挪威是放大了的娜拉。

在历史上，挪威的经济长期不好。自从海盗时代结束，“北海大帝国”梦幻瓦解，挪威全然回归自己的狭小和荒芜。十四世纪从英格兰传来瘟疫，死亡过半，以后一会儿受制于丹麦，一会儿受制于瑞典，哪有几天好日子过？幸好几十年前发现北海油田，顷刻暴富。

我曾惊异地发现，瑞士富甲天下而人均外援却居全欧之末。那么，人均外援居全欧之首的是谁？是挪威。挪威脱离贫困才几十年，对别国的穷人还保留着深深的同情。这两天在奥斯陆的步行街上经常看到衣着整齐的女学生在寒风中向行人伸手要钱，惊讶地停步询问，原来她们是在为世界各国的穷人募捐。

努力救助别国穷人的挪威，自己贫富差距很小，这实在让人向往。但有一项调查表明，就是这一点点贫富差距，却直接控制着挪威人的健康。稍稍富裕一点的，健康状况就好，反之则差，两者的依赖性程度也居欧洲第一。

这个调查结果很奇怪，仔细一想，却很能理解。看看中国，也有类似的情况。脱贫致富时间太短，一切还过于敏感，就像一批成绩不好的学生突然成了优等生，互相间的一分之差也会又痛又痒。

这是由快速致富造成的心理疾病。好在这是一个善良的民族，敏感也只是敏感，心理失衡只影响自己的健康，而不是攻击别人，发泄嫉妒。善良，终究会创造健康。

在这方面，中国要向挪威学习的地方太多。

三

致富靠的是石油，但石油不易再生，现在已有枯竭的预感。因此挪威做出明智的决定，让水产领先出口。

挪威水产协会希望开拓中国市场，也没有搞清我们这几个人是做什么的，就要请我们在奥斯陆北边一个叫荷门柯林（Holmen Kolen）的山地吃海鲜。木屋内炉火熊熊，长窗外冷雨如幕。主人发一声感叹："我们挪威，不管是石油还是水产，全靠自然的恩惠。我们必须对自然更好一点。"

为这种朴素的说法，大家举起了酒杯。

我突然想起昨天晚上读到的中国驻挪威外交官孙夜晓先生写的一篇文章。其中提到，两个挪威人开着电动雪橇上山游玩，见到几只北极熊就追赶了一阵与它们逗乐。虽然无伤北极熊的一根毫毛，却已经犯了骚扰罪，不仅罚以重款，而且两人都得坐牢。这个判决使当地华人大惑不解，觉得挪威还有不少刑事案件发生，司法当局常常因人权的理由从轻发落，这件事显然是小题大做。孙先生说得对，这是两种文化观念的差异。

挪威一向依赖自然又同情弱者，因此我们应该理解这一判决。北极熊在挪威已不足五十头，它们不会控诉，不懂法律，理所当然地进入了法律的最后保护线。

对自然都讲情义，挪威人仍然是北海好汉。

在他们眼中，时至今日，娜拉们苦恼过的女权、男权已不再重要，经济权问题也可暂时搁置，千百年的生存本性使他们领悟了另一种权力急需把握，那就是对自然的监护权。他们在环境保护方面的满意度，一直名列世界前茅。

又是砰然一响的关门声，这次关的是监狱的门。上次那声，表达的是娜拉的决心；今天这声，表达的是挪威的决心。

挪威又在给中国上课了。这次的老师不是易卜生，但仍然是一门世纪课程。

历史的诚实

奥斯陆的海盗博物馆建在比德半岛上，与中心市区隔着一个峡湾。

海盗就是海盗，以此命名不是为了幽默。多少抢掠烧杀的坏事都干了，长长的年月间地球的很大一部分都为之而惊恐万状、闻风丧胆。挪威人对自己祖先的这段历史，既不感到羞愧又不感到光荣，而是诚实记述、平正展现。这种心态很令人佩服，但对我们中国人来说，却有点陌生。

我在三艘海盗船的前前后后反复观看，很想更深入地领悟挪威人的心态。进门时听他们馆长说了，挪威总人口四百万，每年到这个博物馆来参观的却有四十万，占了整整十分之一，他们究竟是怎么想的呢？

美国人类学家摩尔根说，人类分三个阶段演进，一是蒙昧时期，二是野蛮时期，三是文明时期。此间值得我们注意的学术关节是：野蛮相对于蒙昧是一种进步，且又是文明的前身。

你看挪威，古代也就是有人在海边捕点鱼，打点猎，采点野果，后来又学会了种植和造船，生活形态非常落后，应付不了气候变化和人口增多。八世纪后期开始海盗活动，对被劫掠的地区犯了大罪。但从远距离看过去，客观上又推动了航海，促进了贸易，扩大了移民，加强了交流。当然还不是文明，却为文明做了准备。

从博物馆的展出来看，海盗的活动方式也不一致。有的群落比较强蛮，有的群落则比较平和。而且，不同的路线也有不同的重点，例如对于英格兰、法兰西、西班牙，以抢掠为主；而对于俄罗斯一带，更多的是贸易。有些群落为了寻找更大的生存空间，到冰岛、格陵兰这样的冰天雪地中定居去了。从事抢劫和贸易的，也都有人在当地定居下来。

定居是对一种文明的进入。历史上有一种非常怪异的现象，海盗们越是到了富裕的地区，抢掠的行为也越蛮横。这里包含着因嫉妒、贪婪所激起的破坏欲望，是人性和兽性之间的挣扎。但正是这样的地区，文明浓度也越高，日后对他们的同化力量也越大。因此，武力上的失败者不久又成了文明上的战胜者。

有些劣迹累累的海盗终其一生无法真正皈附文明生态，但他们只要在文明的环境里定居下来，子孙们却会变成另外一种人。

挪威海盗的出现，有一种“历史的诚实”。在极端恶劣的自然条件下无以为生，又不知道其他谋生方法，更未曾接受起码的精神启迪，他们就手持刀剑上了船。换言之，他们彻彻底底地站在蒙昧和野蛮的荒原上，几乎是别无选择地走向了恶。

正是这种“历史的诚实”，正是这种粗粝的单纯，使他们具有最大的被救赎的可能。文明的秩序对他们来说是蓦然初见，如醍醐灌顶。

相比之下，后世的许多邪恶就失去了这种“历史的诚实”。那些战争狂人、独夫民贼、法西斯分子往往很有文化，甚至还为自己的暴行编造出一套套堂皇的理由，这就不是文明演进长链中的自然顺序了。因此，只能是再也变不了人的猿猴。

挪威的海盗文化有一批学者在认真研究。陪我参观的馆长迈克尔逊（Egil Mikkelsen）博士就是奥斯陆大学的教授，他说他周围专门研究海盗时代的学者就有十余名。我问他最近研究的兴趣点，他居然说，在研究那个时代的北欧与佛教的关系。这当然让我兴奋，问他有什么起点性的依据。他说，在斯德哥尔摩郊外出土一尊佛像，据测定是海盗时代从东方运来的。另外，还在海盗船上发现贝类穿成的项链，很可能是佛珠。我建议他，不要对后一项研究花费太多精力。因为佛教反对杀生，一般不会用贝类来穿佛珠。在其他原始部落的遗物中，我也经常看到这种贝类项链。

他又说，海盗时代与伊斯兰教的交流，已有大量证据。

我知道，馆长先生一直着眼于宗教，是想进一步解析从野蛮走向文明的外来条件。

这种研究，既属于历史学和考古学，更属于人类学和哲学。

于是，“海盗”这个狰狞的名词，在这里产生了深厚的内涵。

冰清玉洁的世界

终于要去冰岛了。

我读到过一本由冰岛学者写的小册子，开篇竟是这样一段话：

> 一个被遗忘的岛国，有时甚至被一些简易地图所省略。连新闻媒体也很少提到，除非发生了重大自然灾害，或碰巧来了别国元首。
>
> 它的历史开始于九世纪，由于海盗。它自从接受了来自挪威的移民之后，长期与欧洲隔离，以至今天的冰岛人能毫无困难地阅读古挪威文字，而挪威人自己却已经完全无法做到。
>
> 它不可能受到外国攻击，因此也没有军队，形不成集权。它一直处于世界发展之外，有人说，如果冰岛从来没有存在过，人类历史也不会受到丝毫影响。

用这样的语气来谈论自己的国家，有一种我们很少领受的凉爽。

在这次出发前我在北京见到了冰岛的大使埃吉尔松先生，他送我一套书。这套书叫《萨迦选集》，厚厚两册，一千多页，掂在手上很重。萨迦（Saga）是冰岛中世纪的一种叙事文学，也可以翻译为“传奇”，但比中国古代的传奇更具有宏大的诗史性质，因此不如保持音译。对于冰岛萨迦，我以前略有所闻，却不知其详。此刻手上的分量又一次提醒我，很多并不张扬的文明，在远处默默地厚重着。

记得在斯德哥尔摩，当地朋友一再质问我们：“你们怎么会选一个隆冬去冰岛？冬天，连最后一点苔藓也没有了，看什么？你们有没有听说过哪一个重要人物冬天去冰岛？”

我的意见恰恰相反：如果要去冰岛，一定要赶一个冰天雪地的时节。严冬是它的盛世，寒冷是它的本相，夏天反倒是它混同一般的时候，不去也罢。

那么只能与我们的车辆暂别了。冰岛实在太远，连大海也已凝冻，因此只能坐飞机。

车辆连同行李寄存在一个寒枝萧萧的院落里，天正下雪，待我们走出一段路后再回头，它们全已蒙上了白雪，几乎找不到了。

由斯德哥尔摩飞向冰岛，先要横穿斯堪的纳维亚半岛，然后便看到隐约在寒雾下的挪威海。几个小时后终于发现眼下一片纯白，知道已是冰岛上空。我以前也曾多次在飞机上俯瞰过雪原，却第一次看到白得这样干净，毫无皱褶，心里猜测，那该是厚达千余米的著名冰川。

皱褶毕竟出来了，那该是冰岛高地了。如果没有大雪覆盖，这里应该酷似月球表面。据说美国的登月宇航员出发前，就在这里适应环境。那么，这便是不分天上人间的所在。

皱褶不见了，又是纯白。纯白中渐渐出现一条极细极淡的直线，像是小学生画下的铅笔印痕，或是白墙上留下的依稀蛛丝。我好奇地逼视它通向何方，终于看清，那是一条公路，从机场延伸出来。

机场也被白雪笼罩，不可辨认，只见那条细线断截处，有橙光润出。飞机就向那里轻轻降落，尽量不发出声音。

下地一阵寒噤，冰清玉洁的世界，真舍不得踩下脚去。

生命的默契

雷克雅未克是冰岛的首都，我想它大概是世界上最谦虚的首都。西方有人说它是最寒酸的首都，甚至说它是最丑陋的首都，我都不同意。

街道不多，房舍不高，绕几圈就熟了。全城任何地方都可以看到一座教堂塔楼，说是纪念十七世纪一位宗教诗人的，建得冷峭而又单纯。

一处街道拐角上有一幢灰白色的二层小楼，没有围墙和警卫，只见一个工人在门口扫地，这便是总理府。

走不远一幢不大的街面房子是国家监狱，踮脚往窗里一看，有几个警察在办公。街边一位老妇看到我们这些外国人在监狱窗外踮脚，感慨一声："以前我们几乎没有罪犯。"

总统住得比较远，也比较宽敞，但除了一位老保姆，也没有其他人跟随和卫护。总统毕业于英国名校，他说："我们冰岛虽然地处世界边缘，但每一个国民都可以自由地到世界任何一个角落生活。作为总统，我需要考虑的是：创造出什么力量，能使远行的国民思念这小小的故土？"

根据总统的介绍，冰岛值得参观的地方都要离城远行。既然城市不大，离开非常容易，我们很快就置身在雪野之中了。

翘首回望，已看不到雷克雅未克的任何印痕。车是租来的，在雪地里越开越艰难。满目银白先是让人爽然一喜，时间一长就发觉那里埋藏着一种危险的视觉欺骗，使得司机低估了山坡的起伏，忽略了轮下的坎坷。于是，我们的车子也就一次次陷于穷途，一会儿撞上高凸，一会儿跌入低坑。

开始大家觉得快乐，车子开不动了就下车推拉，只高声叫嚷着在斯德哥尔摩购买的御寒衣物还太单薄。但次数一多，笑声和表情在风雪中渐渐冰冻。

终于，这一次再也推不出来了，掀开车子后备厢拿出一把铲子奋力去铲轮前的雪，一下手就知道无济于事。铁铲很快就碰到了铿锵之物，知道是火山熔岩。

火山熔岩凝结成的山谷我见过，例如前几个月攀登的维苏威火山就是一个。那里褐石如流，奇形怪状，让人顿感一种脱离地球般的陌生。但在这里，一切都蒙上了白色，等于在陌生之上又加了一层陌生，使我们觉得浑身不安。

至此才懂得了斯德哥尔摩朋友的那句话："你们有没有听说过哪一个重要人物冬天去冰岛？"

早已闹不清哪里有路，也完全不知道如何呼救。点燃一堆柴火让白烟充当信号吧，但是谁能看见白雪中的白烟？看到了，又有谁能读懂白烟中的呼喊？"雷克雅未克"这个地名的原意就是白烟升起的地方，可见白烟在这里构不成警报。更何况，哪儿去找点火的材料？

想来想去，唯一的希望是等待，等待天边出现一个黑点。黑点是什么，不知道，只知道在绝望的白色中，等的总是黑点。就像是伸手不见五指的黑夜中，等的总是亮点，不管这亮点是盗匪手炬，还是坟茔磷光。

很久很久，身边一声惊叫，大家眯眼远望，仿佛真有一个黑点在颠簸。接着又摇头否定，又奋然肯定。直到终于无法否定，那确实是一辆朝这里开来的吉普。这时大家才扯着嗓子呼喊起来，怕它从别的方向滑走。

这辆吉普体积很小，轮胎奇宽，又是四轮驱动，显然是为冰岛的雪原特制的，行驶起来像坦克匍匐在战场壕沟间。司机一看我们的情景，不询问，不商量，立即挥手让我们上车。我们那辆掩埋在雪中的车，只能让它去了，通知有关公司派特种车辆来拉回去。

小小的吉普要挤一大堆人不容易，何况车上本来还有一条狗。我们满怀感激地问司机怎么会开到这里，准备到哪里去。司机回答竟然是："每天一次，出来遛狗！"

我们听了面面相觑，被一种无法想象的奢侈惊呆了。那么遥远的路程，那么寒冷的天气，那么险恶的山道，他开着特种吉普只为遛狗。

那狗，对我们既不抵拒也不欢迎，只看了一眼便注视窗外，不再理会我们，目光沉静而深幽。

看了这表情，我们立即肃静，心想平常那种见人过于亲热或过于狂躁的狗，都是上不了等级的。

在生命存活的边缘地带，动物与人的关系已不再是一般意义上的朋友。既然连植物的痕迹都很难找到，那么能够活下来的一切，大多有一种无须言说的默契。

我们坐着这辆遛狗的吉普，去参观了一个单位，然后返回雷克雅未克，入住一家旅馆。旅馆屋内很温暖，但窗外白雪间五根长长的旗杆，被狂风吹得如醉笔乱抖。天色昏暗，心中也一时荒凉，于是翻开那部萨迦，开始阅读。

读到半夜心中竟浩荡起来，而且暗自庆幸：到冰岛必须读萨迦；而这萨迦，也只能到冰岛来读。

拍雪进屋

已经在冰岛逗留好些天了，每天都在雪地里赶路，十分辛苦。赶来赶去看什么呢？偶尔是看自然景观，多数是看人类在严寒下的生存方式。

初一听这种说法有点过时，因为近年来冰岛利用地热和水力发电，能源过剩，不再害怕严寒。但在我看来，这还是生活的表面。许多现代技术往往以花哨的雷同掩盖了各地的生存本性，其实生存本性是千百年的沉淀，焉能轻易拔除？

例如能源优势的发现曾使冰岛兴奋一时，举债建造大量电厂来吸引外资，但外资哪里会看得上那么遥远的冰岛能源？结果债台高筑，而一家家电厂却在低负荷运行。因此那些彻夜长明的灯，是冰雪大地的长叹。

到目前为止，冰岛经济还是依靠捕鱼，这与千百年来毫无差别。只不过现在要用这古老行当的辛苦收入，去归还现代冲动造成的沉重外债。如果坚冰封港，或水域受污，全国的经济命脉立即受阻，这便是这个岛屿的生存困境。

今天，在一个地热盐水湖边耽搁了太长时间，直到半夜才准备返回雷克雅未克。

我们的车又在雪地里寻路了，拐来拐去，大家早已饥饿难忍。饥饿的感觉总是掺杂着预期的成分，解除的希望越渺茫便越强烈。据我们前几天的经验，这个时间回到雷克雅未克已经绝无就餐的可能。整个小旅馆的一切部门不再工作，连一个警卫也找不到，你只能摸着走廊开房门，煎熬在饥饿的万丈深渊里。

在这般无望的沮丧中，竟然见到路边有一块小木牌，在雪光掩映下，似乎隐隐约约有“用餐”字样。

连忙停车，不见有灯。那块木牌，也许已经在十年前作废。还是眼巴巴地四处打量，看到前面有一所木屋，贴地而筑，屋顶像是一艘翻过来的船只。我知道这是当年北欧海盗们住的“长屋”的衍生，只是比以前的大了一些。

不抱什么希望地敲门，大概敲了十来下，正准备离去，门居然“咯吱”一下开了。

屋内有昏暗的灯光，开门的是位老太太。我们指了指门外那块木牌，老太太立即把我们让进门内，扭亮了灯，帮我们一一拍去肩上的雪花。拍完，竖起手指点了点我们的人数，然后转身向屋内大叫一声。我们听不懂，但猜测起来一定是：“来客了，八位！”

喊声刚落，屋内一阵响动，想必是全家人从睡梦中惊醒，正在起床。

从进门拍雪的那间屋子转个弯，是一个厅。老太太请我们在桌子边坐下，就转身去拨火炉。

里屋最先走出的是一个小伙子，手里托着一个盘子，上面一瓶红酒，几个酒杯，快速给我们一人一杯斟上。他能说英语，请我们先喝起来。

我们刚刚端杯，老大爷出来了，捧着几盘北极鱼虾和一篓子面包。这样的速度简直让我们心花怒放，没怎么在意已经盘净篓空。老大爷显然是惊慌了，返身到厨房去寻找食物，而我们因有东西下肚，开始气定神闲。

老大爷重新出现时端上来的食物比较零碎，显然是从角角落落搜寻来的。好在刚才搁在火炉上的浓汤已经沸腾，大家的兴趣全在喝汤上。

这时，屋内一亮，不知从哪个门里闪出一位极美丽的少妇。高挑宁静如玉琢冰雕，一手抱着婴儿，一手要来为我们加汤。她显然是这家的儿媳妇，也起床帮忙来了。闪烁的炉火照得她烟霞朦胧，这么多天我们第一次见到真正的冰岛美人。她手上的婴儿一见到黑头发就号啕大哭，她只得摇头笑笑抱回去了。

孩子的哭声使我们意识到如此深夜对这个家庭的严重打扰，反正已经吃饱，便起身付账告辞。他们全家都到门口鞠躬相送。

车刚起步，便觉得路也模糊，雪也模糊，回头也不知木屋在何处，灯光在何处。

议会——阿尔庭

在雷克雅未克不管看到什么，心中总想着辛格韦德利。那部萨迦一再提醒我，冰岛历史上最重要的故事都与那里密切相关。

辛格韦德利往往被称作“议会旧址”，或者叫阿尔庭（Althing）旧址。阿尔庭就是议会。

初听名字时我想，议会旧址应该有一座老房子吧，如果老房子坍塌了，还应该有地基的遗迹。后来读萨迦渐渐发觉情况有异，但究竟如何并不清楚。今天终于赶到了这里，大吃一惊。

没有老房，没有地基，也没有希腊奥林匹克露天体育场那样的半天然石垒座位，而是崇山间一片开阔的谷地。谷地一面有一道由熔岩构成的嶙峋峭壁，高三十多米，长达七八公里，拦成了一个气势不凡的天然屏障。谷地南面是冰岛第一大湖，便叫议会湖。

沿着峭壁进入，有一条险峻的通道，今天冰雪满路，很不好走。刺骨的寒风被峭壁一裁，变得更加尖利，几乎让人站立不住，呼吸不得。

这就是议会旧址，冰岛议会年年都在这野外开会，从公元十世纪到十八世纪末，整整延续了八百多年。这是世界上最早的议会，比英国议会的出现还早了三百年。

因此，这个令我们索索发抖的怪异谷地，是人类文明史上一个小小的亮点。

参加议会的有三十六个地方首领，各自带着一些随从，普通百姓也可以来旁听。会议在六月份召开，那时气候已暖，在这里开会不会像我们今天这样受苦。

陪我们前来的拉格纳尔·鲍得松先生边指边说，峭壁前的那座山岗就是开会的场所，山岗上的那块石头叫“法律石”，是议事长老的位置，而旁听的普通百姓则可坐在山岗的斜坡上。

那时冰岛没有王室、王权，也没有常设的政府机构，主要就靠这么一个议会来判决各种事端，依据的是不成文的法律。

就这样，一年一度的会议把整个冰岛连接起来了。

一群由北欧出发的海盗及其家属，在这里落脚生根，却越来越感到有必要建立自己的仲裁机制，判别荣辱是非。时间一长，他们居然成了世界上特别仰仗法律的文明族群。

这实在是人类文明的一大跳跃，对此我已经知道不少，因为我读了萨迦。萨迦不是普通传奇，而是海盗们脱胎换骨的史诗。

按年代比照，这在中国历史上相当于宋元之间。那时的中国已积聚了太多既成的概念，而冰岛还在享受着草创期才有的巨人意识。

很多好汉本来是为了求得一个公正而勃然奋起的，结果却给他人带来更大的不公正。这样的例子比比皆是，所以，东西方都会有那么多的江湖恩仇故事，既无视规则又企盼规则，即便盼来了最公正的法律也往往胸臆难平。这是人类很难通过又必须通过的一大精神险关。只有通过了这个精神险关，才能真正踏上文明之途，走向今天。

当年冰岛的好汉们并不害怕流血死亡，却害怕这里的嶙峋乱石。那些伟岸的身躯、浑浊的眼睛远远地朝向着这里，年年月月都在猜测和期待。

这里并无神灵庙堂，除了山谷长风，便是智者的声音，民众的呼喊。从萨迦的记述来看，起决定作用的是智者的声音，而不是民众的呼喊。

尼雅尔萨迦

众多的冰岛萨迦中最动人的要算是《尼雅尔萨迦》，这些天我沿途埋头细读，不断受到令人窒息的心灵冲撞。

现任冰岛古籍手稿馆馆长韦斯泰恩·奥拉松先生曾经这样揭示萨迦的基本观念：

> 这个世界是充满危险的，它与生俱来的问题足以把心地善良的好人摧残殆尽。但它又容许人们不失尊严地活着，为自己和亲近的人承担起责任。

此刻我为了避开越来越厉害的寒风，正缩脖抱肩躲在辛格韦德利议会旧址的一个岩柱背后，重温着奥拉松先生的这句话。

我一直在想：这儿，正是尼雅尔和他的朋友们如贡纳尔、弗洛西站立过的地方吗？

回到旅馆，我决定用自己的笔记述几段《尼雅尔萨迦》的片段。因为那里的故事太出色了，而在冰岛的寒风里记述这样的故事，又太合适了。我如果不做这种记述，就对不起踏遍了好汉足迹的冰岛。

《尼雅尔萨迦》一开始并没有让这几个主要人物出现，而是推出了一位当时冰岛的法律专家，名叫莫德。在还没有成文法的时代，人们相信，如果没有莫德参与，任何判决都无效。那么，坐在“法律石上的”莫德，就是辛格韦德利议会山谷间的最高代表。

这位代表法律的莫德能对全国各种重大事件做出权威性判断，却无法处理好自己女儿的婚事。女婿就在“法律石”前提出要与他决斗，他自知不是对手，退缩了，引来民众一片耻笑，耻笑着法律对武力的屈服，而且很快，莫德也就病死了。

在他之后又出现了一个人，也叫莫德，我看这是佚名的萨迦作者的象征性安排。这个莫德显然是一个小人，却也精通法律，最喜欢那些“能够互相杀戮的男子”。如果不能够互相杀戮，这位法官也要想方设法为他们布置战场。此后很多恶事的出现，都与他有关。

那位老莫德身后留下了一个女儿，这个女儿有事要找亲戚贡纳尔帮忙，而贡纳尔则请最智慧的朋友尼雅尔出主意。这样，两个主要人物就出现了。尼雅尔果然为贡纳尔出了好主意，他们两人也就更加亲密。

一切纯净而高贵的友情都是危险的。

尼雅尔和贡纳尔两家往来频繁，反而产生了越来越多的小纠葛，小纠葛又积累成大麻烦，连两位主人也一次次临近翻脸的边缘，差一点成为莫德所喜欢的“互相杀戮的男子”。幸好他们立身高迈，拒绝挑拨，互相以退让维系了友情，直到贡纳尔被别人所杀，尼雅尔悲痛不已。

在当时的冰岛，男人们追求的是荣誉，而荣誉的主要标志是不计成败地复仇。

在复仇的血泊边，也有一些智者开始在构建另一种荣誉，这种荣誉属于理性与和平，属于克制和秩序，但一旦构建却处处与老式荣誉对立。尼雅尔和贡纳尔就长期在这两个荣誉系统间挣扎，他们眼前有亲属的哭诉、真实的尸体，他们都忍下了，同时也就忍下了众人的讥笑，内心的煎熬。

他们已经意识到，只要稍有不忍，就会回到老式荣誉一边，个人受到欢呼，但天下再无宁日。而如果能忍，则有可能进入一个连他们自己也不清楚的新天地。所以，此刻要忍气吞声。

贡纳尔死后，尼雅尔又遇到了另一位似友似敌的勇士弗洛西，而且成了联姻的亲戚。

嫉妒者莫德，就在那对新婚夫妇身上做起了文章，结果新郎无辜被杀，新娘要求复仇，尼雅尔和弗洛西两个家族成了不共戴天的冤家。

仍然是莫德做判决，由尼雅尔赔偿弗洛西。那天，一大堆白银陈列在“法律石”边上。尼雅尔仍然觉得对不起弗洛西，又在这堆白银上加添了一件丝绸长袍。但他没有想到，这个加添突破了判决的数字，使法律赔偿突然具有了法律之外的赐予。这也立即被弗洛西察觉到了，怀疑其中包含着羞辱，便拒绝赔偿，抓起丝绸长袍狠狠一摔，开始采取法律之外的暴力行动，把已经开始舒缓的事态重新推向危机。

尼雅尔家庭终于被弗洛西点燃的烈火所包围。弗洛西有意让尼雅尔夫妇逃生，尼雅尔拒绝了。尼雅尔死后，弗洛西坐上一条不适合航行的船出海，再也没有回来。

两个好汉都选择了死亡，因为他们在精神上已无路可走。就老式荣誉而言，已经无力为自己的儿子们复仇；就新式荣誉而言，也无力把法律重新从血泊中扶起。

其实还有一个层面他们都无法对付，那就是萨迦作者一再强调的在暴力与法律之间游走的小人。尤其是那个我们经常遇到的莫德，不仅集嫉妒、挑拨、凶杀于一身，而且还是一个永恒的审判者。有这样的人挤在中间，什么坏事都会冒出来，什么好事都存不住，什么好人也活不长。而且，人们总是用口口相传的恶意，在嘲笑着英雄好汉。难怪尼雅尔死后一位叫卡里的武士长叹一声：“用口杀人，长命百岁。”

但是卡里也抓不住那些“用口杀人”的人，至少找不到可以陈之于阿尔庭的证据。他在“法律石”前握剑站起，决定先用传统暴力手段改变一下人们嘲讽的方向，然后用生命来祭奠那个用法律和暴力都无法卫护的诗与花的世界。

他在“法律石”上随口吟咏了几句诗：

武士们不愿停止战斗，
而此时的诗人斯卡弗蒂
蜷缩在盾牌后面，
身上被扎伤。
这位仰面朝天的无畏英雄
被厨子们拖进小丑的房间。

当船上的水手们
嘲弄着被烧死的
尼雅尔、格里姆和海尔吉——
他们犯了天大的错误。
如今，在缀满石楠花的山丘上，
在大会结束之后。
人们的嘲讽转向了那一方。

他所说的“大会”，就是阿尔庭议会。

许多英雄、武士、杀手在冰岛引刀一快之后，便觅舟远航。他们来到欧洲大陆后，有不少人皈依了基督，有的还获得了宗教赦免，包括卡里在内。在此期间，冰岛的阿尔庭仍然年年召开，直到欧洲文明早已瓜熟蒂落的十八世纪末尾。

今天的阿尔庭旧址乍一看远远落后于欧洲的主体文明遗迹，但它却以最敞亮的方式演示了人性中善意冲动和恶念冲动的旋涡，生命欲望和秩序欲望的互窥。细细想来，壮观极了。

这就怪不得当司各特、瓦格纳、海明威、博尔赫斯等人读到萨迦时是那么兴奋。他们只遗憾，海险地荒，未能到这里来看看。

我有幸，终于来到了这个地方。中国有悠久的“游侠”传统，历来也好汉辈出。直到今天，武侠小说和武侠电影仍是中国文化的一大景观。中国好汉也是游走在法律之外的，但是，他们并没有主动经历一个“法律石”的时代，因此也没有出现尼雅尔那样的生命挣扎。

从结果看，今天北欧的文明程度，实在令人向往。

地球的裂缝

离开阿尔庭旧址没多远，见到一道延绵的石壁，黑森森地贴地而行，看不到尽头。走到跟前探头一看，石壁下是一道又深又长的地裂。这才猛然想起，我们撞到了地球的一条老疤痕，早就在书中读到过的。

地质学家说，不知在多少年前，欧洲大陆板块和美洲大陆板块慢慢分离，在地球深处扯出一条裂缝。地心的岩浆从这条裂缝中喷发，骤然凝固而成了冰岛。

眼下便是欧洲大陆板块和美洲大陆板块分离时留下的裂缝？

我重新虔诚地扒在石壁边上俯视，只见两壁以紧紧对应的图形直下万丈，偶有碎石阻塞，却深不见底。我这个人，只要遇到巨大惊吓，就会立即激起巨大的勇气。我直起身来向地裂的两头打量，终于找到一处最窄的裂口，飞奔而去，然后分脚跨立在裂口上，左脚踩着“美洲”，右脚踩着“欧洲”。

我往常并不恐高，此时却不敢直视脚下的裂口。越不敢直视越觉得此刻裂口正在扩大，活生生要把我的躯体撕开。

当然这只是一时晕眩，深深地吸了一口气便回过神来了。一回过神来，我立即觉得自己获取了一个新的高度。从我现在跨立的角度看过去，哥伦布从欧洲出发的对美洲的地理大发现，无非是我脚下的地裂扩大后，两个板块之间的一次寻找。他的起点和终点，都是我脚下裂口的延伸，只是延伸得长了一点。

让分裂开去的土地重新相认，就像为一个失散多年的家族拉线搭桥，哥伦布功不可没。可惜人们对这件事情的阐释一直出于欧洲中心论的立场，让南美洲的本地人听起来很不入耳。

什么地理大发现？我们一直好好地住在这里，何用你来“发现”？难道只有你的眼睛才算眼睛？

冰岛人从另一个角度表现了不满。要说欧洲，冰岛也是欧洲，但冰岛人莱夫·埃里克松一千年之前就已到达美洲，比哥伦布早了五百年。尤其让他们感到骄傲的是，冰岛船队一千年前抵达美洲的时候，其中还有一位叫作古德里德的冰岛女性，她在那里生了个儿子，那也就是美洲大陆上第一个欧洲人后裔。古德里德留下了儿子，自己却返回冰岛，在家乡安度晚年。

思路一旦突破了哥伦布，冰岛人也就比其他欧洲人更坦诚地面对这样一个被很多证据所指向的可能：中国人在两千多年之前就可能到达了美洲。冰岛驻华大使奥拉夫·埃吉尔松先生在一篇文章中就以轻松愉快的口气说到这一点。现在我跨立在这个裂口上，立即明白了他轻松愉快的理由。

看来我们过去读到的许多历史，确实把许多并不太重要的事情说大了。冰岛没有什么大事，却又能把别处的大事一一看小，这很痛快。

此刻我把心思从裂口延伸的远处收回，不想中国的两千年、冰岛的一千年和哥伦布的五百年了，只想脚底的这个地球裂口，是结住了的死疤，还是仍在发炎，仍在疼痛？

“仍在疼痛！”身旁的拉格纳尔·鲍得松先生快速地回答了我。他说，当初地心岩浆就是从这条撕开的地裂中喷发的，直到今天，冰岛仍有活火山三十多座，每五年就有一次较大规模的喷发，每一次都海摇地动。

我们赶不上冰岛的火山爆发了，但也能用一种温和的方式感受地球伤痕的隐痛。冰岛那些火山熔岩湖的湖水，在这冰天雪地的季节依然热气蒸腾，暖雾缭绕。其间发出的硫黄味，使人联想到伤口自疗。

当晚我就接受伙伴们几天前的召唤，终于脱衣跳到了一个火山熔岩湖里。咫尺之外是滴水成冰的严寒，湖里却热得发烫。抬头，四顾雪山森罗、冷气凛冽，我赤裸地躲缩在地球的伤口间。

一切伤口都保持着温度，一切温度都牵连着疼痛，一切疼痛都呼唤着愈合，一切愈合都保留着勉强。因此，这里又准备了那么多白雪来掩盖，那么多坚冰来弥补。

北极印痕

一

驱车进入北极圈，是欧洲之旅最后一段艰难行程。从赫尔辛基到罗瓦涅米八百五十公里，全被冰雪覆盖。

雪越下越大，我们的车像是卷进了一个天漏云碎的大旋涡。

不时下车，在雪地里顿脚跳跃，算是休息，然后再起程。十几个小时后，终于完全顶不住了，只得把车停在一边，打一会儿盹儿。

顷刻间车身车窗全被大雪封住。千里银白，只有这里闪烁着几粒暗红的尾灯。突然惊醒，惊醒在完全不像有生命存在的雪堆里。赶紧推门四处打量，找不到星光月光，却知北极已近。

二

北极村的土著是游牧民族萨米人。

他们的住处是尖顶窝棚，门口蹲守着几只狗，中间燃烧着篝火。窝棚顶端留出一个大窟窿，让白烟从那里飘出。但是，纷纷白雪也从那里涌入，两种白色在人们的头顶争逐。

好在主人昨天已砍好一大堆木柴，我们帮着劈添，为白烟造势。只见主人的女儿双眉微微一蹙，她在担心此刻耗柴过多，后半夜会不会火灭棚冷，难以栖宿。

高低不同的树桩便是桌子凳子，有几处铺有鹿皮，那是长辈的待遇。

窝棚外的天色早已一片昏暗，无垠的雪地泛起一种缥缈的白光。主人为欢迎我们，在窝棚前前后后都点上了蜡烛，迎风的几处还有麻纸灯罩卫护。

暖黄的烛光紧贴着雪地蜿蜒盘旋，这个图景太像玲珑剔透的童话。注视片刻便忘记周围的一切，只知这是一条晶莹的路，可以沿着它走向远处。

三

在北极村的一个狗拉雪橇前我们停下了。这个雪橇已经套了八条狗，这些狗今天还没有出过力，条条精力旺盛，搏腾跳跃，恨不得把拴在树桩上的绳套挣断。

戴着长毛皮帽的主人看出了我们想坐雪橇的心思，说等等，现在你们都坐不住。说着便独自站在雪橇上解开了绳套，刹那间众狗欢吠、撒腿狂奔，只见雪雾腾腾，如一团远去的飞云。

过不久雪雾旋转回来，正待定睛细看却又早从眼前掠过。如此转了几圈，众狗泄去了最初的疯劲儿，进入正常奔跑状态，主人从雪橇上伸出一根有尖刺的长棍往雪地里一插，自己的手像钳子一样把长棍握住，雪橇停下来了。他这才朝我们一笑，说现在你们请上来吧。

我坐在雪橇上想，这些萨米人懂得，人类对于自然之力，只有避其锋锐、泄其杀气，才能从容驾驭。因此，他们居然在如此严酷的北极，一代代住了下来。

大雪小村

从北极圈南下，没想到天气越来越冷，风雪越来越大，我们的车已经被冻得发动不起来。在奥卢看地图，发现从这里到赫尔辛基不仅距离遥远而且地形复杂，再加上这样的气候，如果开车，不知半路上会遇到什么情况。思考再三，决定搭乘火车。

从地图上看，我们要找的那个铁路始发站叫康提奥美克（Kontiomaki），在奥卢东南方向一百八十公里处。

到了以后才发现，康提奥美克连一个小镇也算不上，当地人说这儿的居民只有十人。我想这种说法有点夸张，但到顶也就是几十人的小村落吧，居然安下了一个火车始发站，大概与铁路网络的整体布局有关。

说是火车站，我们只看到大雪中两条细细的铁轨。这儿的雪粒比别处大，晶莹闪亮地塞满了整个视野，连一个脚印也没有，可见这条线路非常冷落。我们被告知，要等候整整三个小时。

雪中的铁道、站台，如果有一些脚印，再加一个远去的车尾影子，会让人想到托尔斯泰。但这儿找不到任何一个可供想象的信号，只听到自己的脚探入积雪时咯吱咯吱的响声。

离铁轨不远处有一间结实的木屋，门外有门亭，窗里有灯光。墙上的字是芬兰文，不认识，但可以猜测是一个公共场所。如遇救星般地推门而入，里边果然温暖如春，与外面完全是另一个世界。

说不清这是什么场所，反正什么都有。台球、游戏机、简单的餐食、厕所。见我们进去，里边的几个老人两眼发光，定定地注视着我们的一举一动。一数，他们也有七八个人，我由此证明当地只有十个居民的说法不准确。伙伴去问屋中唯一的一位中年女服务员，谁知她笑着用简单的英语说："差不多都在这里了，过一会儿还会来几个老太太。"

一个车站小屋，居然把全村的人都集中了，我想主要原因并不是它暖和。在冰天雪地的北欧小村，人们实在太寂寞了，总想找一个地方聚一聚。尽管这里列车很少，但说不定也能看到几张生面孔，这就比村民聚会更丰富了。今天我们这一哨人马吵吵嚷嚷蜂拥而入，在这里可是一件不小的事情。据那位服务员说，有两位老人已经急急地摸回家去通知太太了，要她们赶快来凑热闹。

伙伴们快速地进入了各项游戏项目，有的打牌，有的打台球，有的玩游戏机，老人们都兴致勃勃地围在一旁看着，很想插话又觉得不应该干扰。我离开台球桌上厕所，一位老人跟了进来，大概他觉得这是一个开始谈话的好地方。他大声地用芬兰话与我聊天，我用英语搭话他听不懂，一上来就撞到了死角。但他不相信有人竟然完全不懂芬兰话，正像我不相信他完全不懂英语，彼此寻找最简单的字句努力了很久，最后他只能打起了手语。

他用双手比画了一个方框，然后又窝成一个圆圈放在中间，我想了想就明白了，他在比画日本国旗，是问我是不是日本人。我的否定他听懂了，但他居然听不懂"中国"的英语说法，我当然也无法用手语来表现图案相当复杂的中国国旗。

他很遗憾无法交流，但仍然在滔滔不绝地讲着。这使我想起童年时熟悉的家乡老人，他们也不相信天下竟然有人完全听不懂本地方言，总是在外地人面前反复讲，加重了语气讲，换一种方式讲，等待哪一刻精诚所至，金石为开。

从厕所出来，我看到了另一个苦口婆心的现场。我们的摄像师东涛前些天不小心在北极村滑了一跤，脚受了点伤，拄了拐杖，也就不去玩那些游戏项目了，坐在一角喝茶。这也被老人们看出是一个没有打扰嫌疑的谈话对象，三位老汉和两位老太在一起全围着他。老太太显然就是刚才被急急召唤来的。

老人们用手势问东涛受伤的原因，东涛无法向他们说明白，除了不小心没有别的特殊原因。他们比画来比画去，终于比画出一个不容申辩的理由：一定是滑雪摔伤的。然后诸老人争先恐后地比画自己滑雪的经历，有一位老人似乎也受过伤，他已在教东涛一个受伤的人该怎么自我护理了。

在语言不够而热情足够的情况下，唯一的办法就是糊里糊涂地随顺对方，千万不要把事情解释明白。今晚的老人要的是与一个陌生人谈话，与一个受了伤的陌生人谈话，与一个他们估计是滑雪受伤的陌生人谈话，与一个能让他们回忆起自己的滑雪经历和受伤经历的陌生人谈话，谈话在寒冷的冬夜，谈话在他们的家乡，这就够了。我们可怜的东涛如果在不懂芬兰话的前提下非要把事情讲清楚不可，一是艰难无比，二是扫了老人们的兴，何必呢。

由此我懂得了在很多情况下，兴致比真实更重要。以前纳闷为什么我坚守某些事情的真实反而惹得那么多的人不高兴，现在懂了，人家兴致浓着呢。

这些老人今天晚上比画得非常尽兴，这种比画就是他们的享受。

旅行使我们永远地成为各地的陌生人。当老人们在比画我们的时候，突然想到我们其实也一直在比画自己不熟悉的人。互相比画，不断告别，言语未畅而兴致勃勃，留下彼此的想头，留下永恒的猜测，这便是旅行。

就这么颠颠倒倒、迷迷糊糊三个小时，终于传来一声招呼，火车来了。

我们告别老人来到屋外，这才发现这三小时完全忘记了天气与环境。刺骨的寒冷立即使我们的手脸发痛，痛过一阵后又彻底麻木。在这么绝望的寒冷中，只有那么一间温暖的公共活动房屋，可见人与人的相聚真是极其珍贵。对此，我们这些来自世界上人口最稠密的地方的人常常忘记。

感谢这次旅行的末尾遇到的这个车站，它以超常的冷清总结了我们一路的热闹。它在大雪深处告诉我们：人类最饥渴也最容易失去的，是同类之间的互遇互温，哪怕语言不通，来路不明。

当深夜列车启动之后，我们会熟睡在寒冷的旷野里。一定有梦，而且起点多半是那些老人。至于梦断之处，或许是一声汽笛鸣响，或许是一次半途停车，惊醒之后撩窗一望，目力所及杳无人影。

总结在寒夜

一

我在《自序》里说过，这次考察欧洲，本来是想进一步为中华文明寻找对比坐标的。但是，欧洲果然太厉害了，每次踏入都会让人迷醉。我只知深一步、浅一步地往前走，处处都有感受，每天也写了不少，却忘了出行的目的。

在欧洲旅行，还可以在各地读不少资料。我在佛罗伦萨读美第奇，在布拉格读哈维尔，在冰岛读《萨迦》，都读得非常入迷。这一来，离中华文明就越来越远了。

直到此刻，在北欧的夜行火车上，我才回过神来。这趟火车除了我们几个人外，没有别的乘客，我一个人占了一间设备齐全的卧室。车窗外是延绵不绝的雪原，而这雪原的名字又没有在地图上找到。路那么长，夜那么长，一种运动之中的巨大陌生，几乎让自己消失。我静下心来，开始整理一路上与中华文明有对比关系的感受。

欧洲图像太多，话题分散，很难简明地归纳出与中华文明的逻辑对比。我只能放弃概括，保留感性，回想一路上哪一些图像具有对比价值。

从行李里抽出两张纸来，写了三十多个，觉得太多，删来删去，删成了七个对比性图像，那就是——

一行字母；

一片墓地；

一份图表；

一座城堡；

一群闲人；

一块巨石；

一面蓝旗。

二

先看那一行字母。

那行字母在意大利的佛罗伦萨，M-E-D-I-C-I，在街边、门墙、地上都有。这是美第奇家族的拼写。

按照中国文化的习惯思维，一个有钱有势的贵族门庭，大多是历史前进的障碍，社会革命的对象。但是，美第奇家族让我们吃惊了。

最简单的事实是：如果没有文艺复兴，世界的现代是不可设想的；如果没有佛罗伦萨，文艺复兴是不可设想的；如果没有美第奇家族，佛罗伦萨和文艺复兴都是不可设想的。

美第奇家族在历史的关键时刻营造了一个新文化的中心，把财富和权力作为汇聚人文主义艺术大师的背景，构成了一个既有挑战性质，又有示范性质的强大存在。历史，就在这种情况下大踏步地走出了中世纪。“哐、哐、哐”，脚步很重，脚印很深。但丁的面模供奉在他们家里，米开朗琪罗和达·芬奇的踪迹处处可见，大卫的雕像骄傲地挺立着，人的光辉已开始照亮那一条条坚硬的小方块石子铺成的狭窄巷道。尽管当时的佛罗伦萨还没有产生深刻的近代思想家，但这座城市却为近代欧洲奠定了基石。

在中国的历史转型期，总是很难看到权力资源、财富资源和文化资源的良性集结。中国的社会改革者们更多地想到剥夺，这种剥夺即便包含正义，也容易使历史转型在摇摆晃荡中降低了等级。

这中间，最关键的是文化资源。美第奇家族在这方面做得特别出色，他们不是把文化创造的权力紧握在自己手上随意布施，而是以最虔诚的态度去寻找真正的创造者。他们对于一代艺术家的发掘、培养、传扬、保护，使新思想变得感性，使新时代变得美丽。

这座城市的市民长期追随美第奇家族，而美第奇家族却在追随艺术大师，这两度追随，就完成了一次关及人类的集体提升。

中国的一次次进步和转型，都容易流于急功近利，忽略了新的精神文化基础的建立，还误以为暂时牺牲文化是必要的代价。其实，社会转型的成功关键，恰恰在于必须集中权力资源、财富资源和文化资源，一起开创一种新文化。

三

再看那一片墓地。

我说的是德国柏林费希特、黑格尔的墓地。其实，欧洲可供游观的学人墓地很多，随之还有大量的故居、雕像，让后人领略一个个智者的灵魂。

同样是知识分子，德国的同行在整体上远比中国同行纯粹，并因纯粹而走向宏伟。历代中国文人哪怕是最优秀的，都与权力构架密切相连，即便是逃遁和叛逆，也是一种密切的反向联结。因此，他们的“入世”言行，解构了独立的文化思维；他们的“出世”言行，则表现出一种故意。

直到今天，中国文人仍然在政客式的热闹和书蠹式的寂寥间徘徊，都带有自欺欺人的虚假。

德国学者很少有这种情况，即使像歌德这样在魏玛做大官，也不影响《浮士德》的创作。黑格尔庞大的哲学架构和美学体系，更不可能是应时之作。他担任柏林大学校长，算是一个不小的行政职务了，却也坚守大学创始人威廉·洪堡的宗旨，实行充分学术自由，不许官方行政干涉。

比黑格尔的思维更加开阔的是康德，终身静居乡里，思索着宇宙和人类的奥秘。

但是，即便这样，康德也反对知识分子伪装出拒绝社会、摆脱大众的清高模样。他以法国启蒙主义者为例，提出了知识分子的行为标准："勇于在一切公共领域运用理性。"这恰恰是中国知识分子的致命弱点。即便是我们尊敬的前辈知识分子，他们留给"公共领域"的精神财富也少而又少。

因此，中国知识分子的墓地和故居，也总是比较冷落。

当代欧洲知识分子的杰出典范，我认为是曾经当了十多年捷克总统的哈维尔。我在美丽的布拉格居然好几天都把自己锁在旅馆里，读他近年来的著述。我把他的主要思想写进了本书第二辑《哈维尔不后悔》一文的第四节，真希望有更多的中国读者能仔细阅读。

四

再说那一份图表。

图表在法国里昂的一家博物馆里，列出了这座城市在十九世纪的创造和发明。我细细看了三遍，每一项，都直接推动了全人类的现代化步伐，从纺织机械到电影技术，多达十几项。

这还仅仅是里昂。扩而大之，整个法国会有多少？但我又看到，待到十九世纪结束，无论是法国的各级官员还是知识分子都沉痛反省：比之于美国和德国的创造发明，法国远远落后了！

正是这份图表提醒我们，中国人再也不要躺在遥远的“四大发明”上沾沾自喜了。

中国由于长期封闭，不仅基本上没有参与人类近代文明的创造，而且对西方世界日新月异的创造态势也知之甚少。结果，直到今天，组成现代生活各个侧面的主要部件，几乎都不是中国人发明的。更刺心的是，我们的下一代并不能感受此间疼痛，仍在一些“国粹”中深深沉醉。这种情形，使文化保守主义愈演愈烈，严重阻碍了创新的步伐。

西方有一些学者对中国早期发明的高度评价，常常会被我们误读。因此，我在牛津大学时曾借英国李约瑟先生的著述《中国古代科技史》来提醒同胞：

> 但愿中国读者不要抽去他著作产生的环境，只从他那里寻找单向安慰，以为人类的进步全部笼罩在中国古代那几项发明之下。须知就在他写下这部书的同时，英国仍在不断地创造第一。第一瓶青霉素，第一个电子管，第一台雷达，第一台计算机，第一台电视机……即便在最近，他们还相继公布了第一例克隆羊和第一例试管婴儿的消息。英国人在这样的创造浪潮中居然把中国古代的发明创造整理得比中国人自己还要完整，实在是一种气派。我们如果因此而沾沾自喜，反倒小气。

五

那一座城堡。

我是指英国皇家的温莎堡，以及不远处的伊顿公学。

中华文明本是信奉中庸之道的，但在中国近代救亡的危机之中，受法国激进主义影响较深。从法国大革命到巴黎公社，激情如火的慷慨陈词和铁血拼杀，感染了很多中国的改革者。相比之下，对英国的温和、渐进的改良道路，反而隔膜。

后来，他们甚至不知道法国社会最终安定在什么样的体制下，关起门来激进得无以复加。甚至在和平年月里仍然崇拜暴力，包括语言暴力。

很容易把这种激进主义当作理想主义加以歌颂。即便是在经历了“文革”这样的极端激进主义灾难之后，还有不少人把“穷批猛打”作为基本的文化行为方式。而事实上，这种激进主义对社会元气的损伤、民间礼义的破坏、人权人道的剥夺，业已酿成巨大的恶果，不仅祸及当代，还会贻害子孙。

对此我早已有切身感受，但等到这次在深秋季节进入温莎堡和伊顿公学，东张西望地漫步长久，才在感性上被充分说服。

我写道：

英国也许因为温和渐进，容易被人批评为不深刻。然而细细一想，社会发展该做的事人家都做了，文明进步该跨的坎人家都跨了，现代社会该有的观念人家也都有了，你还能说什么呢？

较少腥风血雨，较少声色俱厉，也较少德国式的深思高论，只一路随和，一路感觉，顺着经验走，绕过障碍走，怎么消耗少就怎么走，怎么发展快就怎么走——这种社会行为方式，已被历史证明，是一条可圈可点的道路。

六

现在要面对的另一个对比点，是沿途处处可见的一群群闲人。

在欧洲各地，总能看到大量手握一杯啤酒或咖啡，悠闲地坐在路旁一张张小桌子边的闲人。他们吃得不多，却坐得很久，有的聊天，有的看报。偶尔抬头打量街市，目光平静，安然自得，十分体面。

这又与我们中国人的生态构成了明显对比。

记得在意大利时曾与当地的一些朋友讨论过这个问题。现在已经有很多中国移民在欧洲谋生，意大利朋友对他们既钦佩又纳闷。佩服的是，他们通过自己日以继夜的辛劳，不仅在当地站稳了脚跟，而且还积累了可观的财富；纳闷的是，他们几乎没有闲暇，没有休假，让人看不到他们辛劳的目的。说是为了子女，子女一长大又重复这种忙碌。

平心而论，我很能理解同胞的行为方式。以前长期处于贫困，后来即便摆脱了贫困也还是缺少安全感，不能不以埋头苦干来积累财富。

问题在于，当这种无休止的苦干由群体行为演变成心理惯性，就陷入了盲目。而这种盲目的最大危机，是对公共空间、公共生态的隔膜。本来，他们是可以在那里摆脱这种危机的。

我在罗马时，看到绝大多数市民在公共假期全部外出休假而几乎空城的景象，想到了他们与中国人在文明生态上的重大差异。我写道：

> 中国人刻苦耐劳，偶尔也休假，但那只是为了更好地工作；欧洲人反过来，认为平日辛苦工作，大半倒是为了休假。因为只有在休假中，才能使杂务中断，使焦灼凝冻，使肢体回归，使亲伦重现。也就是说，使人暂别异化状态，恢复人性。这种观念融化了西方的个人权利、回归自然等主干性原则，很容易广泛普及，深入人心……

读者一看就知道，我在说休假的时候，着眼点不在休假，而在于“使人暂别异化状态，恢复人性”。这是人生的根本问题，却最容易被盲目的实用主义惯性所遮蔽。因此，悠闲很可能是一种清醒，而忙碌则很可能是一种糊涂。中华文明注重实用理性，绌于终极思考，在经济发展的道路上较少关心人文理想。这一点，欧洲常常使我清醒。例如北欧有些国家，近年来经济发展的速度并不太快，其中大半原因，就是由于实行了比较彻底的社会福利政策，使悠闲成为一种广泛的可能。

为此，我在瑞典的斯德哥尔摩写下了一段话：

> 我学着概括了他们这里的一系列逻辑关系——
>
> 社会安全靠共同福利来实现；
>
> 共同福利靠经济发展来实现；
>
> 经济发展靠市场竞争来实现；
>
> 市场竞争靠正常秩序来实现；
>
> 正常秩序靠社会责任来实现；
>
> 社会责任靠公民义务来实现。
>
> 因此，财产必须体现为义务，自由必须体现为责任，这就是现代经济的文化伦理。

想到这里，我更明白了，看上去慢悠悠、暖洋洋的瑞典模式，不应该被处于高速发展中的国家嘲笑。

那么，缩小了看，那些在欧洲很多街边可以看到的休闲人群，也值得我们另眼相看。正在快速积聚财富的中国人，有没有想过自己今后的生态模式呢？财富无限而生命有限，当人生的黄昏终于降临，你们会在哪里？

七

接下来，是那块巨石。

在冰岛，我去看了辛格韦德利火山岩间的那块巨石，大家叫它“法律石”。

我去的时候那里非常寒冷，却咬牙忍冻站了很久。初一听，那是北欧海盗们自发地接受法律仲裁的地方，去看看只是出于好奇。但是站在那里，我却想到了中华文明的一大隐脉，后来回到冰岛的首都雷克雅未克之后花几天时间一连写了好几篇文章。

中华文明的这一大隐脉，就是武侠精神。武侠小说和武侠电影至今爆红，证明这一隐脉的潜在力量至今犹存。往往是以家族复仇为起点，各自设定正义理由，行为方式痛快、壮烈，贯串着对“好汉人格”的崇拜。但是，这一隐脉在本性上是无视法律的，因此也造成了中华文明与近代社会的严重阻隔。无数事实证明，“好汉人格”很容易转化成“暴民人格”，荼毒社会。

在冰岛辛格韦德利的“法律石”前，我发现了当年北欧好汉们如何花费几百年时间，痛苦地更换荣誉坐标，改写英雄情怀。

更换和改写的结果，是放下长剑和毒誓，去倾听法律的宣判，以及教堂的钟声。这就与中国好汉们遇到的“招安还是不招安”的问题判然有别了。如果也要用“招安”这个词，那他们是被法律和宗教“招安”了。我写道：

> 很多好汉本来是为了求得一个社会公正而勃然奋起的，结果却给他人带来更大的不公正。这样的例子比比皆是，所以东西方都会有那么多江湖恩仇故事，既无规则又企盼规则，即便盼来了最公正的法律也往往胸臆难平。这是人类很难通过又必

须通过的精神险关，只有通过了这个精神险关，才能真正踏上文明之途，走向今天。

我特别注意的，是北欧的好汉们通过这个精神险关时的挣扎过程，《萨迦》对于这个挣扎过程有细致的描述。相比之下，中国好汉们心中的“社会公平”，一直是单向的、复仇式的，因此与法律的关系始终是对立的、冲撞的。

《萨迦》记载，“好汉中的好汉”尼雅尔和贡纳尔等人既看到了以复仇为基础的老荣誉，又看到了以理性为基础的新荣誉，而且，还看到了当时法律的代表者是一个小人。但他们还是愿意为新荣誉和法律献出生命，并忍受讥笑。

这样的人物形象，在同时代的中国故事中找不到，于是后来也就更难找到了。

由此，我把“法律石”当作了一个重要的对比点。

这里发生的故事，曾使司各特、瓦格纳、海明威、博尔赫斯非常兴奋，但是，由于海险地荒，他们都未能到冰岛来看看。我有幸来了，并在这里想着中华文化。

八

最后一个主要对比点，是一面蓝旗。

这面蓝旗，就是欧盟的旗帜，在欧洲到处都可以看到，却更权威地飘扬在布鲁塞尔的欧盟总部大堂门口。离欧盟总部仅四十公里，便是改写了欧洲近代史的滑铁卢战场。这种近距离的对接，让我不无震撼。

不朽的伟业、成败的英雄，总是维系在滑铁卢和其他许多战场上。永久的目光，总是注视着在炮火硝烟间最后升起的那面胜利者的旗帜。

然而，欧洲终于告诉我们，最后升起的旗帜无关胜负，无关国家，无关民族，而是那面联合的旗，与蓝天同色。

我们中国人已经关注到了这个现实，但对这个现实中所包含着的深意，却还比较漠然。

就民族国家之间的战争而言，欧洲特别有声有色。从古代到近代，世界历史上最传奇、最残酷的篇章，大半发生在欧洲的民族国家之间。对此，欧洲居然有更宏伟的良知，提出了反证。

中华文明在本性上具有一种开阔无垠的天下意识。民族国家的概念，则产生于遭受内乱和外力的威胁之时。目前，当中国终于大踏步走向国际社会的时候，既有可能因视野打开而显出气度，又有可能因竞争激烈而倒退回狭隘。

于是，我觉得有一些话，应该从欧洲的土地上写给中华文化：

> 康德相信人类理性，断定人类一定会克服对抗而走向和谐，各个国家也会规范自己的行为，逐步建立良好的国际联盟，最终建立世界意义的“普遍立法的公民社会”。正是这种构想，成了后来欧洲统一运动的理论根据。
>
> 我当然更喜欢康德，喜欢他跨疆越界的大善，喜欢他隐藏在严密思维背后的远见。民族主权有局部的合理性，但欧洲的血火历程早已证明，对此张扬过度必是人类的祸殃。人类共同的文明原则，一定是最终的方向。任何一个高贵的民族，都应该是这些共同原则的制定者、实践者和维护者。
>
> 欧洲的文化良知，包括我特别敬仰的歌德和雨果，也持这种立场。
>
> 事实早已证明，而且还将不断证明，很多邪恶行为往往躲在“民族”和“国家”的旗幡后面。我们应该撩开这些旗幡，

把那些反人类、反社会、反生命、反秩序、反理智的庞大暗流暴露在光天化日之下，并合力予以战胜。否则，人类将面临一系列共同的灾难。大家已经看到，今天的绝大多数灾难，已经没有民族和国家的界限。

这是我在欧洲的“最后一课”。

九

在欧洲考察，当然不会像上次考察北非、中东、南亚那样恐怖，但也不是预想的那样安全。

西班牙北部的分裂主义集团在不断地制造事件，我们在那里时天天受到人们紧张的提醒；德国的“新纳粹”专挑外国人动手，这又要让我们一直处于警觉之中；在意大利南部的那不勒斯一带，我们被告知，即便是在街边停车吃一顿饭，出来时很可能被卸掉了一半车轮；一个当地人说，“我们这个区，至少有一半人进过监狱”，这可能有点夸张，但追捕黑手党的凄厉警笛却确实常在耳畔；欧洲各地都能遇到大量来自世界各地的流浪者，因此偷盗事件的发生如家常便饭……

我们车队的重大失窃发生在巴黎，车上的几个大箱子都没有了。后来经过细致的回忆，发觉由于我们不熟悉市内交通而临时雇来的司机有极大的疑点。他很可能是盗窃集团的成员，停车时故意没有把车门锁住。

在荷兰的阿姆斯特丹，我们停在不同停车场的几辆车，车窗全部被砸得粉碎，几台手提电脑不见了，连我的数码相机也不翼而飞，包括弥足珍贵的考察照片。去警局报案，警察平静地说，那是吸大麻的人没钱了才这么干的，但这样的案子天天发生，从来没有破过。

这一切说明，尽管我一路都在以欧洲文明为坐标来寻找中华文明的短处，但欧洲文明自身遇到的麻烦也很多。人类的很多灾难是互渗的，我在中东和南亚看到的种种危险，也都在欧洲有明显的投射。连法国图卢兹这样原以为最平静的城市，我们也遇到了大爆炸。可惜，优秀的欧洲，对于世界其他地区的灾难已经失去敏感和关切，对于已经来到身边的危机也缺少应对能力。我写道：

> 上几代东方文化人多数是以歆羡和追慕的眼光来看待欧洲文明的，结果便产生了一种以误读为基础的滥情和浅薄。这种倾向在欧洲本身也有滋长。当历史不再留有伤痛，时间不再负担使命，记忆不再承受责任，它或许会进入一种自我失落的精神恍惚。

欧洲的旅途，使我对弗朗西斯·福山在《历史的终结》一书所阐述的法国哲学家柯杰夫（Alexandre Kojeve）的观点产生质疑。这种观点认为，欧洲集中了从基督教文明到法国大革命的多种营养，战胜了诸多对手，在物质的充裕、个体的自由、体制的民主和社会的安定等各个方面已进入了历史的终结状态。今后虽然还会有局部冲突，整体趋向却是在全球一体化背景下的消费和游戏。

我觉得，这种观点，是一种躲藏在自我价值系统里的闭目塞听，也是对各地实际存在的危机、积怨、恐怖、暴力的故意省略。欧洲的这种心态也会给自己带来很大的不安全，因为当一种文明不能正视自己的外部世界，也就一定不能正视自己的历史，结果只能削弱自己的体质。

面对这种状况，我们在学习欧洲文明的时候，不能继续像文化前辈那样一味抱歆羡和追慕的态度，而应该做一些更深入的总体思考。

中华文明和欧洲文明差别很大，但既然都称为“文明”，就必须应对所有文明的共同敌人，那就是一切非文明的力量，例如恐怖主义、核竞赛、环境污染、自然灾害……

这也正是我不赞成亨廷顿教授的地方，他只指出了各个文明之间有可能产生的冲突。事实上，二十一世纪的最根本冲突，产生在文明与非文明之间。守护全人类的整体文明，是迫在眉睫的当代大道。

名家论余秋雨

余秋雨先生把唐宋八大家所建立的散文尊严又一次唤醒了。或者说，他重铸了唐宋八大家诗化地思索天下的灵魂。

——白先勇

余秋雨有关文化的研究，蹈大方，出新裁。他无疑拓展了当今文学的天空，贡献巨大。这样的人才百年难得，历史将会敬重。

——贾平凹

北京有年轻人为了调侃我，说浙江人不会写文章。就算我不会，但浙江人里还有鲁迅和余秋雨。

——金庸

中国散文，在朱自清和钱锺书之后，出了余秋雨。

——余光中

文化界不少人的成绩，可以用很多语言来介绍；但也有少数人不必如此介绍；余秋雨先生则是特例中的特例，完全不用介绍，几乎全国所有读者都知道他，喜欢他。因此，今天我主持他的演讲，非常轻松。

——张贤亮

余秋雨先生在文化上的建树，气势恢宏，让人回肠荡气。他又淡泊名利，与世无争，这样的人在佛教看来，已经属于“当代菩萨”之列。

——星云大师

余秋雨先生每次到台湾演讲，都在社会上激发起新一波的人文省思。海内外的中国人，都变成了余先生诠释中华文化的读者与听众。

——美国威斯康星大学荣誉教授　高希均

余秋雨先生对中国文化的贡献功不可没。他三次来美国演讲，无论是在联合国的国际舞台，还是在华美人文学会、哥伦比亚大学、哈佛大学、纽约大学或国会图书馆的学术舞台，都为中国了解世界，世界了解中国搭建了新的桥梁。他当之无愧是引领读者泛舟世界文明长河的引路人。

——联合国中文教学组前组长　何勇

历史将会敬重

文 / 香港《亚洲周刊》江迅

著名作家贾平凹在评价余秋雨时写道："这样的人才百年难得，历史将会敬重。"余、贾两位，在经历、地域、生态上都有很大距离，因此这样的评价具有客观的远瞻性。我在香港关注余先生已经三十多年，愿意为贾先生的评价提供下列理由——

一、余先生在交通条件很艰难的二十世纪九十年代初期，通过非常辛苦的实地考察，在中国近代以来十分热闹的"军事地图"和"行政地图"之外，首次拼接出了"文化地图"。这幅"文化地图"以全新的史识描绘了一系列古老的美好，由于直接回答了长期贬低中华文化和中国人的国际潮流，立即如空谷足音，震撼了华文世界。写过《丑陋的中国人》一书的柏杨先生当面对余先生说："两个字：羡慕。羡慕你以大规模的文化遗迹考察，重新定义了中国人。"

"重新定义了中国人"，这意义当然远远超越了文化界。因此，被称为"世界芯片大王"的"台积电"董事长张忠谋先生要出自传，专请余先生一人写序言；中国国民党荣誉主席连战先生首访大陆的"破冰之旅"记述，也专请余先生一人写序言。

二、考察中所写的《文化苦旅》、《山居笔记》等著作，展示了一种被陶岚教授称为"一过目就放不下"的"余氏文体"，更是一时风靡，其中不少文章居然同时被收入海峡两岸暨港澳地区的语文课本，成为当代语文中的孤例。这种文体的特点，被语文学者评为"质朴叙事、宏大诗情、低语谈心”的三相融合，显现了当代华文有可能达到的高位。我曾经在台湾新北市大礼堂听著名作家白先勇在演讲时说：“余秋雨先生的著作长期以来一直是全球各地华人社区读书会的第一书目。他创造了中华文化在当代罕见的向心力奇迹。我们应该向他致以最高敬礼。”

三、余先生紧接着又在世纪之交冒着极大生命危险，贴地考察了人类各大古文明遗址，将它们与中华文明做对比。考察日记《千年一叹》、《行者无疆》在海内外同时连载并出版，读者之多超乎想象，他也就成了国际上最有资格的比较文化演讲者。二〇〇五年七月应邀在联合国“世界文明大会”上发表了主旨演讲《中华文化的非侵略本性》，二〇一三年十月又在联合国总部大厦演讲《中华文化为何长寿》。这些纯学术的演讲，为世界各国学者提供了读解中华文化的全新思路。由于演讲者的身份是“当代世界走得最远的非官方独立知识分子”，在国际上具备了基本的公信力。其中的论点和论据，以后被广泛引用。我有幸两度抵达演讲现场，切身感受到中华文化在肃穆的学术气氛中的“高光时刻”。

四、在文化热潮兴起之后，学术界发现，各种文化话语还缺少一些公认的理论基点，就像数学中少了一些公式，产生了纷乱。对此，余先生在二〇〇六年制定了一条最简短的文化定义，并在香港凤凰卫视的《秋雨时分》发布，向海内外征求意见。这条定义一共只有三十个汉字：“**文化，是一种成为习惯的精神价值和生活方式。它的最终成果，是集体人格。**”世界上有关文化的定义，自英国学者泰勒之后，至今已出现二百多条，每一条都非常冗长又各执一端，唯有这一条，被海内外学术界称赞为“最简洁、最准确的概括，很难被替代”。众所周知，世界上不论哪个学科，定义之立，都是一件奠基性的大事。

五、由于认定文化的最终成果是“集体人格”，余先生此后多年就把精力集中在对中华民族集体人格的探究上。他比较了世界上各个著名的集体人格范型，例如“圣徒人格”、“先知人格”、“绅士人格”、“盎格鲁-撒克逊人格”“武士人格”之后，确认中华文化的集体人格范型是“君子”，并以“君子之道”来概括儒家学说。他力排众议，认为儒家学说在政治、社会方面“治国平天下”的各种主张，很少被历代统治者真正采用，早已黯然褪色，而其中最具时间韧性的是一种已经广泛普及于中国民间的人格标准，那就是“做君子，不做小人”。这个论断，使儒学研究和中国文化研究都焕然一新，同时进一步印证了柏杨先生对他的判断：“重新定义了中国人。”

二〇一四年，专著《君子之道》出版。特别让世人瞩目的是，此书在史上第一次系统地研究了君子的对立面——小人，被评为“历代负面人格研究的开山之作”。有一位香港学者撰文说：“在这项研究中，中华文化因为没有被刻意掩饰长久以来的一些阴影，反而变得更立体、更真实、更可信。”由于这本书，余先生再度受到台湾诸多机构的邀请而进行了“环岛演讲”。

除儒家外，余先生还深入研究了中国古代的其他思想体系，指出在“君子之道”之上，还有更重要的一个道，那就是道家的“天道”。为此他又写出了《老子通释》、《周易简释》等一部部厚重的著作，系统地阐明：天人合一、元亨利贞、柔静守中，是中华文化的立世之根。

六、在中国古代三大思想体系中，佛教典籍最为玄奥。现代佛教学者大多难于逐句译释，又无力宏观梳理，致使他们的讲述常常陷于浅俚和驳杂。余先生的《〈心经〉通释》、《〈金刚经〉今译》、《〈坛经〉简释》、《群山问禅》等作品问世，才改变了这种状态。他在北京大学、中国艺术研究院讲授的佛学课程，经由网络视频播出，均创造了很高的收视率。

余先生在阐释这些古代经典的同时，还创造了一种全新的学术形态，那就是，尽力摆脱自清代以来的那种艰涩、烦琐、缠绕的考证痼疾，返璞归真，以通达和明晰，让现代读者直达古哲本源，领略开山大师们的第一风采。当然，能做到这样，需要更深厚的学术功力。

七、“国学”的时尚，在传媒间渐渐泛滥成单向夸张的炫古表演，致使中国古代文学在良莠不分、高低错乱的“泡沫竞吹”中失去了历史的筋骨。为此，余先生早在十几年前就针砭时弊，率先提出了“中国文脉”的命题，主张以批判和选择的眼光，为古代文学“祛脂瘦身”，寻得主脉。他以跨时空的审美高度，在三千年遗产中爬剔、淬炼，终于写成《中国文脉》一书。书中，中国古代文学也就由“日渐痴肥”的形态一变为健美精干的体格，相当于一部颇有魅力的中国文学简史。不久，他应邀到耶鲁大学和纽约大学讲授这一课题。

八、与《中国文脉》相应，余先生又对中国古代文学进行了大规模的今译。他认为，准确而优美的今译，能使枯萎的古典复活，欧洲不少文化大师都做过这件事。由他今译的古典作家，包括庄子、屈原、司马迁、王羲之、陶渊明、刘勰、韩愈、柳宗元、欧阳修、苏东坡，结集成《文典一览》和《古典今译》，出版后受到朗诵专家和古文字家的共同好评。我在网上看到这样一则评论：“别人的今译，常常把一坛古代美酒分解成了一堆现代化学分子式，唯独余先生，保存了千年酒香。”

九、余先生早年的专业基点是西方美学史。但是早在二十世纪八十年代他到海内外几所大学授课时，已从康德、黑格尔的古典美学转向现代心理美学，代表著作是《观众心理学》。从二十一世纪开始，他又进一步从“虚拟美学”转向“实体美学”，并由此建立中国美学在国际上的独特风范，代表著作是《极品美学》。余先生认为，中国美学历来不以虚拟的概念引领，而总是让概念追随实体，而所有的实体则由“极品”引领。本书由“文本极品”、“现场极品”、“生态极品”三部分组成，反映了中国人在顶级审美领域的稀世历程。显然，这部书在中国美学的研究上，具有界碑的意义。

十、由《观众心理学》，联想到余先生在二十世纪八十年代已经出版的其他重大学术著作，如《世界戏剧学》、《中国戏剧史》、《艺术创造学》，每一部都称得上是一个学术高峰。我查资料，发现它们分别获得过“全国优秀教材一等奖”、“哲学社会科学著作奖”等当时最高的学术荣誉。三年前在一次教材研讨会上，我曾邀请香港五位资深教授，对这些著作进行专业评估。他们经过几天研读后认为，《世界戏剧学》的第三、四、十、十一、十二、十三章，《中国戏剧史》的第一、二、三、六章，《艺术创造学》的引论“伟大作品的隐秘结构”，以及《观众心理学》的引论，均“包含着全新的学理创建”。他们还一致认定：“这几部著作，至今仍然可以作为一流的高校教科书。”

十一、余先生尽管被公认为资深国学专家，却恰恰又明确反对文化上的“极端民族主义”。他多次坦陈，自己心中的光源，是一种世界性的聚焦。除了道家、儒家、佛家和王阳明的心学外，还有狄德罗、歌德、罗素、荣格、海德格尔、萨特。他精熟西方人文历史，上列这些智慧星座，他都做过深入论述，早在三十年前就淬砺了自己的精神结构。正因为这样，他笔下的中国文化，也就不仅仅属于中国了。

十二、在上述一系列重大学术成就之外，余先生还是一名几乎全能的文学创作高手。除了散文和“记忆文学”，还创作了剧本、小说、诗歌，每一项都取得了很大成功。他为妻子马兰创作的剧本《秋千架》、《长河》，演出时曾在几个著名大剧院创造了票房纪录，被专家评为“应该进入戏剧史的作品”。在台湾演出时正逢“大选”，我恰好在当地采访，看到台北剧院门口的广场上拥挤着十几万为“大选”造势的民众，没有一个剧团敢在这个时间、这个地点演出，但是，马兰的演出仍然场场爆满，被当地媒体惊叹为“不可思议”。

余先生的剧本和他的小说《信客》、《空岛》一样，既不是现实主义，也不是现代派和后现代派，而是深受海明威“非象征的象征”、迪伦马特“非历史的历史”的影响，独自提出并实践了“象征诗学”的构想，实践着他自己提出的“以诗境消解历史，以通俗指向彼岸”的艺术哲学，开启了一种自辟云路的创作高度。

十三、还必须立即补充，余先生又是当代杰出的书法家。二〇一七年五月至六月在北京举办的“余秋雨翰墨展”，参观人数之多，成为中国美术馆建馆半个多世纪以来最为轰动的展览之一。中国书法家协会原主席张海说：“即使秋雨先生没有写过那么多著作，光看书法，也是真正专业的大书法家。”其实，即便在历史上，著作和书法同时壮观的大家，也屈指可数。正因为这样，我听说，在一次大型的慈善拍卖中，余先生的一幅书法作品拍出了最高价。

从几部已经出版的书法、碑楹集来看，余先生可能是现今被邀请为全国各地名胜古迹题写碑文、榜额最多的一个人。究其原因，除了公认的书法水准之外，更因为邀请者们全都相信，余先生的文化美誉度，能够被各方游客敬重。他的笔墨，不会让名胜古迹逊色。

——以上，我为贾平凹先生的评价提供了十几条理由，已经不短，应该归纳几句了。但是作为一名老记者，我还是习惯于采用别人的语言。记得新加坡“总统文化奖”获得者郭宝昆先生多年前曾经这样撰文来总结余先生的文化成就：“**以旷世的才华和毅力，创建了中华文化在当代世界的全新感知系统，既宏大又美丽，功绩无人可及**。”二〇一八年五月，具有国际影响力的“天下文化事业群”赴上海为余先生隆重颁授奖匾，铭文为“**余秋雨——华文世界最具影响力的一支笔**”。

他出版的书，可以排满整整几堵书壁，而且，几乎每一本都在文化史上开门拓户、巍然自立。有两位华裔教授曾经站在这样的书壁前对我说：“余先生一人的成就规模，从数量到质量，都远远超过了很多研究所。这中间一定有神秘的天命所指，百川合一。”我说，先不论“天命”，我长期从旁观察，只知道有两个最表面的原因，别人也无法仿效。

表面原因之一，他不参与一切应酬、会议、社团。让人难以置信的是，他如此业绩，却不是任何一个级别的代表、委员，也不是任何一个级别的作协、文联会员。这也使他不可能进入文化界的各种“排名”。近十年来，他与外界切割得更加彻底。正因为远避光圈，销声匿迹，他才完全不受干扰地完成了如此宏大的文化工程。

表面原因之二，他不理会一切谣言、诽谤、讹诈。由于文化名声太大又不肯依从何方，他长期遭到香港那家日报、广州那家周报，以及一些职业性文化打手的联手诬陷，在媒体上制造出一个又一个的“事件”，害得很多人至今还在误信。这股力量甚至一度还裹胁权势，企图毁人夺笔，连他妻子马兰也受到牵累，在艺术最辉煌的年月竟然平白无故地失去了工作。但是，他们夫妻为了不污染心境，不浪费时间，全然放弃一切反击、起诉、追究，只说“**马行千里，不洗尘沙**”。

衍语

在结束这篇文章的时候，我又随手翻阅了余先生的文集，发现以前还是漏读了不少文章。

例如，在《修行三阶》一书中读到“破惑”和“安顿”这两大部分，在《暮天归思》一书中读到“大悟、大爱、大美”这三项“生命支点”，在《门孔》一书中读到几位文化前辈在磨难中的人格固守，都使我在精神上获得全方位的皈依，而且皈依得那么恬静和熨帖。

平时对不少流行的观念也心存疑惑，却求解无门，余先生在书中都做了简明的指点。例如，现在很多人把“传统”看作“文化”的支撑，他不赞成，说“中国文化是一条奔腾向前的大河，而不是河边的枯藤、老树、昏鸦”。还有一些尴尬问题，像以前左右文坛的“刀笔战士”们目前状态如何，上海文化突然失去优势究竟原因何在，等等，他也都进行了有趣的剖析（见《暮天归思》中《刀笔的黄昏》、《文化的替身》等文）。然而，不管说到哪一种弊病，余先生基于自己的文化辈分，态度都很宽容，只说是“学生们不用功，走偏了”。

最后我要说一句：生在同时代而不读余先生的书，那就实在太可惜了。记得前些年，香港中文大学受托为香港市民开列“古今中外必读书目”八十本，世上那么多作者，唯独余先生一人占了两本。后来应市民要求，书目缩小成五十本，余先生依然占两本。这件事，体现了一种眼光，应该为我们香港鼓掌。

在历史上，真正的文化巨峰少而又少，诚如贾平凹先生所说，“百年难得”。一旦出现，同时代的人往往很难辨识，因为大家被太多流行的价值系统挡住了眼，而文化的高度又无法用权力标尺和财富标尺衡量出来。但是，如果历史还值得信任，那么，高度总会还原。

2021 年 9 月

余秋雨文化大事记

· 1946年8月23日出生于浙江省余姚县桥头镇（今属慈溪），在家乡读完小学。

· 1957年至1963年，先后就读于上海新会中学、晋元中学、培进中学至高中毕业。其间，曾获上海市作文比赛首奖、上海市数学竞赛大奖。

· 1963年考入上海戏剧学院戏剧文学系，但入学后以下乡参加农业劳动为主。

· 1966年夏天遇到了一场极端主义的政治运动，家破人亡。父亲余学文先生因被检举有"错误言论"而被关押十年，全家八口人经济来源断绝；唯一能接济的叔叔余志士先生又被造反派迫害致死。1968年被发配到军垦农场服劳役，每天从天不亮劳动到天全黑，极端艰苦。

· 1971年"九一三事件"后，周恩来总理为抢救教育而布置复课、编教材。从农场回上海后被分配到"各校联合教材编写组"，但自己择定的主要任务是冒险潜入外文书库独自编写《世界戏剧学》，对抗当时以"八个革命样板戏"为代表的文化极端主义。

· 1976年1月，编写教材被批判为"右倾翻案"，又因违反禁令主持周恩来的追悼会而被查缉，便逃到浙江省奉化县大桥镇半山一座封闭的老藏书楼研读中国古代文献，直至此年10月那场政治运动结束，下山返回上海。

· 1977年至1985年，投入重建当代文化的学术大潮，陆续出版了《世界戏剧学》、《中国戏剧史》、《观众心理学》、《艺术创造学》、*Some Observations on the*

Aesthetics of Primitive Chinese Theatre 等一系列学术著作，先后获全国优秀教材一等奖、上海哲学社会科学著作奖、全国戏剧理论著作奖。

· 1985 年 2 月，由上海各大学的学术前辈联名推荐，在没有担任过副教授的情况下直接晋升为正教授。

· 1986 年 3 月，因国家文化部在上海戏剧学院举行的三次民意测验中均名列第一，被任命为上海戏剧学院副院长、院长。主持工作一年后，即被文化部教育司表彰为“全国最有现代管理能力的院长”之一。与此同时，又出任上海市咨询策划顾问、上海市写作学会会长、上海市中文专业教授评审组组长兼艺术专业教授评审组组长。被授予“国家级突出贡献专家”、“上海十大高教精英”等荣誉称号。

· 1989 年至 1991 年，几度婉拒了升任更高职位的征询，并开始向国家文化部递交辞去院长职务的报告。辞职报告先后共递交了 23 次，终于在 1991 年 7 月获准辞去一切行政职务，包括多种荣誉职务和挂名职务。辞职后，孤身一人从西北高原开始，系统考察中国文化的重要遗址。针对当时中外知识界贬低中华文化的潮流，确定的考察主题是“穿越百年血泪，寻找千年辉煌”。在考察沿途所写的“文化大散文”《文化苦旅》、《山居笔记》等，快速风靡全球华文读书界，其中包括大量不同政治立场的领袖级人物，由此他也就成为最具影响力的华文作家之一。

· 1991 年 5 月，发表《风雨天一阁》，在全国开启对历代图书收藏壮举的广泛关注。

· 1992 年 2 月开始，先后被多所著名大学聘为荣誉教授或兼职教授，例如复旦大学、上海交通大学、同济大学、上海大学、中国科技大学、西安交通大学等。

· 1993 年 1 月，发表《一个王朝的背影》，首次充分肯定少数民族王朝入主中原的特殊生命力，重新评价康熙皇帝，开启此后多年“清宫戏”的拍摄热潮。

· 1993 年 3 月，发表《流放者的土地》，首次系统揭示清朝统治集团迫害和流放知识分子的凶残面目，并展现筚路蓝缕的“流放文化”。

· 1993 年 7 月，发表《苏东坡突围》，刻画了中国文化史上最有吸引力的人格典范，借以表现优秀知识分子所必然面临的一层层来自朝廷和同行的酷烈包围圈，以及“突围”的艰难。此文被海峡两岸暨香港、澳门的报刊广为转载。

· 1993 年 9 月，发表《千年庭院》，颂扬了中国古代最优秀的教学方式——书院文化，发表后在全国教育界产生不小影响。

· 1993 年 11 月，发表《抱愧山西》，首次系统描述并论证了中国古代最成功的商业奇迹——晋商文化，为当时正在崛起的经济热潮寻得了一个古代范本。此文发表后读者无数，传播广远。

· 1994 年 3 月，发表《天涯故事》，首次梳理了沉埋已久的海南岛文化简史，并把海南岛文化归纳为“生态文明”和“家园文明”，主张以吸引旅游为其发展前景。

· 1994 年 5 月至 7 月，发表长篇作品《十万进士》（上、下），首次完整地清理了千年科举制度对中国文化的正面意义和负面意义。

· 1994 年 9 月，发表《遥远的绝响》，描述魏晋名士对中国文化的震撼性记忆。由于文章格调高尚凄美，一时轰动文坛。

· 1994 年 11 月，发表《历史的暗角》，首次系统列述了“小人”在中国文化中的隐形破坏作用，以及古今君子对这个庞大群体的无奈。发表后在海峡两岸暨香港、澳门引起巨大反响，被公认为“研究中国负面人格的开山之作”。

· 1995 年 4 月，应邀为四川都江堰题写自拟的对联“拜水都江堰，问道青城山”，镌刻于该地两处。

· 1996 年 7 月，多家媒体经调查共同确认余秋雨为“全国被盗版最严重的写作人”，由此被邀请成为“北京反盗版联盟”的唯一个人会员，并被聘为“全国扫黄打非督导员（督察证为 B027 号）”。

· 1998 年 6 月，新加坡召集规模盛大的“跨世纪文化对话”而震动全球华文世界。对话主角是四个华人学者，除首席余秋雨教授外，还有哈佛大学的杜维明教授、威斯康星大学的高希均教授和新加坡艺术家陈瑞献先生。余秋雨的演讲题目是

《第四座桥》。

· 1999年2月，为妻子马兰创作的剧本《秋千架》隆重上演，极为轰动，打破了北京长安大戏院的票房纪录。在台湾地区演出更是风靡一时，场场爆满。

· 1999年开始，引领和主持香港凤凰卫视对人类各大文明遗址的历史性考察，成为目前世界上唯一贴地穿越数万公里危险地区的人文教授，也是“9·11”事件之前最早向文明世界报告恐怖主义控制地区实际状况的学者。由此被日本《朝日新闻》选为“跨世纪十大国际人物”。

· 2002年4月，应邀为李白逝世地撰写《采石矶碑》(含书法)，镌刻于安徽马鞍山三台阁。

· 从2000年开始，由于环球考察在全球华文世界所造成的巨大影响，引起了香港一个基金会的警惕，下令“全面贬抑”。先把当年冒险潜入外文书库独自编写《世界戏剧学》的勇敢行动诬陷为“文革写作”，并误植了笔名“石一歌”。由此，形成十余年的诽谤大潮，并随之出现了一批“啃余族”。余秋雨先生对所有的诽谤没有做任何反驳和回击，他说：“马行千里，不洗尘沙。”

· 2003年7月，由于多年来在中央电视台的文化栏目中主持“综合文史素质测试”而成为全国观众的关注热点，上海一个当年的造反派代表人物就趁势做逆反文章，声称《文化苦旅》中有很多“文史差错”，全国上百家报刊转载。10月19日，我国当代著名文史权威章培恒教授发文指出，经他审读，那个人的文章完全是“攻击”和“诬陷”，而那个人自己的“文史知识”连一个高中生也不如。

· 2004年2月，由于有关“石一歌”的诽谤浪潮已经延续四年仍未有消停迹象，余秋雨就采取了“悬赏”的办法。宣布“只要证明本人曾用这个笔名写过一篇、一段、一节、一行、一句这种文章，立即支付自己的全年薪金”，还公布了执行律师的姓名。十二年后，余秋雨宣布悬赏期结束，以一篇《“石一歌”事件》做出总结。

· 2004年3月，参加联合国开发计划署《人类发展报告》的设计、研讨和审核。

· 2004年年底，被联合国教科文组织、北京大学、《中华英才》杂志社等单位选为“中国十大文化精英”、“中国文化传播坐标人物”。

· 2005年4月，应邀赴美国巡回演讲：

1）4月9日讲《中国文化的困境和出路》（在纽约市立大学亨特学院）；

2）4月10日讲《中国知识分子的问题所在》（在北美华文作家协会）；

3）4月12日上午讲《空间意义上的中华文化》（在马里兰大学）；

4）4月12日下午讲《君子的脚步》（在华盛顿国会图书馆）；

5）4月13日讲《时间意义上的中华文化》（在耶鲁大学）；

6）4月15日讲《中国文化所追求的集体人格》（在哈佛大学）；

7）4月17日讲《中华文化的三大优势和四大泥潭》（在休斯敦美南华文写作协会）。

· 2005年7月20日，在联合国“世界文明大会”上发表主旨演讲《利玛窦的结论》，论述中国文明自古以来的非侵略本性，引起极大轰动。演说的论据，后来一再被各国政界、学界引用。收入书籍时，标题改为《中华文化的非侵略本性》。

· 2005年11月，应邀撰写《法门寺碑》（含书法），镌刻于陕西法门寺大雄宝殿前的影壁。

· 2006年4月，应邀撰写《炎帝之碑》（含书法），镌刻于湖南株洲炎帝陵纪念塔。

· 2005年至2008年，被香港浸会大学聘请为“健全人格教育奠基教授”，每年在香港工作时间不少于半年。

· 2006年，在香港凤凰卫视开办日播栏目《秋雨时分》，以一整年时间畅谈中华文化的优势和弱势，播出后在海内外产生广泛影响。

· 2007年1月，发表《问卜中华》，详尽叙述了甲骨文的出土在中华文明濒临湮灭的二十世纪初年所带来的神奇力量，同时论述了商代的历史面貌。

· 2007年3月，发表《古道西风》，系统叙述了中华文化的两大始祖老子和孔子的精神风采。

· 2007年5月，发表《稷下学宫》，对比古希腊的雅典学院，将两千年前东西方两大学术中心进行平行比照。

· 2007年7月，发表《黑色的光亮》，以充满感情的笔触表现了平民思想家墨子的人格光辉。

· 2007年8月，应邀为七十年前解救大批犹太难民的中国外交官何凤山博士撰写碑文（含书法），镌刻于湖南益阳何凤山纪念墓地。

· 2007年9月，发表《诗人是什么》，论述"中国第一诗人"屈原为华夏文明注入的诗化魂魄，分析了他获得全民每年纪念的原因，并解释了一些历史误会。

· 2007年11月，发表《历史的母本》，以最高坐标评价了司马迁为整个中华民族带来的历史理性和历史品格。

· 2008年5月12日，中国发生"汶川大地震"，第一时间赶到灾区参加救援。见到遇难学生留在废墟间的破残课本，决定以夫妻两人三年薪水的总和默默捐建三个学生图书馆，却被人在网络上炒作成"诈捐"，在全国范围喧闹了两个月之久。后由灾区教育局一再说明捐建实情，又由王蒙、冯骥才、张贤亮、贾平凹、刘诗昆、白先勇、余光中等名家纷纷为三个学生图书馆题词，风波才得以平息。

· 2008年9月，上海市教育委员会颁授成立"余秋雨大师工作室"。上海市静安区政府决定为"余秋雨大师工作室"赠建办公小楼。

· 2008年12月，为妻子马兰创作的中国音乐剧《长河》在上海大剧院隆重上演，受到海内外艺术精英的极高评价。

· 2009年5月，应邀为山西大同云冈石窟题词"中国由此迈向大唐"，镌刻于石窟西端。

· 2010年1月，《扬子晚报》在全国青少年读者中做问卷调查"你最喜爱的中国当代作家”，余秋雨名列第一。“冠军奖座”是钱为教授雕塑的余秋雨铜像。

· 2010年3月27日，获澳门科技大学所颁“荣誉文学博士”称号。同时获颁荣誉博士称号的有袁隆平、钟南山、欧阳自远、孙家栋等著名专家。

· 2010年4月30日，接受澳门科技大学任命，出任该校人文艺术学院院长。宣布在任期间每年年薪五十万港元全数捐献，作为设计专业和传播专业研究生的奖学金。

· 2010年5月21日，联合国发布自成立以来第一份以文化为主题的“世界报告”，发布仪式的主要环节，是联合国教科文组织总干事博科娃女士与余秋雨先生进行一场对话。余秋雨发言的标题为《驳“文明冲突论”》。

· 2012年1月至9月，最终完成以莱辛式的“极品解析”方法来论述中国美学的著作《极品美学》。

· 2012年10月12日，中国艺术研究院成立“秋雨书院”。北京众多著名学者、企业家出席成立大会，并热情致辞。该书院是一个培养博士生的高层教学机构，现培养两个专业的博士研究生：一、中国文化史专业；二、中国艺术史专业。

· 2013年10月18日下午，再度应邀赴美国纽约联合国总部大厦演讲《中华文化为何长寿》。当天联合国网站将此演讲列为国际第一要闻。

· 2013年10月20日，在纽约大学演讲《中国文脉简述》。

· 2013年12月，完成庄子《逍遥游》的巨幅行草书写，并将《逍遥游》译成可诵可吟的现代散文。

· 2014年1月，完成屈原《离骚》的巨幅行书书写，并将《离骚》译成可诵可吟的现代散文。

· 2014年1月31日，完成《祭笔》。此文概括了作者自己握笔写作的艰辛历程。

· 2014年3月，发表以现代思维解析《般若波罗蜜多心经》的文章《解经修行》，并由此开始写作《修行三阶》、《〈金刚经〉简释》、《〈坛经〉简释》。

· 2014年4月,《余秋雨学术六卷》出版发行。

· 2014年5月，古典象征主义小说《冰河》(含剧本)出版发行。

· 2014年8月，系统论述中华文化人格范型的《君子之道》出版发行，立即受到海峡两岸读书界的热烈欢迎。

· 2014年10月,《秋雨合集》二十二卷出版发行。

· 2014年10月28日，出任上海图书馆理事长。

· 2015年3月，再度应邀在海峡对岸各大城市进行“环岛巡回演讲”，自台北市、新北市、台中市到高雄市。双目失明的星云大师闻讯后从澳大利亚赶回，亲率僧侣团队到高雄车站长时间等待和迎接。这是余秋雨自1991年后第四次大规模的环岛演讲。本次演讲的主题是“中华文化和君子之道”。

· 2015年4月，悬疑推理小说《空岛》和人生哲理小说《信客》出版。

· 2015年9月，应邀为佛教胜地普陀山书写《心经》，镌刻于该岛回澜亭。

· 2016年3月，应邀为佛教胜地宝华山书写《心经》，镌刻于该山平台。

· 2016年7月，中华书局出版《中华文化读本》七卷，均选自余秋雨著作。

· 2016年11月，被选为世界余氏宗亲会名誉会长。

· 2017年5月25日至6月5日，中国美术馆举办“余秋雨翰墨展”(中国艺术研究院主办)，参观者人山人海，成为中国美术馆建馆半个多世纪以来最为轰动的展出之一。中国文联主席兼中国作协主席铁凝说：“这个展览气势恢宏，彰显了秋雨先生令人慨叹的文化成就，使我对先生的为人和为文有了新的感受。”中国书法家协会原主席张海说：“即使秋雨先生没有写过那么多著作，光看书法，也是真正专业的大书法家。”国务院参事室主任王仲伟说：“余先生的书法作品，应该纳入国家收藏。”据统计，世界各地通过网络共享这次翰墨展的华侨人数，超过千万。

· 2017年9月，记忆文学集《门孔》出版发行。此书被评为《中国文脉》的当代续篇，其中有的文章已成为近年来网上最轰动的篇目。作者以自己的亲身交往描写了巴金、黄佐临、谢晋、章培恒、陆谷孙、星云大师、饶宗颐、金庸、林怀民、白先勇、余光中等一代文化巨匠，同时也写了自己与妻子马兰的情感历程。作者对《门孔》这一书名的阐释是："守护门庭，窥探神圣。"

· 2017年12月，《境外演讲》出版发行。此书收集了作者在联合国的三次演讲，又汇集了在美国各地和我国港澳地区巡回演讲和电视讲座的部分记录，被专家学者评为"打开中华文化之门的钥匙"。

· 2018年全年，应喜马拉雅网上授课平台之邀，把中国艺术研究院"秋雨书院"的博士课程向全社会开放，播出《中国文化必修课》。截至2019年10月，收听人次已经超过六千万。

（周行、刘超英整理，经余秋雨大师工作室校核）

图书在版编目（CIP）数据

行者无疆 / 余秋雨著 . —北京：北京联合出版公司，2019.12（2024.8 重印）
ISBN 978-7-5596-3658-4

Ⅰ . ①行… Ⅱ . ①余… Ⅲ . ①散文集 – 中国 – 当代 Ⅳ . ① I267

中国版本图书馆 CIP 数据核字（2019）第 281328 号

行者无疆

作　　者：余秋雨
出 品 人：赵红仕
责任编辑：龚　将　夏应鹏

北京联合出版公司出版
（北京市西城区德外大街 83 号楼 9 层　100088）
河北鹏润印刷有限公司印刷　新华书店经销
字数 263 千字　600 毫米 ×960 毫米　1/16　20.25 印张
2019 年 12 月第 1 版　2024 年 8 月第 12 次印刷
ISBN 978-7-5596-3658-4
定价：55.00 元